Paru au Livre de Poche :

Bretzel et beurre salé

1. Une enquête à Locmaria
2. Une pilule difficile à avaler

BRETZEL ET BEURRE SALÉ

Enquête 3

Margot et Jean Le Moal est un pseudonyme choisi par ce couple d'ingénieurs qui écrit à quatre mains. Elle est alsacienne et lui breton, Le Moal étant d'ailleurs le nom de sa grand-mère. C'est en s'amusant des différences entre leurs régions natales qu'ils ont donné vie à Cathie Wald, une héroïne alsaco-bretonne hyper attachante.

MARGOT ET JEAN LE MOAL

Bretzel et beurre salé

L'habit ne fait pas le moine

CALMANN-LÉVY

ISBN : 978-2-253-94145-3 – 1re publication LGF

AVERTISSEMENT

Ce livre est une œuvre de fiction. En conséquence, toute homonymie, toute ressemblance ou similitude avec des personnages existants ou ayant existé ne saurait être que coïncidence fortuite et ne pourrait en aucun cas engager la responsabilité des auteurs.

Ce village de Locmaria est issu de l'imagination des auteurs. Il se situe « quelque part » entre Quimper et Concarneau.

LES PERSONNAGES PRINCIPAUX

Arsène	Propriétaire du magasin de vêtements bretons
Antoine-Charles, Brehec de Kerfons	Châtelain, vicomte
Colin, Patrick	Gendarme, maréchal des logis
Coreff, Germain	Membre du CDA, horticulteur retraité
Delpiero, Gaël	Propriétaire de l'hôtel *Le Relais de Saint-Yves*
Dubourg, Marc	Ancien directeur de la conserverie *L'Atlantide*
Dumuret, Frédéric	Pharmacien
Fouesnant, Julie	Compagne d'Erwan Lagadec, serveuse à *Bretzel et beurre salé*
Guidel, Marcel	Membre du CDA, ancien syndicaliste
Guillou, Paulot	Boucher
Guillou, Émeline	Bouchère
Guyonvarch, Katell	Patron pêcheur, retraitée
Hector et Simone	Retraités
Julienne, Éric	Major, responsable de la brigade de gendarmerie de Locmaria
Kaiser, Patrick	ex-mari de Cathie

Kaiser, Anna	Fille de Cathie
Kaiser, Xavier	Fils de Cathie
Lagadec, Erwan	Chef du restaurant *Bretzel et beurre salé*
Le Corre, Alexia	Propriétaire de la librairie *Lire au large*
Le Corre, Alain	Mari d'Alexia
Le Duhévat, Marine	Professeure de sport à Locmaria, conseillère municipale
Le Duhévat, Hervé	Époux de Marine Le Duhévat, professeur d'histoire à Quimper
Le Gall, Jeanne	Épouse de Jacques Salomon et amour de jeunesse de Germain
Lemeur, Yann	Journaliste
Lemeur, Alana	Fille de Yann Lemeur, infirmière
Manach, Anton	Maire de Locmaria, cultivateur bio
Micolou, Malo	Éleveur de porcs, charcutier
Micolou, Cécile	Sœur de Malo Micolou, éleveuse
Nicol, Alex	Responsable du bagad de Locmaria, professeur à la retraite
Prigent, Gérard	Patron du bar *La Frégate*
Prigent, Victoire	Épouse de Gérard Prigent
Prigent, Natacha	Gérante de la supérette *L'Aven*, sœur de Gérard Prigent
Riou, Christophe	Gendarme, brigadier
Rivaillan, Jean-Marie	Notaire
Rochecouët, Émile	Patron du bar *Le Timonier oriental*
Rochecouët, Annick	Épouse d'Émile Rochecouët
Salaün, Ronan	Gendarme, adjudant
Salomon, Jacques	Responsable du CDA (Comité de défense de l'abbaye)
Troasgou, Loïc	Recteur de la paroisse de Locmaria
Wald, Catherine	Propriétaire de *Bretzel et beurre salé*, surnommée Cathie

1

Un si joli panorama

Mercredi 3 septembre

Les nuages du début de journée s'étaient évaporés et le soleil dardait ses rayons sur la côte. En ce début de mois de septembre, le beau temps faisait de la résistance, à la grande joie des touristes qui avaient attendu la fin des congés d'été pour profiter tranquillement de ce petit bout de paradis finistérien. Sur les plages, les adeptes de la bronzette utile pouvaient enfin dévorer leur roman sans craindre l'apparition soudaine d'un ballon ou d'un frisbee, suivie d'un « Scusez-moi ! » dans les meilleurs cas ou d'un « Vous pouvez m'le renvoyer ? » nettement plus agaçant.

Si les amateurs de paddle, planche à voile ou kitesurf avaient vu leurs rangs diminuer, la campagne et les landes envoûtaient les nouveaux vacanciers. Les longues promenades en bord de mer sur le GR34, célèbre sentier des douaniers, ravissaient les yeux et remplissaient les poumons de ce fameux bon air iodé qui aiderait à mieux passer l'hiver. Découvrir au détour d'un petit chemin un de ces mégalithes érigés sept mille ans plus tôt offrait un côté excitant aux balades plus forestières. Menhirs, dolmens et cairns entretenaient toujours mystères et fantasmes.

Les bars et les restaurants continuaient à afficher complet, les souvenirs à se vendre aussi facilement qu'un pangolin au marché de Wuhan, et le beurre à se baratter pour la confection des kouign-amanns, des sablés et de tout plat digne de ce nom. Les mouettes, elles, planaient au-dessus de cette agitation saisonnière et voyaient défiler les mois sans l'angoisse de la rentrée : la nature leur fournirait toujours de quoi se nourrir. Seuls quelques goélands plus audacieux regrettaient les cornets de frites dans lesquels ils ne pourraient plus plonger en piqué au grand dam de leur propriétaire. Bref, ceux qui savaient saisir les bons moments de la vie appréciaient ces jours de repos à Locmaria.

À deux kilomètres de la côte, un promontoire offrait un panorama splendide sur l'océan qui scintillait sous les rayons du soleil. Immobile au milieu des arbustes et autres herbes folles desséchées par la chaleur estivale, un homme fixait la mer, la mine réjouie. Puis il scruta une nouvelle fois le terrain en friche qu'il venait d'arpenter. Certes il y avait ces quelques cailloux qu'il faudrait retirer, mais il avait déjà négocié avec un entrepreneur qui n'en ferait qu'une bouchée.

Tout promeneur y aurait vu les ruines d'anciens édifices religieux : des murs affaissés dont les pierres taillées avaient roulé sur le sol, des arches gothiques lézardées que le vent et la pluie n'avaient pas encore totalement mises à terre. Étonnamment, comme épargnée par le destin, une chapelle tenait presque debout, laissant la lumière l'éclairer à travers sa toiture, effondrée depuis longtemps. Il s'agissait des restes de l'abbaye de Locmaria, abandonnée depuis le XVIIIe siècle. Si nombre d'abbayes avaient été restaurées, celle-ci n'avait pas eu cette chance et avait perdu de sa gloire passée. Aucun mécène, public ou privé, n'avait jugé nécessaire de réhabiliter le monastère et son église. La Bretagne en possédait de nombreuses, et la renommée de l'abbaye de Locmaria était maintenant à des années-lumière de celles de Beauport ou de Landévennec. Cependant, le visiteur romantique aimait y flâner le soir, quand les rayons du soleil couchant nimbaient de leurs derniers feux les pierres qui s'élevaient vers le ciel en une prière muette.

Loin de ces considérations qui le laissaient de marbre, le visiteur du jour n'y voyait que trois hectares de terrain idéalement placé et déjà presque acquis. Il savait que son projet allait provoquer quelques remous. On l'avait en effet tenu au courant de la création récente d'un Comité de défense de l'abbaye, mené par quelques trublions en manque de sensations fortes. Néanmoins, il suffirait d'attendre qu'ils se calment d'eux-mêmes, et si nécessaire d'investir financièrement dans la bienveillance de quelques élus influents. Il connaissait son métier et la versatilité des hommes. Il avait fait sienne une phrase de son patron : « Personne n'est achetable, mais ça dépend du prix. » L'architecte qui avait réalisé une étude préparatoire prévoyait d'ailleurs de garder quelques-uns de ces murs branlants comme décoration dans les jardins. Ça rassurerait les locaux et, après tout, les Américains et les émirs aimeraient ces ruines qui leur donneraient l'impression de côtoyer une culture millénaire… même si le credo des plus riches d'entre eux consistait à amasser des dollars ou des bitcoins. Cela ne dérangeait nullement notre individu, pour peu qu'une partie de ces dollars retombent dans sa poche.

Il prit une nouvelle série de photos et se décida à rentrer à l'hôtel. Il avait du pain sur la planche pour mener à bien sa mission. Mais c'était la chance de sa carrière : une fois l'affaire terminée, il serait celui qui aurait donné vie à l'*Abbey Diamond Resort*. Il rejoindrait par la grande porte les privilégiés de « la France d'en haut ».

Tout à ses rêves de magnificence, il s'éloigna de l'abbaye, enjamba une barrière, jura en s'apercevant qu'il venait de marcher dans une bouse et, pestant, atteignit sa voiture de location. Il avait une petite visite à honorer ce soir, une visite qui lui tenait à cœur depuis quelques mois.

2

Le Comité de défense de l'abbaye

Mercredi 3 septembre

Jacques Salomon considéra avec satisfaction la vingtaine de personnes qui avaient répondu à son appel à la résistance. Il savait qu'en organisant sa réunion d'information à seize heures, il toucherait essentiellement des retraités ou quelques curieux attirés par l'animation, mais c'était un excellent début. Il n'avait eu vent de cette information scandaleuse que quatre jours plus tôt, grâce à l'indiscrétion d'un fonctionnaire de la préfecture qu'il connaissait depuis des années. Un projet pharaonique se préparait à Locmaria sans que les habitants ni même le conseil municipal en aient été avertis.

Salomon jeta à nouveau un œil à la banderole qu'il avait confectionnée durant la nuit avec deux acolytes de la première heure : « Non à la destruction du patrimoine au profit de la finance internationale. » Elle avait tout de même fière allure, même si le leader autoproclamé du tout nouveau CDA, le Comité de défense de l'abbaye, n'en était pas entièrement satisfait. D'abord, le slogan était long et difficilement lisible de loin sur les deux vieux draps écrus découpés et cousus par l'un des membres du comité. Ensuite, jeune retraité ayant fait sa carrière dans le milieu bancaire, il avait tiqué sur la mise en cause de la finance internationale. Mais il avait besoin du soutien de Marcel Guidel, qui en revendiquait la paternité. Marcel, dit « le rouge » ou « *ar ruz* », était un ancien syndicaliste chevronné de feu la conserverie locale. Il disposait, de ce fait, d'un matériel de propagande qu'il avait précieusement gardé en réserve dans son grenier. Inutile donc de se fâcher avec un tel partenaire. D'ailleurs, qu'on le veuille ou non, la finance internationale avait toujours quelque chose à se reprocher. Une fois le slogan validé, Mme Guidel mère, du haut de ses quatre-vingt-cinq ans, avait fait vrombir sa Singer.

Jacques Salomon saisit un mégaphone qui avait dû appartenir à Henri Krasucki et, dans un crachouillis abominable, harangua l'assemblée.

— Habitantes et habitants de Locmaria, si vous êtes là cet après-midi, c'est que vous voulez savoir quel est le projet inique qui menace notre beau village et son patrimoine ! Notre abbaye, qui veille sur cette partie de la côte de la Cornouaille depuis près de sept siècles, est en grave danger. Grâce à un lanceur d'alerte courageux, nous avons appris que le terrain allait être vendu.

Comme il laissait aux participants le temps d'assimiler l'information, un doigt se leva. Salomon donna aussitôt la parole à l'intervenant :

— Paulot, on vous écoute !

Le boucher, qui avait abandonné la boutique à sa femme pour quelques minutes, l'interpella d'une voix de stentor.

— D'abord, est-ce que vous pourriez éteindre votre bousin préhistorique ? Il fait autant de boucan que ma belle-mère dans ses mauvais jours ! Parlez fort, ça suffira. Ensuite, c'est quoi le problème de la vente ? Ça fait cinquante ans que les propriétaires de l'abbaye n'ont plus mis les pieds à Locmaria. Alors qu'est-ce que ça change pour nos ruines ?

— Bon, pour le mégaphone, je demanderai à notre électricien de remplacer quelques transistors pour un rendu plus harmonieux, consentit Salomon en rangeant son matériel. Ce que ça change, c'est que l'acheteur n'a pas projeté de restaurer le monastère.

— Je m'en doute, intervint Paulot Guillou, mais il ne va pas nous construire une centrale nucléaire. Et si c'était le cas, qu'ils fassent gaffe, ils ont vu ce que ça coûte d'essayer d'apporter ces saletés en Bretagne.

— P'têt pas un truc atomique, mais p'têt ben qu'ils vont nous planter leurs maudites éoliennes juste à côté du village, celles où ce que les mouettes seront découpées en morceaux et pleuvront comme vache qui pisse sur l'église ou dans nos potagers, renchérit un vieux paysan.

— Ou encore un champ recouvert de panneaux solaires importés de Chine et pleins de produits toxiques extraits dans des mines par des enfants ! hurla un adolescent à la conscience écologique déjà bien aiguisée.

— S'il vous plaît, s'il vous plaît, les calma Salomon, qui sentait que la situation allait lui échapper. Il ne s'agit pas de produire de l'énergie. Non, la machination dont nous parlons est un projet immobilier.

Les participants le laissèrent continuer. Construire deux ou trois villas sur un bout de terrain, pour peu qu'on leur préserve leurs ruines, n'avait rien d'un drame.

— Un projet immobilier, mais pas n'importe lequel, précisa Salomon. Un programme foncier à la démesure de ses promoteurs internationaux !

— Bon, accélérez, le coupa Paulot. Émeline est seule à la boucherie et je n'ai pas eu le droit de m'absenter trop longtemps. J'ai pas envie de me faire remonter les bretelles.

— Un complexe hôtelier pour milliardaires ! Un complexe hôtelier qui détruira ce qu'il reste de notre abbaye ! Un village de riches étrangers au cœur de Locmaria !

Un brouhaha s'éleva de l'assemblée dont les rangs avaient grossi.

Un sifflement strident lancé par une petite femme à l'allure énergique attira l'attention.

— Jacques, l'interpella Alexia Le Corre, la propriétaire de la librairie *Lire au large*, où est-ce que tu es allé pêcher tes informations ? On n'a jamais rien vu passer au conseil municipal. S'il y avait un projet de construction, surtout aussi gigantesque que ce que tu as l'air d'avancer, on ne manquerait pas d'être au courant. Et il faudrait que le conseil donne son accord.

— Fais-moi confiance, Alexia. Ça va vite arriver sur le bureau de notre maire… et il va subir des pressions de très haut ! Je pressens que l'appât du gain va semer la zizanie dans notre village. Préparons-nous à la bataille si nous voulons sauvegarder notre abbaye !

3

Bretzel et beurre salé

Mercredi 3 septembre

Malgré la douceur vespérale, les deux hommes avaient réservé une table en intérieur. Confortablement installés, ils dégustaient un amer bière en grignotant quelques bretzels fraîches. Catherine Wald, la propriétaire de cet établissement en passe de devenir l'un des plus fameux restaurants alsaciens de Bretagne, avait convaincu le boulanger de Locmaria de lui confectionner quotidiennement des bretzels. Elle lui avait fourni la recette originale, et l'artisan l'avait arrangée à sa manière en y intégrant du beurre et des cristaux de sel de Guérande. Le produit parfait avait vu le jour et, depuis une semaine, la bretzel au beurre salé apparaissait à la carte.

Sans interrompre sa discussion, l'un des convives claqua plusieurs fois des doigts pour attirer l'attention d'une des deux serveuses. Une avenante trentenaire rousse, que le client scanna de la tête aux pieds en deux secondes, s'approcha de lui.

— Vous avez fait votre choix ? s'enquit Julie Fouesnant en cachant son agacement.

— Faites-nous envoyer une bouteille de riesling et des flammekueches traditionnelles, mon petit. Je vous ferai signe quand j'en aurai assez mangé.

— C'est bien comme ça que nous fonctionnons. Je vous en apporterai jusqu'à ce que vous me demandiez d'arrêter.

— Comme en Alsace, donc ?

— Comme en Alsace, tout à fait. La propriétaire de l'établissement vient de Strasbourg.

— Je sais tout ça ! Et vous me ferez le plaisir d'annoncer à Cathie que je veux la voir.

Choquée par la familiarité de ce client indélicat, Julie se força cependant à répondre poliment.

— Madame Wald n'est pas présente au restaurant aujourd'hui.

— Quoi ? Elle n'est pas là ?! s'exclama l'homme, contrarié.

— Vous pourrez revenir demain, monsieur.

— Mouais, je ne vais pas me taper des tartes flambées tous les soirs pour causer à mon ex. Quand vous la croiserez, dites-lui que Patrick Kaiser a envie de lui parler.

— Je le ferai, nota Julie sans laisser paraître sa surprise. Si vous le permettez, je vais lancer la commande.

— Je vous remercie, Julie, vous pouvez y aller, la libéra l'autre convive. Monsieur Kaiser résidera à Locmaria plusieurs jours et trouvera sans aucun doute l'occasion de s'entretenir avec madame Wald.

Julie se força à ne pas courir vers la cuisine où officiait Erwan Lagadec, le chef de *Bretzel et beurre salé* et également compagnon de la serveuse. Quand elle y entra, les yeux écarquillés, Erwan se douta qu'une nouvelle allait tomber. Un client insatisfait ou agressif? De telles situations étaient extrêmement rares, et les femmes en salle avaient en général assez de caractère pour les gérer.

— Tu ne devineras jamais qui vient de commander!

— Non, c'est certain. Face à mon four, j'ai pas vraiment une vue panoramique sur le resto.

— Patrick Kaiser!

Il ne fallut qu'une petite seconde à Erwan pour faire le lien.

— Kaiser, mais c'est le nom des enfants de Cathie! Tu veux dire… que son ex-mari est là?

— Tout à fait. Et je peux même ajouter que la description de Cathie a l'air de coller à la réalité.

— Il est si con que ça?

— Con, je ne sais pas. Mais prétentieux et impoli, c'est sûr, et il m'a déshabillée du regard en moins de temps qu'il ne faut pour le dire. En plus, il va rester à Locmaria un bout de temps et il souhaite rencontrer Cathie à tout prix.

— Eh bien, ça promet quelques moments explosifs et… merde! s'exclama-t-il en sentant une odeur de brûlé qui s'échappait de son four.

Patrick Kaiser dégusta sa tarte flambée puis se lécha consciencieusement les doigts avant de les essuyer sur la nappe en papier. Il observa le plafond quelques secondes, comme perdu dans ses pensées, et lâcha sa sentence.

— Correct, vraiment correct. Ça me rappelle une

petite auberge à Handschuheim où je l'invitais quand les gamins étaient jeunes.

— Sans vouloir être indiscret, vous avez parlé de votre « ex » à Julie. Vous êtes l'ancien mari de Catherine Wald, c'est ça ? l'interrogea Marc Dubourg.

— Eh oui, vingt-cinq ans de vie commune et deux beaux enfants. Et ensuite Cathie a décidé d'arrêter l'aventure. En fait, je ne l'ai pas vue depuis le jour de notre divorce, il y a près de quatre ans. Et je me retrouve à bosser dans un trou, au fin fond de la Bretagne, et à dîner dans le restaurant de celle qui m'a largué ! Marrant, non ?

— Si vous souhaitez avoir une chance de mener à bien notre projet, monsieur Kaiser, je vous conseille d'oublier l'expression « trou », le sermonna Dubourg. Je pense que si j'allais dire la même chose à vos compatriotes, ils apprécieraient assez peu. Les Bretons sont aussi susceptibles que les Alsaciens quand on parle mal de leur région.

— Mais je plaisante, Dubourg ! Vous ne me semblez pas être très « second degré », je me trompe ? Faut vous détendre, mon vieux. Allez, un petit godet de riesling ?

Marc Dubourg, directeur adjoint à la retraite de l'ancienne conserverie de poisson de Locmaria, décida de ne pas jouer le jeu de ce rustre. Patrick Kaiser était son interlocuteur pour l'affaire qui le concernait et il ne voulait pas risquer de la faire capoter. Cependant, il n'était pas près de l'inviter de nouveau à dîner.

— C'est une longue histoire entre Cathie et moi, expliqua Patrick en remplissant les verres. On a eu le coup de foudre et on s'est mariés jeunes. Les premières années ont été particulièrement chaudes : elle avait du caractère, la Cathie ! Et puis on a eu les enfants. Elle est rentrée dans un rythme pépère : s'occuper des gosses, faire les courses, préparer à manger. La panthère que j'avais épousée s'est transformée en bobonne. Et plus les années passaient, plus elle se laissait aller. Je suis d'un naturel compréhensif, mais quand votre femme se gave de sucreries à longueur de journée alors que de belles plantes vous attirent dans leurs filets, difficile de résister ! On n'est pas des curés ! s'exclama-t-il avec un clin d'œil égrillard. Bref, tout ça a fini en un lamentable divorce. Et… vous la connaissez bien ?

Même s'il avait récemment cocufié un mari trop absent, Marc Dubourg ne supportait pas le discours de Patrick Kaiser. Il n'en fit cependant pas état.

— J'ai eu le plaisir de la rencontrer à quelques occasions. Une personne charmante et d'une grande classe. Elle est très appréciée à Locmaria et le portrait que vous dressez d'elle me surprend, le piqua-t-il volontairement. Mais je ne la connais que depuis six mois.

Patrick changea de sujet. Il aurait tout le temps de repenser à son ex.

— Et nos vendeurs, toujours partants pour céder le terrain ?

— Évidemment, monsieur Kaiser… sinon, nous ne serions pas là.

— Bien entendu.

— Je propose qu'on se retrouve demain chez maître Rivaillan. Il vous montrera la procuration qu'ont fait parvenir les propriétaires de l'abbaye. Je les représente donc pour la négociation ainsi que pour la signature du compromis. Mais nous ne sommes pas loin d'un accord, n'est-ce pas ?

— Il me semblait que l'accord avait été trouvé ? s'étonna Kaiser.

— Discuté, tout à fait, mais rien n'a encore été officiellement acté. Et en ce moment le prix du mètre carré en Bretagne s'affole si l'on en croit les journaux spécialisés.

Si Marc Dubourg ressemblait à un inoffensif retraité avec son costume austère et sa cravate déprimante, il serait sans aucun doute un âpre adversaire. Kaiser lui offrit un sourire de requin : affronter un homme de sa valeur l'excitait déjà.

4

La rencontre

Jeudi 4 septembre

— Allez, Schlappe ! Descends de là !

L'air penaud, le chien quitta aussitôt le canapé en cuir dans lequel il avait tenté de s'allonger. Sa tête de côté et ses oreilles pendantes arrachèrent un sourire à Catherine Wald. Elle avait adopté l'animal deux mois plus tôt, ou peut-être était-ce lui qui l'avait adoptée ? Quoi qu'il en soit, elle aimait bien son mélange d'épagneul breton et de chien de ferme de race indéterminée ! Il était toujours prêt à lui faire la fête.

— Zou ! va voir ce qui se passe dehors : il est déjà dix heures.

Sans se rebeller, Schlappe s'éclipsa dans le jardin pendant que Cathie finissait de ranger sa cuisine. Elle s'était levée plus tard que d'habitude et avait exceptionnellement fait sauter sa séance de natation quotidienne. Tous les matins, elle nageait une demi-heure dans sa piscine : une manière d'attaquer la journée énergiquement et de travailler sa ligne. À cinquante et un ans, elle voyait les calories des chocolats et des apéritifs avoir une fâcheuse tendance à se réfugier dans des capitons dont elle ignorait l'existence vingt ans plus tôt.

Une fois la dernière miette époussetée, Cathie se prépara un café et sortit le déguster sur la terrasse. L'air déjà tiède lui caressa le visage. Elle n'habitait à Locmaria que depuis six mois, mais elle savait qu'elle ne se lasserait jamais de ce fantastique paysage. Sa demeure avait été bâtie sur la pointe de Kerbrat, qui s'élançait dans la mer. Si, les jours de tempête, son jardin était battu par les vents sur sa façade ouest, le côté est abritait une flore presque méditerranéenne. À perte de vue, l'océan, sans cesse en mouvement, offrait un spectacle continuellement renouvelé. Elle s'installa dans un transat, ferma les yeux et apprécia les cadeaux de la nature : les trilles d'un oiseau niché dans le grand pin, le ressac de la mer et le murmure du vent qui jouait avec les branches des arbres. Quelle chance d'avoir pu trouver cette propriété ! Depuis combien de temps n'avait-elle pas ressenti une telle sérénité ? Après toutes les désillusions qu'elle avait connues au cours des dix dernières années, ces instants de bonheur étaient bien mérités. *Carpe diem*, profite du jour présent sans t'inquiéter du lendemain. Cathie savait que rien n'était immuable en ce monde, le mauvais comme le bon. Elle se souvenait encore de ce poème qu'elle avait appris dans ses années de primaire : « *Le bonheur est dans le pré, cours-y vite, cours-y vite. Le bonheur est dans le pré, cours-y vite il va filer*[1]. » Aujourd'hui, elle était dans le pré, ou tout au

1. Premiers vers du célèbre poème de Paul Fort (1872-1960) intitulé « Le bonheur est dans le pré ».

moins dans son jardin, et elle n'avait pas l'intention de laisser s'enfuir son bonheur de sitôt.

Elle s'extirpa de ses rêveries pour faire le bilan de sa soirée de la veille. Elle s'était couchée à deux heures du matin après avoir passé trois heures devant la webcam de son ordinateur. Trois heures en direct avec des interlocuteurs américains, trois heures pendant lesquelles elle avait échangé dans un anglais presque parfait.

Hormis ses enfants, presque personne ne connaissait sa maîtrise de la langue de Shakespeare, indispensable à sa carrière parallèle. Prise par le lancement de *Bretzel et beurre salé*, elle avait trop négligé cette activité ces derniers mois. Maintenant, l'autonomie de son équipe, avec Erwan aux cuisines, Julie et Madeleine au service, lui permettait de retrouver des soirées qu'elle consacrait à ses clients d'outre-Atlantique. C'était aussi l'occasion de porter à l'écran les tenues affriolantes qu'elle accumulait dans le dressing de sa chambre.

Un soudain rugissement d'accélérateur puis un long crissement de freins martyrisés ramenèrent Cathie sur terre. Quelle discrétion ! Le parking sur lequel elle garait sa voiture se situait à une cinquantaine de mètres de l'entrée du domaine de Kerbrat. Il fallait ensuite emprunter un large sentier qui traversait un petit bois pour rejoindre sa propriété. Qui pouvait provoquer un tel vacarme ? La réponse qu'elle craignait fut rapidement confirmée par l'ouverture en fanfare du portail en bois et le son d'une voix qu'elle aurait souhaité ne plus jamais entendre.

— Ben ma vieille, y en a à qui le changement a réussi !

Cathie savait que ce moment allait arriver. Patrick

Kaiser, son ancien mari, l'avait prévenue quinze jours auparavant de sa venue à Locmaria pour affaires. Avec son absence de tact légendaire, il l'avait sollicitée pour qu'elle vienne le chercher à l'aéroport de Brest-Guipavas, ce qu'elle s'était empressée de ne pas faire. Cela n'empêchait tout de même pas l'homme qui avait pourri une bonne partie de sa vie de se retrouver en face d'elle, dans ce jardin si idyllique il y a quelques secondes. Afin de ne pas déclencher les hostilités instantanément, Cathie grimaça un sourire qu'elle veilla à ne pas rendre trop accueillant.

— Bonjour, Patrick.

— Salut, *schatzele*, s'approcha-t-il en tentant de l'embrasser.

— Le «*schatzele*», tu oublies ! Ça fait bien longtemps que je ne suis plus ta «petite chérie», se rebella Cathie en reculant d'un pas et en le fusillant du regard.

Patrick comprit qu'il était un peu tôt pour un numéro de charme. Pourtant, elle était encore plus affriolante que sur la photo qu'il avait découverte au printemps sur Internet. Son ancienne épouse apprécierait sans aucun doute une petite flatterie. Toutes les femmes aimaient ça.

— T'es super bien gaulée, tu sais. Et puis ce petit haut qui te moule les seins, ça te va super bien. Franchement, j'en regretterais presque notre séparation.

— Eh bien écoute, tu viens de me convaincre définitivement, si j'avais eu besoin d'un argument supplémentaire, que le divorce était le bon choix. Je t'offre un café ? se força-t-elle pour ne pas paraître aussi rustre que son ex.

— Ouais, j'veux bien… mais ce que j'ai dit, c'était pour te faire plaisir.

— C'est bien ce que je craignais, commenta-t-elle ironiquement en pénétrant dans la maison.

Patrick la suivit dans la cuisine et observa la décoration pendant qu'elle préparait les expressos.

— Elle est vraiment chouette, ta baraque. Et puis cette piscine intérieure, c'est le grand luxe. Ça a dû te coûter une fortune. Et c'est pareil en haut ? ajouta-t-il en commençant par habitude à aligner les chiffres dans sa tête.

— C'est très beau en haut aussi, mais c'est privé, s'agaça-t-elle en se hâtant de lui barrer l'accès à l'escalier. Profitons plutôt de la vue de la terrasse.

5

Et ça vient d'où ?

Jeudi 4 septembre

Cathie l'observa en train de boire son café. Quatre ans qu'elle n'avait pas vu son ex-mari. Il n'avait pas trop changé et portait plutôt bien ses cinquante-quatre ans. Il pouvait presque sembler séduisant – tant qu'il ne disait rien –, avec sa tignasse blonde encore bien fournie, toujours dans le style *Wham !* de ses vingt ans. Elle se souvenait des heures qu'il passait devant le miroir de la salle de bains à parfaire ses imitations de George Michael. Cela amusait Cathie au début de leur relation. Comme ce temps lui paraissait loin ! Contrairement à ce qu'elle avait craint, la venue de Patrick n'avait pas fait remonter d'angoisse particulière. De l'agacement, voire de la colère, ça oui ! Mais elle avait clairement réussi à dépasser l'échec de ses dernières années de mariage.

— Mais où as-tu trouvé l'argent pour acheter cette propriété, la rénover et ouvrir ton restaurant ?

— Peut-être que j'ai gagné au loto ?

— Les enfants me l'auraient dit, enfin Xavier, puisque notre chère fille, Anna, ne daigne plus m'adresser la parole.

— Alors, j'ai déniché un prêteur compréhensif? proposa Cathie.

— Ça, je suis prêt à le croire. Même si on ne s'est plus parlé depuis notre passage devant le juge, je me suis intéressé à distance à ce que tu devenais.

— Parce que tu m'espionnes ?

— Non, juste des amis qui m'ont raconté que tu fréquentais *Le Gant de Velours*. D'ailleurs, lorsque j'ai appris que tu allais dans des clubs libertins, je n'en suis pas revenu. Pourquoi est-ce que tu l'as toujours refusé quand je te le demandais ?

— Peut-être parce que je n'avais pas envie de voir mon mari se taper tout ce qui bouge… ni de subir le même sort.

— Mouais… enfin, on ne va pas refaire l'histoire. Mon pote Gégé, tu sais, le concessionnaire Mercedes de Mundolsheim, il t'y a rencontrée à plusieurs reprises.

Cathie ne réagit pas. Elle n'appréciait pas le fameux Gégé mais assumait les ragots provoqués par sa conduite passée.

— Gégé m'a dit qu'il t'avait aperçue plusieurs fois avec des mecs friqués, notamment des gars du show-biz. Ce n'est pas eux qui t'auraient aidée à t'installer ?

— Qu'est-ce que ça peut te faire ? le coupa-t-elle sèchement. Bon, sinon, pourquoi es-tu venu me voir ? Rien ne t'obligeait à le faire.

— Sincèrement, Cathie, tu me fais de la peine. Si tu étais allée à Strasbourg, tu ne serais pas passée me saluer ?

— Non, et tu le sais parfaitement.

— J'ai réservé une chambre au *Relais de Saint-Yves*.

— C'est un excellent hôtel, en effet, et Gaël Delpiero, son propriétaire, est charmant.

— Je m'étais dit… hésita-t-il, que vu la taille de ta maison, tu aurais pu me faire économiser les frais d'hôtel. Quinze jours à cent cinquante balles la nuit, ça fait plus de deux mille euros que je pourrais me mettre dans la poche. Et pour te remercier, je t'aurais invitée un soir au resto.

— Manger des tartes flambées ? grinça Cathie. Ça t'aurait aussi permis d'empocher le prix des repas. Franchement, tu te rends compte de ce que tu me demandes ?

Patrick n'insista pas, conscient que sa requête avait peu de chances d'aboutir. Mais ne dit-on pas que la fortune sourit aux audacieux ?

— Alors, reprit Cathie par curiosité, qu'est-ce que tu es venu faire à Locmaria ? Je me souviens de toi comme d'un adepte de la Costa Brava, mais pas de la côte finistérienne.

— Une grosse affaire, un truc de fou !

— Je t'écoute.

Si Cathie tenait en piètre estime le comportement social de son ex-mari, elle avait toujours reconnu ses capacités professionnelles. Depuis trente ans dans l'immobilier, il avait appris à gérer les gros projets et à « sentir les coups », comme il aimait le faire savoir. Qu'est-ce qui pouvait le mettre dans cet état de transe ?

— Tu vois l'abbaye ? commença-t-il, mystérieux.

— J'imagine que tu fais référence au monastère en ruines sur la route de Concarneau ?

— Exactement. Eh bien prochainement, tu ne la verras plus !

— J'ai entendu parler hier de la vente du terrain. C'est toi qui es derrière ça ?

— Eh oui, Patrick Kaiser, pour vous servir ! C'est un vrai coup de maître ! Je vais te faire le complexe hôtelier à côté duquel ta maison aura l'air d'une *favela* de seconde zone à Rio !

— Mais le vendeur ne peut pas céder son terrain alors qu'il y a les restes d'une abbaye dessus ?

— Eh bien si, car, tiens-toi bien… l'abbaye de Locmaria n'est pas classée aux monuments historiques.

Cathie s'accorda un temps de réflexion. Cette affaire allait faire du bruit et sans aucun doute diviser le village.

— Alors, qu'est-ce que tu en dis ? crâna son ancien mari.

— C'est effectivement un projet conséquent. En revanche, tu risques d'avoir des opposants. J'ai entendu dire qu'un comité de défense s'était créé.

— T'inquiète, on va gérer. En revanche, je peux te dire qu'il y a déjà des habitants qui me soutiennent. Super Patrick est lancé, attention aux étincelles ! Et toi, qu'en penses-tu ? Ça devrait aider ta gargote à prendre son envol.

— *Bretzel et beurre salé* se porte très bien, fit-elle, pincée. Et je ne pourrai te répondre que lorsque ton projet sera officiellement dévoilé. En tout cas, je vais suivre ça de près, tu peux en être sûr !

— Je peux compter sur ton appui ? insista Patrick.

— Tu te doutes, Patrick, du niveau de confiance que je t'accorde. Alors on verra. Bon, il va falloir nous quitter. J'ai encore beaucoup de choses à faire avant d'aller au restaurant.

— Tu ne me gardes pas pour déjeuner ?

— Non, ce n'est pas prévu. Mais je peux pousser la courtoisie jusqu'à te raccompagner à ta voiture.

6

Chez le notaire

Jeudi 4 septembre

Une fois les trois tasses de café et les palets pur beurre déposés sur la table en verre du bureau de son patron, la secrétaire quitta la pièce et ferma la porte avec précaution. Maître Rivaillan avait insisté sur la confidentialité de sa réunion du début d'après-midi. Ce notaire de Locmaria avait repris l'étude de son père, qui lui-même la tenait de son propre père. Inutile de dire que pas un secret du village ne lui échappait. Il savait pertinemment que la vente du terrain de l'abbaye allait provoquer des drames. Cependant, c'était le choix des héritiers et il ne pouvait pas s'opposer à leur volonté… d'autant moins que ses émoluments étaient à la hauteur du prix de ce terrain d'exception.

Le dernier propriétaire connu, Paul Kermel, s'était expatrié soixante ans plus tôt pour aller tenter sa chance aux États-Unis. Un type fort en gueule qui était persuadé que le Nouveau Monde n'attendait que lui. Après des débuts difficiles, il s'était fait une place à Hollywood.

Si son nom n'apparaissait pas en haut de l'affiche, Kermel s'était taillé une part enviable dans l'industrie de la construction des décors. Le notaire avait été chargé de réunir les descendants de Kermel. Celui-ci ayant mené une vie amoureuse peuplée de coups de foudre, de mariages à Vegas et de divorces retentissants, quatre ans avaient été nécessaires pour rassembler sa progéniture dispersée aux quatre coins de la planète.

Marc Dubourg, ancien directeur adjoint de la conserverie locmariaiste L'Atlantide, était, quant à lui, un des notables du village, un homme encore bien introduit dans le microcosme politique local. Il avait toujours su faire preuve de suffisamment de discrétion et d'humilité de façade pour passer à travers les tempêtes. Il avait survécu au scandale de la vente de la conserverie à un industriel étranger : malgré ses promesses, le nouvel acquéreur l'avait fermée peu de temps après en licenciant tout le personnel. Le notaire lui avait proposé de représenter les intérêts financiers de la famille Kermel dans cette transaction, ce qu'il avait accepté dans la seconde.

— Monsieur Kaiser, c'est un immense plaisir de recevoir dans ma modeste étude le correspondant de la société *Luxembourg Investment Assets*.

Le Patrick Kaiser assis en face des deux Bretons n'avait plus rien à voir avec celui qui était allé se pavaner le matin même chez son ex-femme. Mocassins Weston, jean noir, tee-shirt sombre et veste Hugo Boss, il avait réussi à effacer de son visage le sourire qui crispait tant Cathie. Une sorte de docteur Jekyll des affaires et de mister Hyde de la séduction.

— Je vous remercie de votre accueil, maître, entama-t-il en saisissant sa tasse de café. Comme vous le savez, cette opération immobilière représente pour la LIA une étape majeure de son implantation en France. Vous avez reçu la semaine dernière les documents officiels vous confirmant mon autorité pour finaliser les négociations. Nous devons converger dans les plus brefs délais. Si nous sommes ouverts à l'idée d'envisager un ultime effort financier, vous ne dénicherez pas sous le sabot d'un cheval un autre investisseur prêt à mettre plusieurs millions sur la table pour acquérir un terrain qui reste à viabiliser.

— Les héritiers de la famille Kermel ont apprécié le sérieux de votre offre. Et même si la Bretagne est devenue une destination des plus prisées, soyez convaincu qu'ils souhaitent trouver rapidement les meilleures conditions pour signer avec la *Luxembourg Investment Assets*.

Une fois les bases de la discussion posées, Patrick Kaiser embraya sur un sujet qui le travaillait, même s'il le minimisait en public. Dans ce bureau feutré, il pouvait l'aborder en toute discrétion.

— J'ai croisé hier un excité qui tenait une réunion en face de l'église. J'ai écouté ses élucubrations, de loin bien sûr, et j'ai senti les participants assez remontés. Qu'est-ce que vous pouvez m'en dire ?

— Ne vous inquiétez pas, le rassura Marc Dubourg. Jacques Salomon s'est toujours rêvé en chef de bande. Après une carrière à jouer les toutous dans sa banque, il a découvert un moyen d'exprimer sa frustration.

— Je me fiche des états d'âme de ce Salomon, mais, frustré ou pas, il semblerait que son discours influence certains habitants. Vous n'ignorez pas, ajouta-t-il dans une menace voilée, que la confirmation de notre offre est liée à l'obtention du permis de construire.

— Nous le savons parfaitement et nous y avons travaillé avec soin, l'apaisa le notaire. Marc et moi avons d'excellentes relations avec des décideurs financiers et politiques du département et de la Région. Ils sont convaincus de l'intérêt de votre projet pour le développement de Locmaria et de ses environs. La venue de ces nouveaux résidents produira un impact très positif sur notre économie : nous avons réalisé une estimation du nombre d'emplois qui pourront être créés, et nos interlocuteurs y ont prêté une oreille plus qu'attentive.

— C'est quand même le maire de Locmaria qui va signer le permis, insista Kaiser, et pas le préfet ou le président du département !

— Imaginez-vous que l'édile d'une commune d'à peine deux mille habitants pourrait s'opposer à un tel projet ?

— Avec un leader charismatique et une campagne médiatique bien menée, on peut faire des miracles. L'annulation de la construction de l'aéroport de Nantes-Notre-Dame-des-Landes en est un bel exemple !

— Ne vous inquiétez pas, sourit Dubourg, Jacques Salomon fait du bruit, mais on ne peut pas parler de lui comme de la réincarnation de Che Guevara. Par ailleurs, de nombreux membres influents de la communauté de Locmaria voient l'arrivée de vos amis d'un très bon œil. Pensez donc ! La venue d'étrangers fortunés ne manquera pas de profiter à l'économie locale…

— … Et à la création de nouveaux commerces, enchaîna maître Rivaillan, qui avait flairé l'aubaine depuis longtemps.

— Vous avez l'air bien sûrs de vous, et je ne doute pas que vous disposiez d'arguments sérieux pour être aussi confiants. Il n'empêche que je navigue depuis trente ans dans ce milieu, et je sais qu'il ne faut pas négliger les gugusses comme Salomon… encore plus quand ils se découvrent une cause. Messieurs, j'aimerais que nous considérions ce Comité de défense de l'abbaye comme une menace contre notre entreprise… et que nous le traitions comme tel.

Dubourg et Rivaillan se regardèrent quelques secondes sans rien dire. Et s'ils avaient été trop sûrs d'eux ? Ce Patrick Kaiser, dont Dubourg avait tracé un portrait peu flatteur après le dîner au restaurant, semblait parfaitement maîtriser son métier. L'échec du projet serait une catastrophe financière pour les deux hommes. Une catastrophe qui, au vu des investissements qu'ils avaient déjà effectués, se chiffrerait en centaines de milliers d'euros.

— Nous prenons votre demande avec le plus grand sérieux, lui confirma Rivaillan. Jacques Salomon devient officiellement un obstacle à écarter.

7

Conseil municipal

Vendredi 5 septembre

Personne n'aurait manqué ce conseil municipal convoqué en urgence ! La nouvelle dévoilée par Jacques Salomon deux jours plus tôt avait plongé une partie des élus dans une colère noire. Comment un projet d'une telle envergure avait-il pu être passé sous silence jusqu'à ce jour ? Le classique antagonisme entre majorité et opposition avait explosé face à ce sujet qui pouvait significativement influencer la vie de Locmaria. Anton Manach, producteur de légumes bio et maire du village, s'était retrouvé sous un feu nourri de questions et de récriminations. Déboussolé, il avait découvert l'histoire en même temps que la population.

— Allons, Manach, l'agressa Georges Lagadec, l'un des plus gros propriétaires terriens de la localité. Ne nous dites pas que vous n'étiez pas au courant !

— Écoutez, Lagadec, il faudra que je vous le répète combien de fois ? Aucun dossier n'a été déposé sur le bureau de la Mairie, et Marine pourra vous le confirmer.

— Faut pas nous prendre pour des lapereaux de six semaines, mon vieux ! Il y a les sujets officiels et ceux qu'on traite en sous-main. Et si vous pensez mener discrètement ces négociations pour vous faire réélire, vous vous mettez le doigt dans l'œil !

— C'est vrai, insista Frédéric Dumuret, le pharmacien, vous auriez pu... et vous auriez même dû nous prévenir. J'en attendais plus de vous : vous me décevez.

— Ça suffit, maintenant ! explosa Manach. Si j'ai convoqué ce conseil exceptionnel, ce n'est pas pour subir vos menaces et vos insultes ! Si ça continue comme ça, chacun repart chez soi et on en reparlera le jour où la demande arrivera sur la table !

Un silence s'abattit durant quelques secondes sur l'assemblée. Anton Manach était connu pour son sourire et sa faculté d'arranger les situations les plus compliquées. Même s'il ne se laissait pas marcher dessus, son soudain coup de gueule surprenait.

— J'apporte tout mon soutien à Anton, reprit Marine Le Duhévat, la secrétaire de mairie et coach sportive du village. Comme la plupart d'entre nous, je suis convaincue qu'il vient de découvrir ce projet immobilier sur le terrain de l'abbaye, ajouta-t-elle en fixant d'un œil noir Lagadec et le pharmacien, opposants historiques de la majorité.

— Merci pour cette mise au point, Marine, enchaîna Alexia Le Corre. Qui a des informations sur ce projet... en plus de ce que Jacques Salomon nous a raconté ?

Amies dans la vie, les deux femmes avaient l'art et la manière de tempérer les ardeurs mâles du conseil municipal.

Le calme momentanément revenu, Anton Manach reprit la parole.

— J'ai passé aujourd'hui des appels au département et à la Région pour avoir des nouvelles en sous-main. On m'a confirmé qu'une société luxembourgeoise s'apprêtait à acheter ce terrain.

— Qu'est-ce qu'ils veulent en faire ?

— A priori, construire un complexe hôtelier de grand luxe. De très grand luxe ! Pas le genre de truc à la portée de nos bourses !

— Mais pourquoi est-ce que les héritiers vendent ? s'étonna Arsène, le propriétaire du magasin de vêtements bretons. Ça fait plus de cinquante ans que plus personne ne s'intéresse à ces ruines.

— Aucune idée, répondit le patron du *Timonier oriental*, Émile Rochecouët, mais une chose est sûre, c'est qu'on l'aura dans le baba pour le raccourci.

Un murmure parcourut l'assemblée à l'idée de ne plus pouvoir emprunter le chemin privé qui longeait l'ancienne abbaye et économisait deux kilomètres pour se rendre à Concarneau.

— Et quel sera l'avantage pour Locmaria ? reprit Alexia. Tu n'en sais vraiment pas plus, Anton ?

Le maire haussa les épaules, désolé.

— J'ai l'impression que le truc est lancé depuis un bout de temps et qu'il y a beaucoup d'argent en jeu. Pour les politiciens locaux, je ne suis qu'un paysan écolo élu par un concours de circonstances, pas le genre de cheval sur lequel on mise et auprès duquel on s'épanche !

La déception se lisait sur les visages des membres du conseil, frustrés par le peu d'informations disponible. Faire une séance spéciale pour colporter deux ragots, quel intérêt ? Des discussions fusèrent, soulevant des hypothèses parmi les plus farfelues. Marine Le Duhévat se leva, fit signe à Marc Dubourg de la suivre et s'éloigna dans un coin de la salle. L'ancien directeur obtempéra et la rejoignit.

— Que puis-je pour vous, chère Marine ?

— Mon cher Marc, je suis certaine que vous pourrez partiellement satisfaire la curiosité de nos amis ici présents.

— Qu'entendez-vous par là ? s'étonna Dubourg en fronçant les sourcils.

— Par là, j'entends que vous dîniez avant-hier soir à *Bretzel et beurre salé* avec l'ex-mari de Cathie, Patrick Kaiser. Par là, j'entends aussi que Patrick Kaiser s'est vanté au *Timonier oriental* de mener un projet qui allait changer la face du patelin – je rapporte ses mots. Par là, j'entends enfin que vous êtes entrés ensemble dans l'étude de maître Rivaillan pour en ressortir deux heures plus tard, l'air content. Donc, de là à penser que vous avez une petite idée de ce qui se trame…

— En imaginant un instant que vos hypothèses sont exactes, cela voudrait dire que je serais impliqué dans cette vente.

— Vous me l'ôtez de la bouche.

— Et de ce fait, il serait évident que je ne distillerais pas la moindre information confidentielle.

— Sauf si… sourit étrangement Marine.

— Sauf si ?

— Sauf si, sans faire exprès, je lâchais durant le conseil qu'un peu de nouveauté ferait du bien au moral de notre pauvre Gérard Prigent.

Le visage de Marc Dubourg changea de couleur.

Jusqu'à peu, il avait couché avec Victoire Prigent, la femme dudit Gérard. Si des rumeurs récurrentes couraient sur les cornes qui avaient orné le front du patron du bar de *La Frégate*, le nom de Dubourg, par miracle, était peu apparu dans les ragots. Si Marine Le Duhévat laissait entendre en pleine séance qu'il avait cocufié le malheureux Gérard, sa respectabilité serait sérieusement entamée… et il n'était pas question de prendre ce risque avant que la vente soit officiellement actée.

— Vous plaisantez, Marine, n'est-ce pas ? tenta-t-il avec une moue crispée.

— J'en ai l'air ? répondit-elle innocemment. La vie à Locmaria peut être chamboulée par cette vente.

— Enfin ! La mère dévouée de trois charmantes fillettes ne peut pas se livrer à un pareil chantage !

— L'indignation d'un paroissien qui a convoité la femme de son prochain et couché avec prête à sourire, non ?

Dubourg comprit qu'il n'aurait pas le dernier mot. Livrer des informations avant la vente ne serait sans doute pas apprécié par les acheteurs, mais après tout, peut-être pourrait-il en profiter pour influencer les membres du conseil ? Autant faire contre mauvaise fortune bon cœur.

— Je vais avoir droit à ce petit numéro de menace à chaque fois ? interrogea-t-il avant de rejoindre son siège.

— Si vos renseignements se montrent à la hauteur de mes attentes, vous n'entendrez plus jamais parler de vos galipettes avec Victoire. Enfin… pas par moi, en tout cas.

8

Informations de première main

Vendredi 5 septembre

Comme elle se rasseyait, Marine adressa un clin d'œil à Alexia et demanda la parole.

— J'ai le plaisir de vous informer que M. Dubourg est prêt à éclairer notre lanterne sur ce sujet. Accordez-lui toute votre attention.

Les regards se fixèrent aussitôt sur le costume prince-de-galles du seul habitant de Locmaria qui ne quittait jamais sa veste et sa cravate, même les rares fois où il se rendait à la plage.

— Avant de vous dévoiler quoi que ce soit, je tiens à vous dire que tout cela est extrêmement confidentiel et que je compte sur vous pour que ça le reste, commença-t-il sans se faire d'illusions.

Les élus hochèrent la tête avec une vigueur suspecte. Inutile de tarir dès le début leur unique source de renseignements.

— Comme vous l'a annoncé notre maire, une société immobilière souhaite acheter le terrain de l'abbaye.

— Ils sont allés voir qui pour ça ? l'interrompit immédiatement une voix.

— Chuuuut… intervint Émile Rochecouët. Si tu poses déjà des questions, je ne serai jamais rentré à temps pour servir les apéros. Ma femme s'occupe du bar avec la stagiaire, mais je ne serai pas de trop, surtout un vendredi soir. Et puis la petite a tendance à remplir un tantinet trop les verres…

— Je peux continuer ? s'agaça Dubourg. Donc cette société, dont je peux même vous donner le nom, la *Luxembourg Investment Assets*, a fait son offre finale aux descendants de la famille Kermel.

— Une boîte luxembourgeoise ? ne put s'empêcher Émile. Ça sent le paradis fiscal, la magouille et tout le tintouin !

— Le Luxembourg octroie effectivement quelques avantages fiscaux, tempéra Dubourg, mais la proposition est tout à fait légale. La LIA souhaite construire un ensemble immobilier très haut de gamme sur les terres de l'abbaye.

Personne n'osa un commentaire, de peur de contrarier Dubourg au moment où il entrait dans le vif du sujet.

— Ce serait une résidence privée où des milliardaires séjourneraient pour se reposer et profiter des bienfaits de la Bretagne.

— Vous ne pourriez pas être plus précis ? l'arrêta Frédéric. Parce que venir chez nous juste pour faire une cure d'iode, c'est un peu limité comme argument !

— Je ne sais pas tout, mais…

— Allez, Marc, ne vous faites pas prier, le relança Marine en battant langoureusement des cils.

— Nous en apprendrons plus une fois que la vente

aura eu lieu et que le permis de construire aura été accordé, mais la clientèle visée est vraiment très, mais très haut de gamme. Des millionnaires à la recherche de calme et d'authenticité.

— Authenticité ? s'inquiéta Arsène, ça veut dire qu'ils nous prennent pour des ploucs ? Ça serait comme ceux qui vont voir danser les guerriers massaï au Kenya ?

— Non, bien sûr. Cela va peut-être vous surprendre, mais la Bretagne commence à avoir la cote aux États-Unis. Le côté authentique, justement, les attire beaucoup.

— Ben merde alors, on avait déjà les Parigots et maintenant on va avoir les Yankees ! se révolta Georges Lagadec. De là à ce qu'on impose à nos femmes de porter une coiffe pour aller au marché et aux hommes de se balader en marinière une épuisette à l'épaule pour faire couleur locale, y a qu'un pas.

— Tu ne crois pas que tu en rajoutes un peu, Georges ? le calma Émile Rochecouët. Et s'ils ont tant de dollars que ça, les Ricains, ils viendront peut-être en dépenser chez nous.

— Ils aiment l'authenticité, mais il y a des limites ! pouffa le pharmacien qui était en conflit avec le patron du *Timonier oriental* depuis des années. Ces millionnaires, ça cherche du naturel, mais en version stérilisée. Alors, aller lamper une bière dans ton bouiboui, ça serait au-dessus de leurs forces !

— Pour une fois, j'suis d'accord avec lui, mon Mimile, reprit Arsène. Les Ricains, ça boit du Veuve Clicquot à trente sacs la bouteille, pas ton sauvignon qui râpe la gorge. Et puis ils l'accompagnent pas au pâté Hénaff…

— Tu sais ce qu'il te dit, mon sauvignon ? s'énerva Rochecouët. T'es bien content de t'en envoyer un tous les matins à neuf heures. Et puis tu imagines qu'ils iront acheter tes marinières, les stars d'Hollywood ou les mafiosos du Bronx ?

— Pas des marinières, Monsieur ! Des marinières Armor-Lux fabriquées à Quimper depuis des décennies, s'il vous plaît !

— Vous ne croyez pas que vous vous emballez un peu ? intervint Alexia, persuadée que le chiffre d'affaires de son rayon de littérature anglophone ne s'envolerait pas avec ces hypothétiques arrivées. Marc, est-ce que vous pensez qu'ils feront tourner l'économie du village ?

Dubourg comprit qu'avec des arguments pertinents, il avait l'occasion rêvée de retourner une partie du conseil.

— Je ne doute pas un instant que Locmaria en sorte enrichi. Le projet préliminaire intégrera même à la résidence des infrastructures qui créeront de l'emploi localement : deux bars, deux restaurants gastronomiques, une galerie marchande de luxe. Des lieux privés dans lesquels nos nouveaux amis pourront profiter en toute tranquillité de la beauté de la région.

— En toute tranquillité, ça signifie quoi ? s'étonna Marine. Que la Bretagne c'est beau, mais sans ses habitants ?

— Ça veut dire qu'ils ne mettront vraiment pas les pieds dans mon établissement ? enchaîna Rochecouët.

— Et que nos galettes et nos kouign-amann, c'est pas assez bon pour leur palais ?

— Mais alors… percuta Arsène en voyant une source

de revenu s'échapper, mes pulls marins et mes pantalons en toile ne seront pas assez authentiques pour eux ?

— Dis, Marc, conclut Lagadec, c'est une résidence ou un quartier de haute sécurité que tes Luxembourgeois ont prévu de construire ?

Désemparé, Dubourg se rendit compte qu'il venait de rater son coup. Mais il avait d'autres cartes dans sa manche…

9

Départ pour les îles

Samedi 6 septembre

— C'est drôlement lourd ce truc ! On va en baver dans les escaliers qui descendent à la plage ! s'exclama Cathie en agrippant avec peine un canoë flambant neuf.

— Dis-toi que c'est pour la bonne cause, lui répondit Yann, qui soulevait l'autre côté de l'embarcation. Pense à toutes ces balades en mer que tu vas pouvoir t'offrir ! Avec tes amies, avec tes enfants… ou avec moi. Et on n'aura à le faire qu'une fois… enfin deux, puisqu'il y a deux canots. Ensuite, tu pourras les laisser dans la cabane au bord de la crique. Si tu veux, je retaperai la porte et j'ajouterai un cadenas neuf. Personne ne viendra les voler.

— Tu es adorable et il me tarde trop de découvrir les îles de Men Du. Depuis le temps que je les admire de mes fenêtres !

— Elles ont l'air toutes proches, mais il va falloir souquer ferme pour les atteindre, matelot. Un beau petit défi pour ta première sortie, plaisanta Yann.

— T'inquiète, beau mâle. Avec le sport que je fais, je devrais y arriver… sans compter la motivation du pique-nique que tu nous as préparé. J'ai cru comprendre que tu avais mis les petits plats dans les grands.

— Et que du « fait maison », s'il te plaît !

— J'ai hâte…

Ils s'affairèrent à descendre sur la plage de Kerbrat tout le matériel nécessaire à leur expédition. C'est Yann, en connaisseur, qui s'était occupé de l'achat des équipements. Cathie s'était contentée de s'extasier sur les acquisitions et de régler la facture.

— Il me semble qu'on a tout, souffla Cathie. Au fait, très pratiques ces chaussures en plastique ! Pas super fashion, mais mes pieds te remercient !

— Alors, en tenue !

Ils enfilèrent une combinaison et un gilet de sauvetage par-dessus leur maillot de bain. Pour se protéger du soleil déjà chaud, Cathie, avec sa peau claire de blonde, s'appliqua une généreuse couche de crème. L'époque où elle passait des heures à bronzer dans les gravières de Strasbourg et revenait rouge comme une écrevisse était depuis longtemps révolue. Puis ils attachèrent le bidon étanche contenant leurs effets et le pique-nique, et poussèrent leur bateau jusqu'à ce qu'ils aient de l'eau aux genoux.

— Installe-toi devant, Cathie. Je m'assieds derrière : ça me permettra de nous diriger.

— Oui, je préfère, surtout si tu veux arriver à temps pour déjeuner.

Cathie réussit tant bien que mal à prendre place sans renverser la frêle embarcation. Puis, ce fut au tour de

Yann. Trois coups de pagaie, et le canoë glissa sur l'océan. Après quelques mouvements hésitants, Cathie intégra rapidement les conseils donnés, avec force diplomatie, par son capitaine du jour.

La mer calme et le ciel, d'un bleu azur, annonçaient une belle journée. Les conditions idéales pour cette excursion que Yann espérait pleine de promesses !

Cathie avait fait la connaissance de Yann Lemeur, journaliste au quotidien *Ouest-France*, quelques mois auparavant, lors de la soirée d'ouverture de son restaurant. Il avait contribué au succès fulgurant de *Bretzel et beurre salé* en publiant un article plus qu'élogieux sur les qualités gustatives des spécialités proposées et sur la chaleur de l'accueil.

Puis, dans le cadre de deux affaires qui mettaient en cause Cathie et Erwan, son cuisinier, il avait utilisé ses talents d'enquêteur, leur permettant non seulement de se disculper, mais aussi de découvrir la vérité. Dès leur première rencontre, le journaliste avait succombé aux charmes de l'Alsacienne. Cependant, Cathie, qui sortait d'expériences amoureuses compliquées, n'était pas prête à se lancer dans une nouvelle aventure. Elle l'avait gentiment éconduit, préférant une amitié solide à une relation à l'issue incertaine. Si Yann était déçu, il avait accepté sa décision, mais gardait quand même le secret espoir d'un dénouement favorable.

Le mois précédent, Yann s'était installé une dizaine de jours au domaine de Kerbrat pour veiller sur son amie, victime d'une agression. Ce séjour avait agi comme un révélateur pour Cathie. Finalement, même s'il n'était pas du genre latino qui vous fait craquer au premier regard, elle l'appréciait de plus en plus : un compagnon fiable, serviable, respectueux… et d'un caractère tout de même affirmé. La culture de Yann, qui connaissait très bien sa région, avait été source de discussions animées, les menant parfois tard dans la nuit. Se sentant en confiance, il avait révélé un sens de l'humour qui leur avait valu de beaux fous rires.

Cathie avait fini par se sentir vraiment bien avec lui. Comme elle était loin, la première impression qu'elle avait eue de Yann : un personnage certes sympathique, mais à peine dégrossi. Enfin, cerise sur le gâteau, son chevalier servant était sur le marché des hommes disponibles ! Sa femme était morte alors que leur fille, Alana, n'avait que dix ans ; il avait dû abandonner son métier de marin-pêcheur à Locmaria, difficilement compatible avec la garde d'un enfant, pour finalement devenir journaliste.

Cathie n'excluait plus une possible évolution de cette relation. Mais elle ne voulait rien brusquer.

Le début de la traversée se passa dans le silence. Tous deux profitaient de ce moment hors du temps. Les coups de pagaie réguliers s'accompagnaient d'un doux clapotis… même s'il arrivait à Cathie, pourtant appliquée, de cogner sa rame contre le canoë. Dirigée de main de maître, l'embarcation avançait tranquillement vers leur but : une belle plage sur les îles de Men Du pour un pique-nique gastronomique en tête à tête, suivi d'une petite séance de bronzette en toute intimité !

— Oh ! Regarde là-bas ! Il y a un drôle de truc qui bouge sur le rocher ! Qu'est-ce que c'est ? interrogea Cathie en désignant une forme mouvante non loin d'eux.

— C'est un phoque… un phoque gris, plus exactement. On en croise régulièrement par ici. Il y en a d'ailleurs toute une colonie dans l'archipel des Étocs, au large du Guilvinec. On peut les observer en passant lentement en canoë entre les récifs. Si ça te tente, on pourra y aller un de ces jours.

— Ah oui, ce serait génial ! J'ignorais totalement qu'il y avait des phoques en Bretagne ! En fait, en bonne terrienne, j'ai beaucoup de choses à apprendre sur tout ce qui touche à la mer… et à la Bretagne, même si j'ai un peu honte de l'avouer. Avec le lancement du restaurant et tous les ennuis qu'on a eus, je n'ai pas eu le temps de jouer les touristes et de parfaire ma culture. Il va falloir que j'y remédie !

— Sans parler de tes fameuses activités annexes, s'amusa Yann, heureux d'être le seul habitant de Locmaria dans la confidence. En tout cas, je suis entièrement à ta disposition si tu as besoin d'un guide ! Je te présenterai des gens passionnants.

— Avec plaisir. Entre ton ancien métier de marin et celui de journaliste, tu dois avoir un réseau impressionnant dans la région… Tiens, et là, regarde ce drôle d'oiseau ! On dirait qu'il prend un bain de soleil, s'enthousiasma Cathie.

Un grand oiseau noir, juché sur un piquet, se dressait face au soleil et au vent, les ailes écartées.

— Tu ne penses pas si bien dire, lui expliqua Yann. Il s'agit d'un cormoran. Il se met dans cette position pour sécher ses plumes. Accessoirement, cela l'aide aussi à digérer. Il doit revenir d'une bonne partie de pêche.

— Ah bon ? Mais, il n'a pas un plumage imperméable comme les autres oiseaux aquatiques ?

— Non, pas lui. En fait, comme ses plumes s'imbibent d'eau, il devient plus lourd et peut plonger plus profondément en dépensant moins d'énergie. La contrepartie, c'est qu'ensuite il doit se sécher.

— Incroyable ! La nature est bien faite quand même !

Tout en continuant à deviser sur les beautés de la nature, et surtout de la nature bretonne, ils pagayaient encore et toujours. Si Cathie avait trouvé cela facile au début, elle commençait à sentir ses muscles chauffer. Certes l'objectif se rapprochait, néanmoins elle se rendait compte qu'elle n'était pas encore au bout de ses peines.

10

Un déjeuner de roi

Samedi 6 septembre

Comment rêver cadre plus idyllique que cet îlot pour un pique-nique ? Vu de loin, ce n'était pourtant qu'un petit promontoire de cent mètres de long pour cinquante de large. Mais quand on y était arrivé… Face à l'océan se dressaient de gros rochers de granit prêts à briser les vagues les jours de tempête. Au sommet, de la lande bretonne : un mélange de bruyère en fleur, d'ajoncs, de fougères et de ronces livrait au regard une subtile palette de jaunes, de verts et de mauves. À l'abri du vent, face à la côte, une ravissante plage de sable blanc s'enfonçait doucement dans une eau turquoise. Un havre de paix digne d'un paysage de carte postale des Caraïbes ! Seule la température de la mer rappelait où on était, mais il aurait été malvenu de s'arrêter à ce détail. Ne dit-on pas qu'un bon bain frais raffermit les chairs ?

Les îlots de Men Du étaient habituellement une destination prisée par les amateurs de canoë, de planche à voile, ou même de bateaux de plaisance. La saison touristique touchant à sa fin, deux uniques embarcations étaient amarrées plus au large, laissant une tranquillité royale aux deux rameurs. Cathie avait pu admirer l'île pendant leur approche. Sur l'insistante recommandation de Yann, ils en avaient fait le tour… un tour dont elle se serait volontiers passée. Si elle en goûta la beauté, elle accosta avec plaisir : en plus d'une envie pressante, elle avait les muscles des bras en feu. Elle avait sans conteste surestimé ses forces et allait devoir serrer les dents au retour. Mais d'ici là, place à la détente ! Ils tirèrent le canoë au sec et retirèrent leur gilet de sauvetage et leur combinaison. Enfin, ils s'installèrent sur le sable pour un repas bien mérité.

Yann, qui ne perdait pas une occasion d'impressionner Cathie, avait occupé son vendredi soir à cuisiner. Petit à petit, il extrayait du bidon étanche tout le nécessaire pour une partie de campagne : nappe, assiettes, couverts… il avait vu grand. Quant au menu, il se composait de terrines de poisson « pêché et fait maison » et d'une multitude de salades aux couleurs alléchantes. Et bien sûr, en bon Breton, il n'avait oublié ni le beurre salé, ni le pain, ni le cidre.

— Tu as préparé de quoi nourrir un bataillon, dis donc ! s'exclama Cathie devant cet étalage de victuailles. Cela dit, j'ai drôlement faim… et soif !

— On n'est pas obligés de tout manger… mais pour tout t'avouer, je suis content que ça te plaise.

— C'est magnifique. Merci ! Vraiment ! Ça fait longtemps qu'un homme n'avait pas fait ça pour moi.

Yann apprécia ce compliment sincère et ouvrit les divers contenants en plastique.

— Tiens, tu utilises des boîtes de la fameuse marque Tupperware ? Tu participes à des réunions avec tes copines ?

— Tu ne crois pas si bien dire. Alana, pour aider une de ses amies, en a organisé une chez elle. Comme elle manquait de public, elle a fait appel à son gentil papa. Qu'est-ce qu'on ne ferait pas pour ses enfants !

— J'aurais bien voulu voir ça ! éclata de rire Cathie. Toutes ces jeunes femmes ont dû te bichonner !

— C'est vrai que j'ai vécu des moments plus difficiles. Je me suis laissé refourguer quelques articles. Mais tu sais, finalement, c'est drôlement pratique. Sans compter que la recette de présentation était sympa et facile à réaliser. Depuis, je la fais très souvent… enfin, disons que je la fais les quelques fois où je reçois du monde.

— Hé, mais c'est que tu ferais un conseiller convaincant ! On ne t'a pas sollicité pour accueillir une réunion chez toi ?

— Ne rigole pas ! La démonstratrice a tenté le coup ! Heureusement, Alana m'a secouru, et j'ai réussi à esquiver le piège. Tiens, puisqu'on évoque Alana, tu as des nouvelles de ton fils Xavier ? Ça crève les yeux qu'ils sont attirés l'un par l'autre. Moi, je n'aurais rien contre, que tu deviennes la belle-mère de ma fille… dans tous les sens du terme…

Cathie répondit par un sourire à cette proposition ambiguë.

— Xavier me parle d'Alana chaque fois que je l'ai au téléphone. D'ailleurs, je ne serais pas surprise s'il débarquait prochainement. Je ne sais pas si tu t'en souviens, mais il avait gagné le gros lot au fest-noz de la fête des Bonnets rouges : un week-end de rêve pour deux au *Relais de Saint-Yves*. Je doute que ce soit avec sa mère ou sa sœur qu'il veuille le passer. Ta fille est vraiment quelqu'un de bien, et je serais ravie de voir mon fils avec elle. Mais au lieu de caser nos enfants, si on goûtait à toutes ces bonnes choses que tu nous as cuisinées ?

Ils s'attaquèrent au repas avec appétit, détermination et méthode, appréciant chacun des mets. Le silence n'était rompu que par le doux bruit des vaguelettes venues s'échouer sur la petite plage et les compliments culinaires de Cathie. Quelques mouettes, attirées par le festin, guettaient, prêtes à fondre sur la moindre parcelle de nourriture abandonnée ou laissée sans surveillance.

Pour le dessert, Yann avait préparé un excellent far breton, accompagné de belles framboises.

— Hummm, ces framboises sont simplement délicieuses. Grosses et bien sucrées. Tu les as trouvées où ?

— Dans le jardin de la maison de mes parents. Il y a des framboisiers remontants depuis que je suis gamin. Mes souvenirs d'enfance ressurgissent à chaque cueillette… et j'utilise toujours le même vieux pot à lait en aluminium.

— Haaa… le fameux *melischkannele* ! fit Cathie, se replongeant un instant dans le passé. Mais tu ne m'avais pas dit que tu voulais la vendre, cette maison ?

— C'est vrai, j'y pensais. Même si j'y suis attaché, je ne venais plus très souvent. Et puis une maison, surtout inhabitée presque toute l'année, a besoin d'entretien. Mais… hésita-t-il, maintenant que tu es là, je ne suis plus très sûr d'en avoir envie.

— Je te comprends, c'est difficile de se couper de

ses racines. J'en sais quelque chose. En tout cas, si tu décides de t'en séparer, tu seras toujours le bienvenu au domaine de Kerbrat. Ce ne sont pas les lits qui manquent.

11

Intrusion

Samedi 6 septembre

Le repas terminé, les flots transparents leur donnèrent une irrépressible envie de baignade.

— Humm, elle est frisquette après un déjeuner aussi copieux, fit Cathie indécise, de l'eau jusqu'à mi-cuisse.

— Viens ! Tu verras, une fois qu'on est dedans, elle est bonne, s'amusa Yann. Et puis, tu y es habituée, non ?

Convaincue, Cathie se mouilla les parties du corps les plus sensibles au froid, avant de se lancer. Elle nagea quelques brasses puis resta un moment à se prélasser, appréciant les bienfaits de l'eau fraîche sur ses muscles endoloris.

Quel plaisir de profiter ensuite de la chaleur du soleil pour se sécher et se laisser aller à un engourdissement réparateur ! Allongés côte à côte, leurs bras se frôlaient presque. Yann ne résista pas à s'approcher davantage jusqu'à ce que leurs peaux se touchent. Cathie ne se déroba pas. L'avait-elle remarqué ou dormait-elle ?

Pouvait-il pousser le jeu un peu plus loin ? Avait-il ses chances ou se ferait-il gentiment recadrer ? Bref, que faire ?

Yann en était là de ses tergiversations quand le vrombissement d'un moteur remplaça les doux murmures de la mer.

Surpris par ce bruit importun, ils se redressèrent aussitôt sur les coudes. Deux jet-skis arrivaient à grande vitesse.

— Ils abusent avec ces engins ! s'agaça Yann, interrompu dans ses manœuvres.

— Mais… mais… je rêve ! J'y crois pas !

— Tu les connais ?

— Un des deux au moins ! C'est Patrick, mon ex-mari ! Il a décidé de continuer à me pourrir la vie ? On était si bien ici ! Je suis sûre qu'il l'a fait exprès !

— Peut-être pas, quand même… Il aura sans doute juste voulu s'essayer au jet-ski, et pas de chance pour nous, ça tombe aujourd'hui. Ah ! l'autre, je le reconnais, c'est Arthur, le moniteur.

— Ça m'étonnerait, grommela Cathie.

Rapidement, les deux machines accostèrent sur la grève. Pendant que le moniteur les remontait sur la petite plage, Patrick Kaiser, car c'était bien lui, s'approcha d'eux sans hésiter.

— Alors, c'était bien le canoë ? Je vous ai vus au loin vous escrimer dans vos rafiots. Ça faisait peine ! Ça m'a donné envie de vous rejoindre et de vous tenir compagnie pour animer un peu la conversation. J'ai loué un jet-ski. C'est quand même carrément plus sportif que vos coques de noix.

Les bras de Cathie prouvaient le contraire, mais elle

ne répondit rien et elle jeta un œil entendu à Yann du style « Je te l'avais bien dit ! ».

— Tu ne me présentes pas, Cathie ? C'est vous Yann Lemeur ? On m'a parlé de vous au village. Il paraît que vous me remplacez dans son lit, continua le sans-gêne avec la délicatesse d'un éléphant dans un magasin de porcelaine. Mais… c'est que j'ai faim, moi ! Et ça m'a l'air fameux tout ça.

Sans attendre une invitation, il se dirigea tout droit vers leurs affaires et s'installa confortablement, ouvrant les boîtes de plastique les unes après les autres.

Arthur, le moniteur, était affreusement embarrassé, n'ayant pas anticipé ce genre de scène lorsque son client était venu lui demander de l'accompagner sur l'île. Il tenta un « Désolé… si j'avais su… » qui resta lettre morte. Yann était médusé. Cathie lui avait parlé de son ex, mais il n'avait pas imaginé une telle impolitesse et une telle arrogance. Il respira profondément et se retint difficilement d'attraper Kaiser par le bras et de le renvoyer à la mer. Mais il ne voulait pas choquer son amie. Quant à Cathie, elle bouillait littéralement. Après un moment de stupeur, elle explosa.

— Ça suffit comme ça, ton petit numéro ! Tu es toujours aussi con ! Tu ne peux pas me lâcher non ? *Schaff dich los*, dégage de là ! Puisque c'est comme ça, on s'en va. De toute façon, il est tard et je dois m'occuper du restaurant.

Furieuse et sans un mot de plus, elle arracha les boîtes des mains de Patrick. Puis elle jeta, plus qu'elle ne rangea, les affaires dans le bidon sous l'œil goguenard de son ex-mari. Yann soupira, les poings crispés. Autant pour son après-midi romantique ! Mais quelles présentations théâtrales avec le fameux Patrick Kaiser ! Il comprenait mieux à présent pourquoi Cathie se hérissait à la simple évocation de son nom. Ils rembarquèrent pour Locmaria.

— Ramez bien, les tourtereaux ! leur lança Patrick. Je reste encore un peu pour profiter de cette belle plage… et je serai rentré bien avant vous.

Une fois qu'ils se furent suffisamment éloignés, Cathie s'excusa :

— Yann, je suis affreusement confuse. Tu avais tellement bien préparé les choses. Je suis vraiment désolée que tu aies eu à subir ça.

— C'est moi qui suis désolé pour toi, la réconforta son ami. Ç'a dû être dur de vivre avec ce type.

— Compliqué, en effet. Mais là, il a carrément abusé. Il va falloir qu'il arrête son cirque, parce que je ne vais pas supporter ça sans réagir : la Cathie soumise, c'est définitivement terminé !

Le retour se poursuivit en silence, chacun perdu dans ses propres pensées. Le canoë avançait à un bon rythme car, malgré la fatigue et les courbatures, la rage donnait des ailes à Cathie.

12

Réunion d'information

Dimanche 7 septembre

L'ambiance allait crescendo dans la salle municipale. Même si la vente n'avait pas encore eu lieu, le maire, Anton Manach, avait choisi d'organiser une réunion d'information sur l'avenir des terrains de l'abbaye. Il avait longuement hésité avant de se décider, mais des rumeurs contradictoires commençaient à courir à Locmaria et il avait eu vent de polémiques enflammées entre plusieurs de ses administrés.

Ce local polyvalent était situé en bordure de la commune, non loin du pré du père Caradec, vaste étendue où se déroulaient toutes les célébrations et festivités en plein air du village. Dix ans plus tôt, une pluie diluvienne avait forcé les responsables à interrompre la fête des Bonnets rouges, moment phare dans le calendrier touristique de Locmaria. C'était la première fois en un siècle que le fest-noz n'avait pu aller jusqu'à son terme. Pour avoir, dans le futur, une solution de repli, le maire de l'époque avait décidé de construire un centre culturel associatif. Emporté par la folie des grandeurs, l'élu, feu Jean-Claude Quéré, y avait adjoint un amphithéâtre permettant d'accueillir des séances de cinéma ou des pièces de théâtre… salle à laquelle il avait, en toute humilité, donné son nom. Un ciné-club avait été créé pour en justifier l'existence, et le concours annuel du meilleur far de Cornouaille, dirigé par la femme d'Alex Nicol, le *penn soner* du bagad de Locmaria, s'y déroulait pendant l'hiver.

Anton Manach monta sur la scène et se cala derrière le pupitre installé pour l'occasion. Mal à l'aise, il observa la centaine d'habitants venus aux informations. Assis au premier rang, Jacques Salomon était entouré de sa garde rapprochée. Manach n'avait jamais vraiment apprécié ce type imbu de sa personne qui avait pris une place majeure au cœur de cette affaire. L'édile devait pourtant compter avec lui et canaliser ses ardeurs. Il activa le micro et, après un long sifflement strident offert par Søren Larsen, lança le débat.

— Mesdames et messieurs, chers administrés, j'ai organisé cette réunion pour échanger sur l'avenir de l'abbaye. Je tiens tout de suite à préciser que la vente n'a pas encore eu lieu et que, de fait, aucune demande de permis de construire n'a été déposée à la mairie.

Puis il répéta, avec force conditionnels, les renseignements que Marc Dubourg avait distillés lors du précédent conseil. Son adjoint, armé d'un micro, passa ensuite entre les participants pour les questions. Si une majeure partie de l'assemblée était opposée à ce projet, certains ne voyaient pas d'un mauvais œil l'installation de ce nouvel ensemble immobilier.

— Qu'est-ce qu'ils vont devenir nos terrains ?

s'inquiéta Mathieu, un agriculteur à la moustache digne de Brassens. Moi, je fais du sarrasin à la lisière de l'abbaye sur une parcelle d'un demi-hectare. Avec tous les travaux qu'ils vont faire, ça va bien m'envoyer des saletés dans mon champ, non ? Anton, tu peux comprendre ça, toi qui fais du bio ?

— T'as qu'à leur vendre ! intervint un défenseur du projet en s'appropriant le micro. Les promoteurs du Luxembourg, ils ne se contenteront peut-être pas des trois hectares de l'abbaye. Si ça se trouve, tu vas te les faire en or !

— Mes bijoux de famille sont très bien comme ils sont, répliqua le paysan. Mon père et mon grand-père ont toujours cultivé du blé noir, et c'est pas une bande de milliardaires qui va me chasser de la terre de nos ancêtres.

— Ouais, Mathieu a raison ! Mort au capital et *bevet Breizh dieub* ! hurla Marcel Guidel, *le rouge*, qui retrouvait l'ambiance des combats syndicaux et des réunions indépendantistes de sa jeunesse.

Sentant que le moment était arrivé, Jacques Salomon monta sur scène sous les applaudissements de ses supporters. Il s'accorda quelques secondes pour profiter de son heure de gloire et s'adressa au public :

— Mes amis, je vous remercie d'être aussi nombreux pour préserver notre abbaye. « Vive la Bretagne libre ! », vient de lancer notre cher Marcel avec l'enthousiasme que nous lui connaissons tous. Ce que nous défendons ce soir, c'est notre terre et notre culture. Remplacer un lieu saint, qui a vu prier tant de générations de braves gens durs au mal, par un complexe pour nababs étrangers indifférents à notre histoire, c'est ce que nous voulons à tout prix éviter ! Alors voilà ce que vous propose le Comité de défense. Nous allons préparer une campagne médiatique à laquelle nous associerons *Le Télégramme* et *Ouest-France*, ces deux fleurons de la presse régionale. Quant à vous, impliquez nos élus locaux et nos députés : écrivez-leur, faites exploser leurs messageries ! Et moi, que vais-je faire pour vous ? Vous savez que j'ai travaillé à Paris ? Eh bien, soyez certains que j'y retournerai pour rencontrer les décideurs de la capitale. Et s'il le faut, oui, je vous le dis solennellement, je n'hésiterai pas à entamer une grève de la faim dans la chapelle de l'abbaye.

Le public s'enthousiasma devant un tel esprit de sacrifice, surtout dans un pays où il fait si bon manger. Anton Manach, lui, se demandait quelles relations politiques avait bien pu nouer Salomon à Paris, alors simple directeur d'une agence Crédit Agricole dans le 19e arrondissement. Cependant, le maire n'était pas là pour prendre parti, mais pour tenter de satisfaire la curiosité de ses administrés. Un visage attira son attention. Près de la porte d'entrée, il reconnut le représentant de la *Luxembourg Investment Assets*. Patrick Kaiser était venu le saluer dans son magasin la veille, et Anton Manach avait apprécié le geste. Il hésita un instant à le faire intervenir. Ne risquait-il pas de le jeter dans la fosse aux lions ? Mais après tout, si Kaiser avait tenu à assister à la réunion, il souhaitait sans doute défendre son projet. Il attendit le bon moment pour reprendre la parole à Salomon, lancé dans une envolée lyrique sur la foi des Bénédictins qui avaient bâti l'abbaye au XIIIe siècle.

— Mesdames et messieurs, je remercie tout d'abord

Jacques Salomon pour son exposé sur le programme du CDA. Je propose maintenant d'écouter le représentant de la société immobilière, qui est parmi nous ce soir.

Patrick Kaiser n'hésita pas un instant. Il savait en venant que sa présence serait remarquée, et il avait profité de la fin d'après-midi pour concocter un discours aux petits oignons. Rasé de près et tiré à quatre épingles, il n'avait rien négligé. Ces ploucs allaient voir un Kaiser en pleine action, et ça allait dépoter.

13

Le Kaiser show

Dimanche 7 septembre

Boosté par les rares applaudissements et les sifflets qui l'accompagnaient, Patrick Kaiser rejoignit la scène. Il avait effacé de son visage toute trace d'ironie et attendit le silence avant d'entamer son plaidoyer. Il s'agissait sans doute du discours le plus important de sa vie, celui qui lui ouvrirait les portes de l'Olympe des agents immobiliers.

— Bonsoir mesdames, bonsoir messieurs. Je tiens tout d'abord à remercier monsieur le maire pour l'occasion qu'il m'accorde : une occasion de vous montrer que le projet porté par ma société offre une réelle chance de développement à votre village. Permettez-moi d'abord de me présenter. Je m'appelle Patrick Kaiser. J'habite à Strasbourg et j'ai grandi dans une petite bourgade du nom d'Ichtratzheim : comme quoi, pour la difficulté de prononciation de certaines de nos communes, Bretons et Alsaciens n'ont rien à s'envier.

Il s'acquit le sourire de quelques participants. Marine

Le Duhévat, Alexia Le Corre et Cécile Micolou s'étaient installées dans un coin et écoutaient avec intérêt l'allocution de l'ex-mari de leur amie Cathie. Elles devaient avouer qu'il était lancé sur de bons rails.

— J'ai entendu les propos et les arguments échangés depuis le début de la réunion, et l'un d'eux m'a profondément touché. Plusieurs personnes redoutent d'être envahies par ces résidents venus de l'autre côté de la planète. Vous savez, la notion de résistance à l'invasion est ancrée dans les gènes d'un Alsacien. L'histoire n'a, hélas, pas été tendre avec nous. Je me souviens de mes grands-parents racontant les difficultés vécues pendant la guerre. Alors je ressens ce que vous ressentez. Soyez certains d'une chose, c'est que l'arrivée de ces amoureux de la Bretagne dans votre commune se fera dans le plus grand respect des us de Locmaria. Originaires pour la plupart des États-Unis et de Chine, ils apprécient ce qui fait la force et la particularité de la Bretagne. Il n'est pas question… et je m'y engage ce soir, il n'est pas question que la construction de cette résidence nuise en quoi que ce soit à la qualité de votre vie et encore moins à la richesse de vos traditions.

— Il en fait des tonnes, mais ça a l'air de marcher, commenta Cécile en remarquant quelques timides applaudissements.

— Et le coup de l'engagement, ajouta Alexia, ça mérite un bon point. Son engagement ne vaut absolument rien, puisqu'il n'est que le représentant des Luxembourgeois, mais ça fait sérieux.

— Je comprends aussi la peur de l'étranger, poursuivait Patrick Kaiser. Même si nous nous targuons tous d'être ouverts d'esprit, l'inconnu nous effraie. Je réagis comme vous. Cependant, je prendrai un simple exemple, un exemple qui vous concerne. Quand Catherine Wald a débarqué au mois de février, tout droit venue d'Alsace, certains parmi vous se sont légitimement interrogés. Qui est cette femme ? D'où tire-t-elle sa fortune ? Son restaurant ne va-t-il pas vider les nôtres ? Et quel est le résultat aujourd'hui ? Locmaria a accueilli une habitante qui, malgré quelques maladresses, a maintenant toute sa place dans votre village et vous apporte de la nouveauté.

— Le sale type ! s'exclama Cécile en serrant les poings. Vous avez vu comme il utilise Cathie après lui avoir pourri l'existence ! Heureusement qu'elle n'est pas là. Ça la rendrait folle !

— Je vais abuser du temps qui m'est offert pour vous fournir quelques informations de première main, continua l'agent qui sentait que la mayonnaise prenait. La résidence que nous prévoyons de construire sera pleinement intégrée dans son espace naturel. Pour ceux qui se demandent ce que vont devenir les ruines de l'abbaye, ruines que j'ai pu admirer, sachez qu'elles seront conservées et embellies dans un splendide jardin. Quant à la chapelle, les futurs propriétaires ont décidé de la restaurer.

Il esquissa un humble sourire en entendant les murmures de satisfaction, et se garda bien d'expliquer que ladite chapelle accueillerait le spa et le centre de massages thaïlandais de l'hôtel.

— Monsieur le maire et vos élus auront évidemment accès à de nombreuses données lorsque le permis sera déposé. Ils pourront vous les présenter. Il y a un dernier point que je souhaite partager avec vous, et c'est un point d'importance. L'arrivée de ces nouveaux résidents va créer de multiples besoins en emplois de service. Chacun de nous a été confronté un jour ou l'autre à des difficultés liées à la crise économique actuelle. La présence de ces touristes fortunés va générer un appel d'air financier qui offrira de merveilleuses opportunités à la population active de la région.

— Et c'est vous qui nous apprendrez à parler chinetoque et anglais ? lança un participant, goguenard.

Patrick Kaiser répondit par un sourire amusé. Son interlocuteur avait visé juste, mais inutile de lui donner raison. Tout le personnel au contact de la clientèle devrait bien sûr maîtriser ces deux langues, et il y avait peu de chance que des habitants de la Cornouaille accèdent à ces fonctions. Mais ils pourraient postuler pour des emplois moins qualifiés. Les Bretonnes n'avaient-elles pas une tradition de lavandières ? Elles pourraient toujours s'occuper de la blanchisserie, se dit-il, content du bon mot qu'il regrettait de ne pas pouvoir partager.

— Et pour tout le gros œuvre et les finitions ? intervint Gaël Delpiero.

Propriétaire du *Relais de Saint-Yves* et d'une entreprise de travaux publics, il estimait que l'édification de cette résidence luxueuse lui apporterait près d'une année d'activité. Une fois que le permis de construire serait déposé, il ne faudrait pas tarder à réserver les corps de métier.

— Très judicieuse interrogation, constata Kaiser. Je ne peux malheureusement pas vous renseigner, n'étant pas chargé de cette partie plus technique.

Même s'il n'était pas directement impliqué dans l'organisation des travaux, l'agent immobilier savait pertinemment que la LIA ferait appel à des sociétés allemandes et suisses. Les négociations avaient commencé depuis longtemps. Cette information serait évidemment gardée secrète jusqu'à ce que tous les dossiers soient acceptés. Sans doute quelques miettes seraient-elles accordées aux entrepreneurs locaux, dans lesquels ses patrons n'avaient qu'une confiance très limitée.

Comme Patrick Kaiser descendait de la scène, il se fit happer par Jacques Salomon. Les deux hommes s'éloignèrent du groupe qui les entourait et discutèrent en aparté durant cinq bonnes minutes. Puis, comme le leader du CDA s'écartait pour renseigner les membres de son comité, une grande blonde au visage très maquillé et à la tenue vestimentaire qui ne couvrait que très partiellement des formes généreuses s'approcha de Patrick. Il lut tout de suite dans ses yeux qu'il y avait quelque chose à tenter, et le sang quitta instantanément son cerveau.

— Bravo pour votre intervention, le félicita l'inconnue. Vous avez su me rassurer.

— Vous m'en voyez ravi. Puis-je vous offrir un verre quelque part pour fêter ça ?

— Ce serait avec plaisir. Mais… vous ne préférez pas retrouver votre ancienne femme ? insinua l'arrivante.

— Alors que je peux passer une soirée avec une beauté comme vous ? Quelle idée ! Je pourrai d'ailleurs vous raconter quelques anecdotes croustillantes sur mon ex… mais emmenez-nous dans un lieu de fête. Mon coupé Mercedes cabriolet et moi sommes à vos ordres jusqu'à l'aube.

14

Découverte

Lundi 8 septembre

Depuis la veille, le soleil avait abandonné le ciel pour laisser la place à la pluie. Pas ce petit crachin qui finit par vous mouiller sournoisement, mais une pluie qui semblait se venger de la période de sécheresse des dernières semaines. Des gouttes lourdes et froides s'écrasaient sur les amas granitiques, ruisselaient sur les sols trop longtemps privés d'eau et rendaient le sourire aux cultivateurs et habitants qui imaginaient déjà leurs champs ou jardins reverdir.

Si les cieux avaient décidé de se vidanger sur Locmaria, le quotidien du village n'en avait pas pour autant été perturbé. Même si la mer avait forci, les pêcheurs avaient embarqué avant l'aube, les bars et restaurants avaient couvert leur terrasse et l'immuable cours de « longe-côte » animé par Marine Le Duhévat n'avait pas compté un seul désistement. Quand on passe une heure à faire de la gymnastique avec de l'eau jusqu'à la poitrine, on n'est pas effrayé par un peu plus d'humidité au-dessus de soi.

Derrière le bureau d'accueil de la gendarmerie, l'adjudant Ronan Salaün consultait les pages réservées aux actualités locales distillées par *Ouest-France* et *Le Télégramme*. Il partait du principe qu'une enquête se dénouait souvent grâce à des détails. S'informer des petits événements qui rythmaient la vie de ses concitoyens était donc une activité que se devait d'assurer un représentant des forces de l'ordre. Il n'aurait sans doute pas tenu un discours aussi affirmatif s'il avait été muté à l'autre bout de la France, mais il connaissait près de la moitié des habitants du canton. Il prenait presque des nouvelles de la famille.

Alors qu'il épluchait le classement du tournoi de pétanque de l'amicale laïque guilviniste, la porte s'ouvrit violemment. Un courant d'air froid aussitôt suivi d'un individu au teint blafard le tira de son journal. L'inconnu s'approcha en tremblant du comptoir en bois, et Salaün remarqua que ses frissons n'étaient pas uniquement liés à ses vêtements détrempés. Pantalon en toile neuf à l'étiquette encore visible, vareuse rouge brique et chaussures de bateau dégoulinantes, le touriste apparemment tout juste débarqué en Bretagne était commotionné, incapable de prononcer une phrase.

— Je, je... c'est... je...

Salaün se dirigea vers lui, attrapa doucement son bras et l'installa à son bureau.

— Vous voulez un café ? lui proposa-t-il pour rompre le silence dans lequel l'homme s'était muré.

— Oui, s'il vous plaît, avec trois sucres.

Pendant que la dosette répandait des effluves subtils et rassurants, Salaün observa son vacancier. De taille moyenne, une soixantaine d'années, une barbiche estampillée « Éducation nationale » et des cheveux gris plaqués par la pluie, il paraissait totalement inoffensif. Inoffensif, mais sérieusement traumatisé. Le gendarme s'assit, lui offrit le café, attendit patiemment qu'il l'ait touillé, puis entama son interrogatoire.

— Vous allez mieux, monsieur… ?

— Ferrer, Patrice Ferrer, expliqua le visiteur en avalant d'un trait le café brûlant.

— Bien, monsieur Ferrer, qu'est-ce qui vous a mis dans cet état ?

L'homme sembla replonger dans la réalité et trembla de nouveau. Cependant, son besoin de parler prit le dessus sur le stress qui l'habitait.

— C'est terrible, gendarme, c'est…

— Adjudant, pas gendarme, ne put s'empêcher de rectifier Salaün.

— C'est terrible, adjudant. Pour la première fois de ma vie, je viens de croiser un cadavre.

Salaün lui fit signe de s'arrêter quelques secondes. Nerveusement, il récupéra un carnet sur le bureau. Si son interlocuteur disait vrai, Locmaria allait dépasser Marseille ou Grenoble dans la rubrique des faits divers cet été ! Il saisit son stylo : les premières déclarations, qui plus est quand elles sont faites sous le coup de l'émotion, sont souvent les plus instructives.

— Je vous écoute, monsieur Ferrer. Où avez-vous découvert ce cadavre ?

— Comment dire ? Pas loin de la vieille abbaye en ruine ! Il y avait de la boue partout… et ce corps… Ah, c'était terrible !

— Pourquoi affirmez-vous que la personne que vous avez croisée est décédée ?

— C'est un homme, adjudant. Quand je l'ai vu, j'ai pensé que je pourrais peut-être l'aider, que c'était peut-être quelqu'un qui avait fait un malaise. Je me suis baissé, je l'ai touché… et il était tout rigide et glacé. Je regarde beaucoup de séries policières à la télé. Je m'estime donc capable de reconnaître un mort.

— Je vais appeler un médecin et nous allons nous rendre sur place. Mais avant ça détendez-vous, resservez-vous un café si vous le souhaitez et vous me raconterez tout ça.

Quand Salaün raccrocha, Patrice Ferrer avait retrouvé des couleurs. Partager son angoisse avec le militaire l'avait rassuré et presque soulagé.

— Alors… expliquez-moi exactement ce qui s'est passé ?

— Je suis arrivé hier soir de Nemours. J'avais pris le train pour Paris, là le TGV de Quimper et ensuite le bus jusqu'à Locmaria. Vous savez, je suis très soucieux de l'état de la planète. J'ai revendu ma voiture, donc…

Le gendarme considéra que la phase post-traumatique avait assez duré et recentra son interlocuteur sur l'essentiel. Dès qu'il disposerait de la localisation du corps, il préviendrait ses collègues et se rendrait sur place.

— Bref, en début d'après-midi, j'avais décidé de m'octroyer une balade. Je suis professeur d'histoire-géographie à la retraite et je profite de mon temps libre pour parfaire ma culture. Un employé de l'hôtel *Le Relais de Saint-Yves*, où je séjourne, m'a conseillé de me promener au milieu des ruines de la vieille abbaye bénédictine de votre village. Étant féru du Moyen Âge, j'ai sauté sur l'occasion. Au bout d'une trentaine de minutes, je suis arrivé sur le site de l'ancien monastère.

Il n'en reste plus grand-chose, si ce n'est cette étonnante chapelle qui mérite à elle seule la visite. Je n'ai, hélas, pas pu l'apprécier autant que je l'aurais souhaité à cause de la pluie, mais quand on va en Bretagne, on sait qu'elle est incluse dans le *package*, n'est-ce pas ?

D'un geste de la main, le gendarme lui fit signe d'enchaîner. Il n'avait ni le temps ni l'envie de disserter sur le climat.

— Pour rentrer à l'hôtel, j'ai décidé d'emprunter un chemin qui traverse un petit bois avant de rejoindre la route. Et là, dans le fossé, j'ai aperçu quelque chose de coloré. Je me suis approché et…

Ferrer se remit à trembler, mais Salaün l'invita fermement à poursuivre. Subjugué par l'autorité, Ferrer continua son récit.

— Un homme était allongé, recouvert de boue qui avait coulé du versant juste au-dessus de lui. Je ne suis pas du genre à prendre des risques inconsidérés, adjudant, mais je ne pouvais pas laisser ainsi mon prochain. Je me suis dit : « Patrice, va voir ça ! » J'ai d'abord pensé que c'était peut-être un quidam qui avait trop bu, parce qu'ici on sait que…

Il s'arrêta, gêné.

— Parce qu'en Bretagne on a la main leste sur la bouteille, c'est ce que vous sous-entendez ? Que s'est-il passé ensuite ? relança Salaün qui ne voulait pas discuter de problèmes d'addictologie.

— Je lui ai parlé, de plus en plus fort. J'ai même crié quelques mots de breton que j'avais appris avant de venir. Mais il ne réagissait pas. Alors je me suis encore rapproché. Il était allongé sur le ventre, et je ne distinguais que ses cheveux. Je l'ai retourné, et là… j'ai remarqué une affreuse plaie sur sa tête. Il avait les yeux ouverts et regardait… nulle part en fait. C'est quand j'ai constaté qu'il était tout froid que j'ai paniqué.

— Une plaie sur la tête, vous en êtes certain ?

— Pas le crâne fendu en deux, mais oui, j'en suis sûr.

L'adjudant Salaün se frotta la nuque. Un nouvel homicide à Locmaria ! Maintenant que le cadavre était localisé, il devrait s'y rendre en urgence et s'assurer que les traces et éventuelles pièces à conviction ne s'abîment pas. Certes, la pluie qui tombait depuis l'aube n'allait pas les aider, mais il y avait toujours quelque chose à récupérer d'une scène de crime. Et bien sûr il devait identifier la victime. Un villageois ? Mais d'abord, terminer d'enregistrer la déposition de son témoin : elle pourrait s'avérer très utile.

— Qu'avez-vous fait ensuite ?

— J'ai couru jusqu'à chez vous. J'avais repéré la gendarmerie en arrivant hier soir parce qu'on n'est jamais trop prudent, n'est-ce pas ? Grand bien m'en a pris.

— Vous n'avez croisé personne à l'abbaye ?

— Personne, adjudant. Même pas un bigorneau.

Décidément, Ferrer semblait se remettre de son choc.

— Je vous remercie, monsieur Ferrer. Votre précieux récit va nous permettre de lancer l'enquête. Nous vous solliciterons sans doute de nouveau pour discuter de détails. Combien de temps comptez-vous demeurer au *Relais de Saint-Yves* ?

— J'avais prévu d'y séjourner une semaine, mais je vous avoue que ce que je viens de vivre me fera peut-être changer d'avis. Mais si je pars, ça ne sera pas avant mercredi… deux jours pendant lesquels je resterai au service de mon pays.

15

Sur les lieux

Lundi 8 septembre

Dix-sept heures. Le halo de la lumière du gyrophare se perdait dans le brouillard humide de l'après-midi. La bruine avait fini par remplacer la pluie abondante qui avait arrosé le sud du Finistère.

Le major Julienne claqua la portière de son véhicule, pesta en marchant dans la boue avec ses chaussures de ville et rejoignit l'adjudant Salaün, son subordonné à la gendarmerie de Locmaria. Il avait quitté en urgence la formation qu'il suivait à Quimper pour filer vers l'abbaye.

— Alors Ronan, vous avez identifié la victime ?

— Sans difficulté. C'est quelqu'un de chez nous.

— Qui ça ?

— Jacques Salomon.

Le major Éric Julienne s'accorda un moment de réflexion. Le corps du leader du Comité de défense de l'abbaye retrouvé sans vie dans le périmètre de ladite abbaye, ça sentait les ennuis à plein nez. Locmaria était-il devenu le dernier lieu à la mode pour se faire trucider ?

— On sait de quoi il est mort ?

— La nouvelle légiste est arrivée il y a une vingtaine de minutes. Elle a commencé à examiner la dépouille. C'est une femme qui traite maintenant la viande froide.

— Ronan, pas de sexisme. Il faut vivre avec son temps !

Les deux militaires s'approchèrent avec précaution du cadavre, soucieux de ne pas gêner le travail des scientifiques qui tentaient de relever des indices sur un terrain transformé en marécage.

— Docteur Laurence Foix, les salua la légiste. C'est moi qui collaborerai désormais avec vous et qui pratiquerai l'autopsie de ce monsieur.

— Je suis le major Julienne, se présenta le plus galamment possible le gendarme. Bienvenue à Locmaria. Vous venez de vous installer dans la région ?

— Je débarque de Paris, acquiesça le médecin en adressant à l'officier un sourire éblouissant.

— Quelles sont vos premières conclusions ? bégaya Julienne sous le charme en oubliant d'un coup ses préjugés contre la capitale.

Laurence Foix s'accroupit et indiqua une plaie largement ouverte sur la tempe.

— C'est ce coup qui l'a tué. L'os a été brisé et la victime a dû succomber à sa blessure instantanément. Le meurtrier l'a sans doute frappé avec une pierre et il n'y est pas allé de main morte. Par contre, ajouta-t-elle en désignant les alentours, les cailloux, ce n'est pas ce qui manque dans le coin. Ça ne va pas être facile de retrouver le bon.

— D'autres éléments ?

— Oui, des hématomes au visage. Je regarderai le reste du corps à l'institut médico-légal. Il est clair que l'homme s'est battu. Et observez sa veste : un bouton a été arraché.

— Avez-vous une idée de l'heure du décès ?

— Je dirais… autour de quatorze heures.

— C'est tout récent ! s'exclama Julienne. Ronan, vous avez lancé la recherche de témoins ?

— Pas encore. Je ne suis sur place que depuis une demi-heure.

— Appelez Colin et Riou. Qu'ils fassent le tour des commerces, des restaurants et des bars. Ronan, vous vous occuperez du porte-à-porte dans le coin. Côté scientifique, vous avez trouvé des indices ? demanda-t-il à un individu en combinaison blanche penché sur une ornière.

— Une voiture a stationné ici il y a peu, expliqua le spécialiste. On voit bien les traces de roues, ce qui signifie que le conducteur s'est garé là alors que la piste était déjà bien détrempée.

— Excellent. Vous avez une idée du type de véhicule ?

— Pneus larges… 245 mm de largeur… une grosse cylindrée… ou une bagnole de sport.

— Vous voulez qu'on monte des barrages ? suggéra Salaün.

Le major Julienne prit son temps avant de répondre.

— Pas sûr que notre tueur soit allé bien loin ! Le fait que Salomon ait été éliminé sur les terres de l'abbaye laisse présager que c'est à cause de cette histoire de vente de terrain. Et si mon hypothèse est correcte, l'assassin habite Locmaria ou ses environs ! En interrogeant nos témoins, il faudra leur demander s'ils ont aperçu dans le coin une voiture « haut de gamme ». Qu'en dites-vous ?

— Bonne idée, Éric, confirma l'adjudant.

— Bien, je dois contacter Quimper pour les mettre au courant. Ça risque encore de leur donner des ulcères.

Comme ils rebroussaient chemin, le spécialiste scientifique les héla :

— Messieurs, une autre information qui vous sera précieuse !

Il leur indiqua un rocher qui dépassait au bord de la route forestière et y braqua une lampe torche. Des éclats de peinture bleue scintillaient sous le faisceau de la Maglite.

— Je vais vérifier, mais ça a l'air récent. Ils peuvent tout à fait provenir du véhicule qui a stationné ici.

Le major se frotta les mains. Il avait accumulé bon nombre d'indices en quelques minutes. S'il arrivait à résoudre cette enquête rapidement, il éviterait à Locmaria de faire de nouveau la une des actualités et redorerait son blason.

16

Mais pourquoi ?

Lundi 8 septembre

Mais pourquoi ? Pourquoi avait-il perdu son calme quand ce tocard l'avait provoqué ? Il s'était juré de rester maître de lui lorsque Jacques Salomon lui avait donné rendez-vous à l'abbaye. L'autre abruti aurait d'ailleurs pu trouver un endroit plus convivial. La terrasse d'un café, couverte bien sûr, aurait très bien fait l'affaire… surtout avec une petite bière ou un lambig devant soi. Mais non ! Le gars l'avait fait se déplacer jusqu'à ce terrain détrempé par la pluie, manquer de s'embourber dans un chemin défoncé par les tracteurs et rayer sa carrosserie. Ça allait lui coûter bonbon, c'était sûr !

Il ne décolérait pas, autant contre lui que contre Salomon. Il avait jeté ses vêtements mouillés et tachés de boue dans un coin en arrivant à l'hôtel et avait tenté de se détendre en s'accordant une longue douche. Il n'avait réussi qu'à se brûler en confondant le robinet qui réglait le débit avec celui qui contrôlait la température. Mais on n'avait pas idée de faire des systèmes aussi compliqués ! Bientôt, il faudrait avoir fait Polytechnique pour prendre une douche à la bonne température !

L'angoisse le taraudait : dans quel guêpier s'était-il fourré ? La glace de la salle de bains lui renvoya le coquard qui avait noirci sous son œil gauche. Le coup de la chute dans l'escalier serait dur à faire avaler quand on lui poserait des questions ! Qu'était-il allé faire dans cette galère ? Vite trouver une excuse crédible ! Non… d'abord respirer lentement et évacuer cette panique qui s'était emparée de lui. Réfléchis, mec : tu n'as croisé personne, et le temps pourri a forcément chassé les touristes. Qui, à part Salomon, aurait pu avoir l'idée d'aller se balader en pleine campagne ? Ça y est, l'alibi, il le tenait : il expliquerait qu'il était allé se promener à Quimper. Il avait lu dans une revue que la cathédrale méritait le détour : voilà, ce serait sa version des faits. Et… il aurait glissé dans une rue de la ville. C'était bon, ça. Et on ne peut pas suspecter quelqu'un qui cherche à se cultiver. Il se détendit pour la première fois depuis ce satané début d'après-midi. Il pourrait très bien s'en sortir et éviter les ennuis.

Trois coups frappés à la porte le firent sursauter. Du calme… c'était sûrement le whisky qu'il avait commandé qui arrivait enfin.

— Entrez !

Un employé du *Relais de Saint-Yves* apparut, l'air gêné.

— Excusez-moi de vous déranger, monsieur, mais deux personnes souhaitent s'entretenir avec vous. Elles vous attendent dans le petit salon.

— Écoutez, mon vieux, je suis claqué et je n'ai envie de m'entretenir avec personne. Moi, ce que j'attends, c'est mon whisky. Alors vous leur direz de repasser plus tard.

— J'ai bien peur, monsieur, que vous n'ayez pas le choix et que ce soit votre boisson qui doive malheureusement attendre.

— Là, bonhomme, tu commences à me fatiguer.

— Les gendarmes n'en auront sans doute pas pour longtemps, lâcha l'employé, agacé par le ton condescendant de son interlocuteur.

Le mot « gendarme » fit l'effet d'un électrochoc au client qui peina à maîtriser ses tremblements.

— Vous ne pouviez pas me le dire avant, plutôt que de tourner autour du pot ? Bon, ils sont où, ces flics ?

— Ce sont des gendarmes, monsieur, pas des policiers. L'entretien se déroulera dans la pièce juste à gauche du bar. Vous y serez tranquilles.

Ils descendirent les escaliers et se dirigèrent vers le petit salon. Les deux militaires saluèrent l'arrivant.

— Major Julienne et adjudant Salaün.

— Patrick Kaiser, à votre service.

— Merci de nous accorder un peu de votre temps, monsieur Kaiser, l'accueillit Julienne sans sembler remarquer l'hématome au visage.

— Comment puis-je vous être utile, messieurs ?

— Le coupé Mercedes qui est garé sur le parking, c'est le vôtre ?

— Tout à fait.

— Magnifique automobile !

— Je vous remercie, mais c'est une voiture de location. Conduire ce genre d'engin est un de mes plaisirs favoris ! Mais… aurais-je dépassé les limitations de vitesse en revenant tout à l'heure de Quimper ?

hésita-t-il soudain. Je suis d'habitude prudent… mais je me laisse parfois emporter malgré moi par la nervosité de ces bolides.

Les deux gendarmes se regardèrent un instant, et Julienne reprit.

— Ne vous inquiétez pas, monsieur Kaiser, nous ne sommes pas venus pour vous verbaliser. Nous avons juste une question à vous poser. Vous y avez d'ailleurs répondu en partie. Pourrions-nous savoir où vous avez passé votre après-midi ?

— Évidemment, je n'ai rien à cacher. J'ai profité du temps pour me balader dans Quimper. Monsieur Dubourg m'a tellement vanté la cathédrale Saint-Corentin. Et il avait bien raison, c'est une merveille architecturale… avec des vitraux d'une splendeur ! J'irais presque jusqu'à la comparer à celle de Strasbourg. Et je peux vous assurer que pour qu'un Strasbourgeois accepte de dire qu'une autre cathédrale est presque aussi belle que la sienne, c'est qu'elle frise l'exceptionnel !

— Je suis heureux que la visite vous ait plu, enchaîna Salaün. Vous n'avez pas été gêné par le terrible accident qui a bloqué la départementale ?

— Je dispose d'un excellent GPS. Les chemins de traverse qu'il m'a fait prendre m'ont permis de découvrir votre somptueuse campagne.

— C'est vrai qu'elle a du charme, notre Bretagne. Auriez-vous glissé sur les pavés quimpérois ? ajouta Salaün en fixant l'œil tuméfié. Vous ne seriez pas le premier à qui cela arrive.

— Vous maîtrisez l'art de la divination, gendarme ! Tant pis pour moi, je n'avais qu'à regarder où je mettais les pieds plutôt que de marcher la tête en l'air pour admirer les colombages, expliqua Kaiser avec bonhomie. Ai-je répondu à vos questions ? Est-ce que je peux retourner vaquer à mes occupations ?

— Vous avez répondu à nos questions, acquiesça froidement Julienne, mais vous ne nous avez pas convaincus. D'autant moins que la cathédrale est fermée depuis trois jours pour travaux et qu'il n'y avait aucun accident sur la route entre Locmaria et Quimper. Alors, nous allons vous demander de nous suivre jusqu'à nos locaux.

— Mais… dans quel cadre ? s'offusqua l'Alsacien.

— Dans le cadre de l'enquête préliminaire sur la mort par homicide de Jacques Salomon.

Le visage de Patrick Kaiser se vida de toute couleur. Il s'effondra dans le siège le plus proche de lui. C'était un cauchemar !

17

Une situation difficile

Lundi 8 septembre

Alexia avait invité ses amies à prendre un apéritif chez elle. Cathie, dont le restaurant faisait relâche le lundi soir, s'était présentée la première avec une bouteille de gewurtz vendanges tardives tout droit sortie de sa cave. Marine, la coach d'une bonne partie des sportives du village, était arrivée juste après, chargée de bières que son mari venait d'élaborer. Professeur d'histoire d'une admirable créativité, Hervé Le Duhévat avait décidé de monter sa propre microbrasserie. Il avait utilisé des plans et des recettes du XVIIe siècle qu'il avait découverts quelques mois plus tôt dans une obscure bibliothèque. Si les premiers essais avaient donné une mixture que ses collègues et sa femme avaient poliment qualifiée d'immonde, il avait rapidement amélioré sa technique et produisait maintenant un breuvage acceptable. Cécile n'avait pas tardé à les rejoindre, un pâté en croûte dans son sac. Elle élevait des cochons avec son frère, Malo, et confectionnait une charcuterie recherchée dans toute la région. Bref, le « carré magique » était reconstitué pour partager un bon moment.

Une fois les verres remplis et les toasts portés, Alexia prit la parole. Sa solennité et son air anormalement soucieux inquiétèrent les autres.

— J'ai longuement hésité à vous réunir, mais j'ai besoin d'en parler. Et je crois qu'il n'y a qu'à vous que je peux me confier…

— Tu es malade ? s'alarmèrent d'une même voix ses trois amies.

— Non, de ce côté-là, c'est en ordre.

— Ça ne se passe pas bien avec Alain ? suggéra Cathie.

— Tout va bien avec mon homme… heureusement. Le problème, c'est… la librairie.

Un grand silence accueillit l'annonce. *Lire au large,* c'était le bébé d'Alexia. Elle l'avait créé, lui donnait vie au quotidien et apportait à Locmaria cet espace de culture et de convivialité qui avait rapproché nombre d'habitants du plaisir de la lecture.

— Mais, elle est géniale, ta librairie ! s'exclama Cathie. On y trouve de tout.

— Tu donnes de super conseils, enchaîna Cécile.

— Et tes animations pour les enfants sont top ! Mes filles sont folles de joie chaque fois qu'on vient chez toi, s'enthousiasma Marine.

— Vous êtes adorables, murmura Alexia, une larme sur la joue. Mais mon expert-comptable ne partage pas le même enthousiasme que vous.

La révélation laissa ses amies pantoises. La boutique accueillait régulièrement du monde. Qui aurait pu imaginer une telle situation ?

— Dis-nous ce qui t'arrive, l'invita chaleureusement Cathie. Tu nous connais, et tu sais qu'on fera le maximum pour toi.

— C'est gentil, mais je suis vraiment au bord du gouffre.

— Allez… la relança Cécile, on ne te demande pas de déprimer, on te demande de nous expliquer. Et puis tu crois qu'avec nos cochons, c'est rose tous les jours à la ferme ?

— D'accord, sourit Alexia, un peu ragaillardie par l'énergie qui l'entourait. En fait, ça fait plusieurs années que les résultats financiers sont très limites. Mais j'étais persuadée qu'avec le temps la réputation de la librairie allait se construire et attirer du monde. Cette année, j'ai multiplié les séances de dédicace, les animations pour les enfants. J'ai même fait de la pub dans les journaux et les magazines locaux. Mais ça n'a pas suffi.

— Qu'est-ce qu'il en dit, Alain ?

— Il s'occupe des comptes et ça le désole autant que moi. Une partie de son salaire sert à payer les charges… mais on arrive vraiment au bout de ce qu'on peut se permettre, ajouta-t-elle dans un sanglot.

Trois paires de bras accueillirent aussitôt sa tristesse.

— C'est sûr que les deux grandes surfaces qui se sont créées dans le coin après l'ouverture de *Lire au large*, constata Marine, ça ne t'a pas aidée.

— Ça n'a pas été une bonne nouvelle, effectivement, mais je pensais pouvoir m'en sortir en tant que libraire indépendante. Pour que ça marche, il aurait fallu que les gens viennent de plus loin que les villages alentour.

— Eh, ma vieille, ne commence pas à parler au passé ! se révolta Cécile. Elle n'est pas morte, ta librairie.

— Pas morte, mais moribonde. Sans un petit miracle dans les deux mois, je devrai mettre la clé sous la porte.

— Qu'est-ce que tu aimerais, comme petit miracle ? s'enquit Cathie.

Les regards se tournèrent vers elle.

— Tu as une idée ?

— Je veux juste savoir quel miracle pourrait sauver *Lire au large*. Alors, ma belle ?

Avant de répondre, Alexia remarqua les verres de ses amies encore pleins et le pâté en croûte toujours vierge de toute attaque gastronomique.

— Je vais vous le dire, mais d'abord, on doit reprendre des forces. On ne va quand même pas laisser le nectar de Cathie tiédir.

— Et le mien ? s'amusa Marine en montrant les créations houblonnées de son mari.

— Bah ! les Anglais boivent leur bière à température ambiante : celles d'Hervé devraient aussi supporter ça.

Une fois les verres vidés, puis de nouveau remplis, Alexia expliqua.

— Je commence par le miracle de base, celui de celle qui espère gagner au loto. Mais j'ai vu tellement de rêves s'effondrer devant notre comptoir de La Française des jeux, que je n'y crois pas. Non, ce qu'il faudrait, c'est le grand truc médiatique qui fasse connaître la librairie dans tout le Finistère. L'événement qui donne le coup de fouet dont j'ai besoin depuis des mois !

— Tu n'as qu'à organiser un salon de littérature *feel good*. Et puis rajoutes-y même du *cosy crime*. Ça séduit pas mal de monde.

— J'y ai déjà réfléchi. Mais monter un tel événement représente un travail de fou, ainsi qu'un investissement financier que je ne peux plus me permettre… et c'est extrêmement difficile d'attraper des célébrités. Les salons renommés, en Bretagne ou ailleurs, ce n'est pas ce qui manque. Alors aller chez une débutante…

— Et si tu n'invitais qu'une seule autrice, mais de renom international ?

Ses amies, stupéfaites, regardèrent Cathie.

— Tu as une idée en tête ?

— À votre avis, enchaîna Cathie, qui pourrait motiver des lectrices à parcourir des centaines de kilomètres ?

Un silence épais, signe de profondes analyses, plana sur la pièce.

— On a bien quelques pointures en France, commenta Alexia, mais de là à attirer les foules !

— Tu n'es pas obligée de choisir une Française, suggéra Cathie.

— Tu penses à celle qui a écrit *Cinquante Nuances de Grey* ? proposa Cécile. C'était quand même chaud, cette série.

— Chaud, mais aussi réchauffé. Sincèrement, avoua Marine, je ne ferais pas cinquante nuances de bornes pour la rencontrer.

— Vous vous approchez, faites un effort ! relança Cathie. Je pense à la bartavelle du succès en librairie ! Le rêve de tout éditeur !

— C'est que tu deviens lyrique, s'amusa Marine.

— Je sais ! Clara Pearl ! hurla presque Cécile.

Interloquées, les trois femmes fixèrent l'Alsacienne, qui hochait doucement la tête.

— Attends, reprit Alexia, ne me dis pas que tu imagines qu'on pourrait inviter la nouvelle reine de la romance épicée ? Clara Pearl, c'est plus de trois millions de romans vendus l'an dernier ! En plus, elle est américaine !

— Et alors ? relança Cathie.

— Elle n'a jamais mis les pieds en France. Tu crois que pour une première, elle viendrait dédicacer à Locmaria ? Si c'est ton plan, je préfère acheter un billet de loto. J'ai plus de chances de gagner. Je ne sais pas d'où tu sors cette idée, mais Hervé n'a pas dû utiliser que du houblon quand il a brassé sa bière.

18

Clara Pearl

Lundi 8 septembre

La stupéfaction qui avait suivi la suggestion hallucinante de Cathie laissa place à une interrogation.

— Il est évident, remarqua Alexia, que la venue de Clara Pearl en France créerait une tempête médiatique et que ça mettrait *Lire au large* sur le devant de la scène. Mais il y a plus de chances d'assister à une apparition de la Vierge à Locmaria que de voir Clara Pearl passer sur Breizh TV.

— Écoute, la coupa Cécile, les pieds sur terre. Si Cathie propose ça, c'est forcément qu'elle a une idée derrière la tête. Ce n'est pas son genre de donner de faux espoirs. Alors, Cathie, dis-nous tout. Tu l'as déjà rencontrée, c'est ça ?

Cathie se laissa le temps de décapsuler une bière artisanale et de porter le goulot à sa bouche. Elle réprima une grimace et reposa la bouteille.

— Elle gagnerait sans doute à être bue fraîche. Et pour répondre à la question de Cécile, je ne connais pas Clara Pearl. En revanche, je connais très bien son éditeur.

— C'est incroyable ! Comment est-ce possible ?

— Je vous avais raconté que quelques mois après mon divorce, ma vie privée a pris un tour un peu… frivole. C'est au cours d'une soirée à Strasbourg que j'ai croisé Christian Lesabre pour la première fois.

— Alors vous êtes très… très amis ? glissa Marine avec un clin d'œil.

— On a été amants, oui. Mais c'est terminé. On a remplacé ça par une vraie relation complice. Je l'avais encore au téléphone la semaine dernière, expliqua Cathie.

— C'est fou, ça, ne put s'empêcher de rêver Alexia. Et tu penses qu'il pourrait convaincre Clara Pearl de venir en France ? Qui plus est dans un petit village du littoral breton qui n'accueille aucune star ? Locmaria, ce n'est pas un endroit pour une sommité comme elle. Elle doit séjourner dans des hôtels comme le *Ritz* ou le *Majestic*, pas *Le Relais de Saint-Yves* !

— Je ne suis certaine de rien, bien évidemment. Mais c'est un truc qui se tente. Après tout, cent pour cent des gagnants du loto ont joué, non ? ajouta Cathie en souriant. Et puis tu sais, j'ai suivi la carrière fulgurante de Clara au cours de mes discussions avec Christian. D'après lui, c'est une fille simple qui ne court pas les palaces.

— Peut-être simple, concéda Cécile, mais elle n'a pas l'air d'avoir froid aux yeux. Quand on voit les photos de cette belle brune avec sa voilette, ses tenues affriolantes et son décolleté bien rempli, ça ne sent pas le couvent des Ursulines.

— Tu trouves ça choquant ?

— Absolument pas, je ressens tout au plus un peu de jalousie.

Un éclat de rire détendit l'atmosphère. La pause fut propice au sacrifice final du pâté en croûte, accompagné de bières noyées dans une montagne de glaçons qu'Alexia avait piochés dans son congélateur.

— Je ne veux pas vous donner de faux espoirs, mais je vais contacter Christian dès que je serai rentrée. Pour tout vous avouer, et c'est pour ça que je me suis permis de mettre cette idée sur la table, Clara Pearl a évoqué avec lui l'hypothèse d'un passage en France.

— Mais elle parle français ? s'étonna Marine.

— Je n'en sais rien, avoua Cathie, mais même si Clara ne connaissait pas un mot de français, ça ne l'empêcherait pas de signer un livre et de sourire pour un selfie.

— Tu vas réussir à convaincre son éditeur ? insista Alexia qui avait envie de croire au rêve que venait de lui vendre Cathie.

— En tout cas, je vais sortir le grand jeu ! Il a rarement su refuser mes demandes.

— Euh… il ne faudrait pas non plus que ça nuise à ta relation avec Yann !

— T'inquiète, la rassura Cathie. Et d'un, Yann n'est absolument pas au courant de mes errances passées, et de deux, je ne vais pas coucher pour sauver ton commerce. Christian Lesabre est vraiment et uniquement un ami.

— Et quand penses-tu qu'il aura une réponse ? s'angoissa Alexia, tremblante d'excitation. Parce que Clara Pearl doit avoir un agenda surchargé… et si c'est l'an prochain, *Lire au large* aura mis la clé sous la porte depuis longtemps.

— Là, je ne peux pas m'engager à sa place. Mais j'ai bien compris l'urgence de la situation.

Telle une brise apaisante, un vent d'optimisme souffla dans le salon. Le sourire aux lèvres et la tête déjà à la venue de la nouvelle superstar des romans d'amour, les participantes ne remarquèrent pas que Cathie s'était écartée pour répondre au téléphone.

Quand elle revint deux minutes plus tard, elles notèrent la colère qui crispait ses traits.

— Qu'est-ce qui se passe ?

— C'est Patrick !

— Ton ex ?

— Mon ex qui continue à me pourrir l'existence !

— Qu'est-ce qu'il a fait ?

— Il a été entendu dans le cadre de la mort de Jacques Salomon.

— Quoi ? Salomon est mort ?

— Non seulement il est mort, mais il a été tué ! Et Patrick est le suspect numéro un ! Et il ose me demander, à moi, de prendre sa défense !

— Tu vas accepter ?

— Après l'enfer que j'ai vécu par sa faute pendant des années, il peut toujours courir ! Ses patrons n'ont qu'à lui trouver un bon avocat, et il saura que la gentille Cathie est définitivement sortie de sa vie !

19

L'Aven

Mardi 9 septembre

Un vent de nord avait chassé les nuages et le soleil matinal s'efforçait de sécher la campagne détrempée. Mais si le nordet avait évacué la pluie, il avait aussi colporté l'annonce de la mort de Jacques Salomon à travers rues, venelles et chemins communaux.

Cathie avait mal dormi, perturbée par l'arrestation de Patrick et le meurtre dont il était accusé. Cet imbécile s'était mis dans une situation dramatique ! Et à qui demandait-il de l'aide pour s'en sortir ? À elle ! Il n'avait vraiment aucun amour-propre.

Contrairement à ce qu'elle s'était promis, elle avait appelé le major Julienne, en quête de quelques nouvelles. Patrick avait été présenté au juge d'instruction et l'enquête était en cours. Malgré le secret professionnel auquel il était tenu, Éric Julienne lui avait dévoilé quelques informations. Patrick avait menti sur son emploi du temps : il avait assuré être parti visiter Quimper alors qu'il n'y avait jamais mis les pieds. On avait découvert, près de l'abbaye, des traces de peinture bleue en tous points identique à celle de sa voiture de location. Et, comme par hasard, l'aile de celle-ci était cabossée et rayée. Enfin, quand les gendarmes avaient perquisitionné la chambre, ils avaient trouvé des vêtements maculés de boue. Patrick avait prétexté un problème de moteur à réparer en pleine campagne. Bref, il s'était empêtré dans un mensonge que même un enfant de huit ans n'aurait pas avalé.

Cathie, même si elle n'avait pas parlé avec son ex-mari, croyait la version de Julienne. En effet, Patrick ne s'était jamais intéressé à la culture, et l'imaginer parcourir des kilomètres pour visiter une cathédrale était aussi improbable qu'entendre un candidat de téléréalité déclamer du Baudelaire ! Ensuite, il comptait tellement sur ce projet pour se faire définitivement un nom dans le domaine de l'immobilier international qu'elle le jugeait prêt à n'importe quelle compromission, voire plus. Il était donc tout à fait envisageable qu'il ait donné rendez-vous à Salomon pour le convaincre de changer d'avis et que leur discussion ait mal tourné. Mais Patrick n'avait pas une âme d'assassin, du moins le pensait-elle. Il l'avait manipulée, lui avait menti, l'avait culpabilisée, mais il n'avait jamais levé la main sur elle. Certes, cette violence psychologique avait largement suffi à la casser, mais ce n'était pas un sanguin.

Malgré ce qu'elle s'était promis, en rentrant elle avait appelé maître Larher, un avocat pénaliste brestois, qui avait accepté de rencontrer Patrick. Elle ne l'avait pas fait pour aider son mari, mais elle ne voulait pas voir le père de ses enfants accusé injustement… si injustice il y avait.

Les oiseaux, heureux du retour du soleil, piaillaient dans les platanes qui recouvraient de leur ombre le terrain de boules de la place principale de Locmaria. Au bout de la place, l'église de Saint-Ternoc, protecteur régional, et la mairie se faisaient face. L'antagonisme qui opposait calotins et radicaux-socialistes s'était apaisé avec le temps. D'abord parce que les Locmariaistes avaient fini par décider que l'intérêt de leur village passait avant les considérations partisanes. Ensuite parce que, hormis pour les grandes occasions, les habitants désertaient aussi bien la maison du Seigneur que les manifestations politiques.

Sur sa gauche, Cathie fixa la devanture de la supérette *L'Aven*. Malgré la présence de supermarchés proches, une clientèle fidèle, à laquelle se joignaient les vacanciers de l'été, fréquentait ce magasin. Sa propriétaire, Natacha Prigent, ajoutait à la couleur locale. Une couleur qui tendait plus vers le rose fuchsia que vers le bleu marine. Du haut de ses semelles compensées, Natacha Prigent régnait sur son commerce et sur les ragots qui circulaient dans la bourgade et ses environs. Pin-up officieuse de Locmaria, elle avait, dès le premier jour, pris Cathie en grippe. L'Alsacienne n'avait jamais compris ce qui lui valait un tel traitement : une jalousie incontrôlable, peut-être… La peur que le sourire de la nouvelle venue ait plus de succès que les généreux décolletés de la tenancière auprès de la population mâle ? Natacha avait toujours mené les frondes qui pouvaient porter atteinte à « l'étrangère ». Cependant, l'innocence répétée de Cathie avait fini par entamer la crédibilité de sa détractrice.

Cathie hésita un instant et se dirigea d'un pas volontaire vers le magasin. Elle voulait savoir ce qui se racontait sur le meurtre de Salomon et la culpabilité de Patrick. Elle en profiterait aussi pour acheter quelques berlingots d'eau de Javel et des éponges : on n'en a jamais trop. Un petit groupe de commères était attroupé à la caisse où trônait la patronne. Son habileté lui permettait de scanner les articles, de pianoter sur son terminal de carte bleue ou de rendre la monnaie tout en animant le débat. Deux ou trois retraités, n'osant pas se mêler au cercle féminin, restaient à portée d'oreille en simulant un intérêt pour les produits du rayon « sablés, caramels et Salidou ». Leurs femmes savoureraient avec joie les dernières nouvelles de Locmaria, surtout si elles avaient le goût du sang.

L'arrivée de Cathie suspendit la conversation durant quelques instants. Sa présence paraissait déplacée dans le royaume de *L'Aven.* Cependant, une partie du village savait déjà que le suspect numéro un était l'ex-mari de la propriétaire de *Bretzel et beurre salé*. C'est ce lien personnel qui retint l'attaque perfide que Natacha s'apprêtait à lancer. Elle tenait peut-être l'occasion de récupérer quelques informations inédites.

— Que puis-je faire pour vous ? s'enquit-elle avec un rictus commercial.

— Je suis venue acheter quelques babioles pour le restaurant. Ne vous dérangez pas pour moi, répondit Cathie avec un sourire innocent.

Comme la nouvelle arrivante s'éloignait dans les rayons, le cerveau de Natacha réfléchit à la façon la plus fine d'aborder le sujet. Cathie n'avait jamais évoqué sa vie d'avant en public : difficile, donc, de trouver la subtile allusion qui permettrait d'engager la conversation sur la culpabilité de Patrick Kaiser. Mais pourquoi être subtile ? Après tout, on l'aimait pour son franc-parler.

Comme Cathie s'approchait de la caisse avec son panier rempli, Natacha s'adressa à ses clientes d'une voix forte.

— C'est quand même dramatique, la disparition de ce pauvre Salomon ! J'ai entendu dire qu'il avait été lapidé sur le terrain de l'abbaye.

Cathie ne réagit pas en déposant ses articles sur le tapis roulant. Elle était curieuse de voir comment sa « rivale » allait l'impliquer dans le débat. Elle ne fut pas déçue du voyage.

— Catherine, vous qui avez l'habitude des morts violentes, qu'est-ce que vous en dites ?

— J'ai eu la malchance de devoir faire face à ce genre de situation mais, vous savez, cela ne fait pas de moi une spécialiste des faits divers et crapuleux.

— Ce n'est pas ce que je voulais dire, s'agaça Natacha en remarquant que l'auditoire n'allait pas tarder à compter les points. Mais le coupable, c'est quand même bien votre ancien mari. Vous avez vécu avec lui vingt-cinq ans.

Ça y est, on y était. Mais comment connaissait-elle la durée de leur union ? Natacha lui donna la réponse dans la foulée.

— Il m'a invitée à boire un verre dimanche soir, après la réunion de Salomon pour la défense de l'abbaye. Plutôt bel homme, avec du caractère. On a un peu parlé, ajouta-t-elle avec un sourire narquois à sa rivale. Dire qu'on a aussi sympathisé…

Natacha Prigent avait-elle couché avec Patrick ? Qu'importe ! Mais qu'est-ce que Patrick avait pu lui raconter ? Cathie savait que son ex était prêt à tout quand il voulait mettre une femme dans son lit. Quelles saletés avait-il déblatérées sur elle pour se rendre intéressant ? Elle décida d'évacuer le sujet et de contre-attaquer.

— Si vous vous êtes laissé séduire par le boniment de monsieur Kaiser, vous devez donc avoir votre avis sur sa personnalité… même si l'extase peut altérer le jugement.

Un frémissement parcourut l'assemblée. L'affrontement était parti sur de bonnes bases et promettait des moments savoureux. De peur de rater des répliques, les retraités avaient définitivement quitté le rayon des spécialités bretonnes pour se joindre à la conversation. À leur grande déception, Natacha prit sur elle et recentra les échanges sur le meurtre.

— Je l'ai vu sous son meilleur jour, mais j'en tremble encore. Dire que j'ai peut-être passé la soirée avec un assassin ! Catherine, je sais que nos points de vue divergent parfois, mais j'ai une question à laquelle je voudrais que vous répondiez sincèrement : est-il capable de tuer ?

20

Première enquête

Mardi 9 septembre

Dire que Cathie méprisait son ex-mari était évidemment en dessous de la réalité, mais elle devait éviter le lynchage public. D'abord, parce que tout prévenu reste innocent tant que la preuve de sa culpabilité n'a pas été apportée, mais surtout parce que cela rejaillirait d'une façon ou d'une autre sur elle et ses enfants. « Ah ! Cathie Wald, la femme du meurtrier ! » Pire encore pour Anna et Xavier, pour lesquels le lien de sang ajouterait un niveau d'opprobre supplémentaire ! Et par-dessus tout, elle ne voulait pas que, dans quelques années, ses petits-enfants soient montrés du doigt sur la plage. Elle s'adressa donc directement au groupe de commères… et compères prêts à boire ses paroles pour les régurgiter plus tard à tous ceux qu'ils croiseraient.

— Patrick Kaiser, le suspect numéro un, a effectivement été mon conjoint. Cela fait quatre ans que nous nous sommes séparés. Je vous ferai grâce de mon histoire de mariage raté. Je n'ai pas revu Patrick Kaiser depuis notre passage devant le juge. Enfin, jusqu'à ce qu'il débarque chez moi il y a quelques jours. Je peux vous affirmer qu'il n'est pas resté longtemps à Kerbrat, martela-t-elle sous le regard admiratif d'une habitante qui venait de se faire larguer par un époux volage en quête de chair fraîche. Ce projet de reprise de l'abbaye compte beaucoup pour lui. Vous l'avez sans doute remarqué dimanche soir. Je dois reconnaître que c'est un professionnel qui connaît bien son métier. Tout comme la plupart d'entre vous, je ne dispose d'aucun détail sur ce meurtre. Tout juste la gendarmerie m'a-t-elle prévenue, en tant qu'ex-épouse, de l'inculpation de monsieur Kaiser. Je ne pourrai donc pas éclairer votre lanterne, mais juste tenter de répondre à la question posée par Natacha : « Est-il capable de tuer ? »

Le silence qui régnait dans *L'Aven* était si parfait que les mouches suspendirent leur vol pour ne pas le troubler. Cathie chercha les mots exacts pour dépeindre son ex-mari.

— Patrick Kaiser n'est pas un homme volontairement méchant. Si son ambition, sa très haute opinion de lui et son cruel manque d'empathie l'ont amené à écarter sans vergogne certains de ses adversaires, je ne l'ai jamais vu menacer physiquement ceux qui lui barraient la route.

Comme un murmure parcourait l'assemblée, Cathie décida de ne pas trop adoucir le portrait de celui qui l'avait détruite par le passé.

— Par ailleurs, sa lâcheté quand il faut affronter une situation difficile ne le pousserait certainement pas à commettre un meurtre. Trop direct et trop compliqué à gérer. Donc à la question « Patrick Kaiser est-il capable de tuer de sang-froid ? », je répondrai « non ». Ceci n'engage bien sûr que moi.

Personne ne l'interrompit. Cet aveu d'une femme, de toute évidence bafouée, apporta à Cathie un supplément de sympathie.

— Se pose une autre question : « Et si un concours de circonstances accusait Patrick Kaiser malgré lui ? » Le contexte ne semble pas jouer en sa faveur, mais certaines personnes ici présentes m'ont un jour crue impliquée dans des affaires délictueuses, ajouta-t-elle en fixant Natacha du regard. Jacques Salomon n'avait-il pas des ennemis à Locmaria ? Quelqu'un n'aurait-il pas profité de cette situation pour régler ses comptes ? Peut-être l'un de vous a-t-il, sans le savoir, une partie de la réponse à cette question ?

Cathie avait habilement lancé son enquête, transformant chacun des clients en limier en chasse. Elle venait de donner vie à une dizaine de Sherlock Holmes ou de Miss Marple qui iraient sans doute fouiller dans l'existence de feu le leader du CDA.

— C'est vrai qu'il n'était pas forcément si clair que ça, Salomon, entama l'épouse du vétérinaire en inaugurant ce qui risquait de devenir une campagne de dénigrement de la victime. Vous vous souvenez tous que sa pauvre Jeanne, Dieu la garde, avait deux chats qu'elle adorait comme les enfants qu'elle n'a jamais pu avoir. Quand elle est morte il y a deux ans, elle a fait promettre à Salomon de prendre soin d'eux.

— Comment tu sais ça ? l'interrompit sa voisine.

— C'est Fanchon, sa femme de ménage, qui l'a entendu et qui me l'a répété. Enfin bref, il a promis.

L'an dernier, il est venu à la clinique de mon mari : un des chats était malade. Il fallait l'opérer, et il y en avait pour quatre cent quarante-huit euros. Je peux vous assurer qu'on lui avait fait un devis serré. Eh bien, je vous le donne en mille ! Il a décidé que c'était trop cher ! Pourtant, il en a de l'argent ! Il a agoni d'injures notre secrétaire et il est reparti en claquant la porte. Un mois plus tard, la pauvre bête était morte. Alors, quelqu'un qui n'aime pas les animaux, il se pourrait bien qu'il n'aime pas les hommes non plus ! Allez savoir s'il n'aurait pas fait une vacherie du même genre à quelqu'un de chez nous !

— Bah, c'était qu'un chat ! s'esclaffa l'un des retraités. Tu vas dans n'importe quelle grange et t'en trouves des portées à faire du fumier !

— Et si on traitait ton chien de chasse comme ça, s'indigna une grand-mère, tu tiendrais encore ce genre de discours ?

— Attention, ma Lulu, c'est autre chose ! Tu ne vas pas oser comparer ma chienne de concours à un bouffeur de pâtée Ronron.

— On s'égare, on s'égare ! intervint Natacha en haussant la voix. Je remercie en tout cas Catherine pour sa franchise. L'enquête de nos gendarmes fera sans aucun doute la vérité. J'ai été rassurée d'apprendre que je n'avais pas passé la soirée avec un pervers… même si ce qu'il m'a raconté ne manquait pas de piment, ajouta-t-elle d'un ton que Cathie ne put interpréter.

Ses produits ménagers dans un sac, Cathie quitta la supérette avec la satisfaction de la mission accomplie. Et si jamais Salomon avait des choses à se reprocher, elle le saurait vite. Elle ne doutait pas que des informations leur parviendraient rapidement, à Yann ou à elle. Resterait ensuite à faire le tri entre les faits et les calomnies, ce qui représenterait sans doute un travail de titan… pour un résultat tout à fait aléatoire.

21

En route vers le port

Mercredi 10 septembre

Cathie avait mal dormi. Le meurtre de Jacques Salomon la travaillait. Il la travaillait d'autant plus qu'elle était incapable de savoir si son ex-mari était coupable ou non. Elle ne pouvait évacuer l'hypothèse d'une dispute qui aurait tourné au drame. Malgré ce qu'il laissait paraître, Patrick était à cran et sa carrière dépendait de la réussite de cette vente. Cathie connaissait peu Jacques Salomon. Elle l'avait croisé dans quelques magasins ou festivités, mais elle n'avait pas échangé avec lui plus que quelques mots de courtoisie. Cependant, les petites histoires qui ressortaient à son sujet étaient peu flatteuses. Bref, deux personnages, aussi subtils et empathiques l'un que l'autre, s'étaient rencontrés en l'absence de tout témoin. Qu'avait-il bien pu se passer ?

Un second élément avait perturbé son sommeil : le commentaire de Natacha Prigent à son départ de *L'Aven*. Cathie avait mené une rapide enquête et il ne lui avait pas fallu longtemps pour apprendre que Patrick et Natacha s'étaient éclipsés ensemble à la fin de la soirée organisée par Anton. Information plus inquiétante, Julie Fouesnant, sa collaboratrice de *Bretzel et beurre salé*, les avait aperçus vers vingt-trois heures dans un bar à Concarneau. Il semblait évident que, pour se mettre en avant, son ex avait raconté à sa pire détractrice des scènes de leur vie maritale pitoyable… forcément humiliantes pour elle. Cathie se rappelait encore les moments où Patrick n'hésitait pas à se pavaner avec ses maîtresses, alors qu'elle était à côté. Elle avait donc pris sa décision : elle avait fait ce qu'elle avait à faire en lui envoyant maître Larher. Elle se désintéressait maintenant du cas « Patrick Kaiser ». Et tant pis pour ses éventuels petits-enfants !

Cathie avait quand même téléphoné la veille à ses enfants pour les prévenir de l'arrestation de leur père. Anna, déjà remontée contre son « géniteur » bien avant le divorce, avait piqué une crise de nerfs : bien malgré elle, Cathie avait tenté de trouver quelques circonstances atténuantes à Patrick pour calmer la colère et la détresse de sa fille. Xavier, quant à lui, avait réagi professionnellement. Policier à Grenoble, il lui avait demandé des détails sur l'affaire ainsi que les coordonnées de l'avocat. Cathie avait cependant deviné une fêlure dans sa voix : Xavier désapprouvait fermement le comportement que Patrick avait eu avec sa mère, mais c'était tout de même son père.

Ce matin, si Cathie s'était imposé sa séance de natation quotidienne, elle n'avait pas réussi à travailler chez elle. Impossible de se concentrer ! À dix heures, elle avait quitté le domaine de Kerbrat à pied pour se rendre sur le port. Peut-être irait-elle passer un moment au *Timonier oriental* pour se changer les idées en écoutant les dernières histoires du village ou les commentaires sur la politique gouvernementale ? Le patron, Émile Rochecouët, était, depuis son arrivée à Locmaria, un de ses fervents admirateurs. Les malotrus qui la critiquaient dans son établissement étaient instamment priés d'aller boire leur café ou leur verre de blanc ailleurs. Elle était donc en territoire ami. Cathie avait enfilé un pantalon corsaire et avait posé un pull sur ses épaules. Si le soleil promettait de briller, le petit vent d'ouest rafraîchissait l'atmosphère dès qu'on se retrouvait à l'ombre des arbres. Elle décida de suivre le sentier côtier qui la conduirait directement au port. La première partie du parcours empruntait un chemin creux, un de ces fameux chemins si chers au bocage breton. Enserré entre deux talus bordés de chênes aux formes torturées, de châtaigniers aux racines apparentes et de buissons de houx qui les rendaient infranchissables, le promeneur se sentait accueilli dans le sein de la terre elle-même. La douce odeur des feuilles séchées qui jonchaient le sol se mêlait aux effluves salés du large pour créer un parfum envoûtant. Soudain, le paysage changeait du tout au tout. D'un bleu profond, la mer s'offrait à perte de vue. Des vaguelettes blanches l'embellissaient de motifs de dentelle éphémères. Des genêts et des ronces remplaçaient les arbres, accompagnés çà et là de quelques conifères qui avaient su, au cours des années, prendre racine pour résister aux assauts de l'océan. Cathie s'arrêta, ferma les yeux et laissa le vent jouer dans ses cheveux. En une douce mélancolie, elle se remémora les jours de tempête où, fillette, elle faisait avec sa sœur le concours de celle qui aurait la plus belle « coiffure de sorcière ». Elle sourit en revoyant la mimique de sa mère, qui devait ensuite démêler les nœuds inextricables dont elles tiraient tant de fierté. Cathie s'accorda de profondes inspirations pour se nettoyer des pensées délétères de la nuit. Le bruit de la mer qui s'écrasait sur les rochers à ses pieds et le rire moqueur des goélands et autres mouettes qui planaient au-dessus d'elle lui offraient de quoi apaiser sa colère. Rassérénée, elle reprit son chemin jusqu'au petit port de Locmaria.

Contrairement à quelques communes du pays bigouden ou du pays de l'Aven qui s'étaient transformées depuis longtemps en stations balnéaires réputées, Locmaria avait toujours gardé une taille humaine et n'avait pas joué la carte du tourisme à tout-va. Cathie ne critiquait pas ces choix : de nombreux habitants tiraient leurs revenus des vacanciers qui venaient profiter des bienfaits de la région. Mais elle appréciait la vie de village de Locmaria. Le port accueillait les chalutiers de pêche côtière, et un ponton avait été ajouté une dizaine d'années plus tôt pour abriter quelques navires de plaisance. Partiellement protégées par la jetée et une avancée rocheuse, les bouées multicolores attachées aux corps-morts dansaient au rythme de la houle. Des barcasses de pêche ou de simples bateaux de balade y étaient accrochés, attendant la haute marée et le bon vouloir de leur propriétaire pour prendre la mer.

22

Partie de pêche

Mercredi 10 septembre

Comme Cathie longeait l'eau et admirait les voiliers des plaisanciers en escale pour la journée, elle manqua de renverser un homme qui tirait une annexe, petit canot monté sur une roulette.

— Désolée, je ne regardais pas devant moi, s'excusa-t-elle.

— Je vous en prie, j'aurais pu faire attention, moi aussi, répondit le père Loïc Troasgou, recteur de la paroisse de Locmaria et de quatre villages avoisinants. Et puis ce n'est pas tous les jours que j'ai le plaisir de vous rencontrer, ajouta-t-il avec un sourire.

— Oh ! j'étais perdue dans mes pensées, et, habillé comme vous l'êtes, je vous avoue que je ne vous avais pas reconnu.

Le père Troasgou n'avait pas l'allure du classique curé de campagne. Avec son mètre quatre-vingt-quinze, sa carrure de rugbyman, son teint buriné et ses cheveux poivre et sel en bataille, il ressemblait plutôt à un aventurier qu'au révérend dom Balaguère des *Trois messes basses* d'Alphonse Daudet. Des pattes-d'oie autour des yeux trahissaient à peine les soixante ans qu'il venait de fêter. Seule une croix en bois accrochée bien en vue sur son pull marin laissait deviner sa fonction de recteur. Même si elle n'avait pas une appétence marquée pour la religion, Cathie avait eu l'occasion de discuter avec lui. Elle appréciait le regard bienveillant, sans être pour autant naïf, qu'il portait sur ses contemporains.

— J'espère que ces pensées n'étaient pas trop perturbées par les derniers événements qui ont touché notre communauté ? s'enquit-il.

Cathie hésita quelques instants. Elle ne croyait pas au hasard, ou au destin, appelons-le comme on le souhaite. Cependant, la présence devant elle de cet homme de confiance alors qu'elle se débattait avec ses questions était peut-être le fruit d'une improbable providence.

— Vous avez déjà pêché en mer ?

— Non, pourquoi ? s'étonna-t-elle.

— Si vous disposez de trois heures, je vous propose de parfaire votre culture. Mon bateau à moteur est attaché au corps-mort. Un ancien modèle en bois qui a appartenu à l'un de mes oncles.

— Parce que vous pêchez aussi ?

— Une fois par semaine. C'est mon moment de détente, loin du vacarme du monde. Et puis, pour un prêtre, attraper du poisson est très biblique ! Les premiers apôtres n'étaient-ils pas des pêcheurs du lac de Tibériade ? remarqua-t-il avec un sourire en coin.

— Je ne suis pas certaine que vous fassiez une pêche miraculeuse si je me joins à vous, répliqua-t-elle avec humour. Votre invitation est tentante, euh… comment dois-je vous appeler ? Parce que « mon père », je vous avoue que j'ai du mal.

— Pourquoi pas Loïc ? Je pense que ça m'irait bien, non ?

— Merci pour votre proposition, Loïc, mais je ne veux pas vous voler vos rares instants de tranquillité.

— Vous me feriez un grand plaisir en m'accompagnant, Cathie. Et je serais assez amusé de voir la réaction d'Annick Rochecouët si nous partions ensemble, ajouta-t-il en tournant la tête vers la patronne du *Timonier oriental*, qui les observait avec une discrétion toute relative.

— Alors j'accepte, décida Cathie sans plus réfléchir. Je ne risque pas d'avoir froid, au large, avec juste un pull ?

— J'ai des cirés dans le bateau. Vous pourrez en enfiler un. Par contre, vos vêtements devront peut-être passer à la machine à laver quand vous rentrerez. L'odeur sera plus proche de celle du maquereau que celle du Numéro 5 de Chanel.

Ils se dirigèrent vers la cale et Loïc Troasgou mit son embarcation à l'eau. Cathie s'assit précautionneusement et le recteur monta à son tour. Il installa son aviron dans une dame de nage et godilla. Tranquillement, ils rejoignirent une solide barque en bois à la couleur bleue défraîchie.

— En cinq ans, je n'ai pas encore pris le temps de la repeindre, s'excusa le prêtre en aidant Cathie à grimper à bord.

Il détacha le bateau du corps-mort et y attacha son petit canot à la place. Il invita Cathie à attraper un ciré dans un coffre situé sous un siège à l'avant et ouvrit une trappe. Il farfouilla une bonne minute, puis la pétarade du démarrage du moteur couvrit le bruit de la mer l'espace de quelques instants, effrayant une mouette trop curieuse. Un sourire satisfait aux lèvres, il lança sa barque.

— Un peu capricieux pour se mettre en route, mais une fois parti ce moteur tourne comme une horloge.

Debout, la barre du gouvernail fermement en main et le regard porté vers la sortie du port, Loïc Troasgou semblait faire corps avec les éléments. Cathie l'observa et le compara malgré elle à Patrick. Pourquoi n'avait-elle pas rencontré un homme comme lui, respectueux, rassurant et plein d'une énergie communicative ? Pas lui, évidemment, puisqu'il s'était consacré à Dieu. Le visage de Yann succéda à celui du prêtre : mais elle l'avait, l'âme sœur qu'elle espérait depuis des années ! Elle l'avait, mais elle hésitait à s'engager. Elle cherchait le compagnon parfait sans savoir définir la perfection. Et si finalement, le problème, c'était elle ?

Comme ils s'éloignaient de la côte et que la barque se mouvait au rythme régulier de la houle, Loïc Troasgou la ramena à la réalité.

— Donc vous n'avez jamais pêché ?

— En mer, non. Mais on y allait parfois dans les Vosges avec mon père et ma sœur, Sabine. En fait, on regardait papa s'escrimer à préparer tout l'attirail et on ne prenait les cannes qu'une fois que tout était prêt. J'ai souvenir d'avoir remonté un beau cristivomer, une sorte de saumon. Je ne vous explique pas ma fierté ! D'habitude, on relâchait nos prises, mais là, on l'a gardé pour le photographier et le manger en famille.

— Alors, j'ai affaire à une professionnelle, plaisanta Loïc. Aujourd'hui, on va pêcher à la mitraillette.

Amusé par le froncement de sourcils de son invitée, il tira le matériel d'un bidon en plastique et précisa :

— Observez bien la ligne. Vous compterez cinq petits plumeaux, et sous chaque plumeau, un hameçon. Nous allons la lester et la mettre à l'eau. Avec la vitesse, les plumes vont danser et refléter le soleil. Les poissons y verront de la friture appétissante, se jetteront dessus et goberont l'hameçon.

— Et qu'est-ce qu'on attrape, avec cette... mitraillette ?

— Souvent du maquereau, et, quand on a de la chance, un lieu ou un bar. Et si on passe dans un banc de maquereaux, on peut en sortir toute une ribambelle d'un seul coup. Et un maquereau bien frais grillé, c'est délicieux... et remarquable pour la santé, d'après les diététiciens. Une réserve d'oméga-3, d'acides aminés et de magnésium.

— Vous savez vendre votre produit. C'est sûr qu'avec ma choucroute et ma charcuterie, je fais moins rêver l'académie.

— Le chou est excellent aussi ! Les marins embarquaient de la choucroute pour combattre le scorbut. Allez, je vais arrêter de vous faire un sermon sur les vertus comparées des aliments. Ça doit être une déformation professionnelle, se moqua-t-il.

Il prépara deux lignes, fournit un gant à Cathie et lui donna tout de même une dernière recommandation.

— On ne prend pas de canne, mais on tient directement la ligne à la main. Quand vous sentirez que ça commence à tirer, remontez-la doucement.

— Et si je me trompe et que je n'ai rien attrapé.

— Alors on la remet à l'eau. Rien de plus simple, expliqua-t-il en écartant les bras.

Cathie lui offrit un sourire chaleureux. Elle était bien, en bonne compagnie, loin de ses soucis et occupée à l'une des activités fondamentales de l'homme : pêcher pour se nourrir. Sauf que si elle revenait bredouille, elle mangerait quand même à sa faim en rentrant.

23

Confidences

Mercredi 10 septembre

En quarante-cinq minutes de pêche, ils avaient sorti un bar et une dizaine de maquereaux. Ce qui était déjà très bien. Loïc Troasgou avait été agréablement surpris de voir Cathie se saisir d'un couteau pour l'aider à vider leurs prises. Comme deux camarades de toujours, ils avaient discuté de la Bretagne et de l'Alsace et avaient passé un bon moment. Une fois tous les poissons préparés, ils les rangèrent dans un seau et lancèrent les entrailles aux oiseaux qui avaient repéré le festin à venir.

— « Quand les mouettes suivent un chalutier, c'est qu'elles pensent qu'on va leur jeter des sardines », prononça sentencieusement le recteur avec un accent du Sud exagéré.

— Vous maîtrisez votre Cantona dans le texte, l'étonna Cathie en reconnaissant l'une des phrases fétiches d'une des icônes du football français.

— Alors là, vous m'épatez ! Comment connaissez-vous cette fameuse citation ?

— Quand nous habitions à Strasbourg, mon fils, Xavier, jouait au football au Racing en équipe poussin. Pendant deux ans, je l'ai accompagné le mercredi aux entraînements et le samedi aux matchs. Je n'étais pas fan, mais j'ai dû m'y intéresser pour discuter avec les autres parents lors des heures interminables que duraient certains tournois. Et comme mon mari avait décrété que le seul sport qui méritait son attention était le golf, c'était moi qui assurais l'intendance.

Involontairement, Loïc Troasgou avait lancé son matelot sur le sujet qui la tracassait depuis plusieurs jours.

— J'ai entendu évoquer vos relations compliquées avec votre époux…

— Compliquées ? Vous êtes gentil ! Il m'a pourri la vie, même si j'ai été assez bête pour me laisser faire. Mais je ne vais pas gâcher la fin de notre partie de pêche en vous décrivant mon passé.

— Si j'ai la chance de pouvoir vous aider en vous écoutant, n'hésitez pas. Vous aurez mon oreille, mon silence et le silence de la mer. Et rassurez-vous, je ne suis pas en train de vous confesser !

Pendant une heure, Cathie raconta ce qu'elle n'avait jamais raconté à personne. Parler en toute liberté lui permettait de se défaire d'une part de ce poids qu'elle n'avait jamais réussi à évacuer totalement. Elle avoua aussi sa réticence à défendre celui qui l'avait poursuivie de ses nuisances jusque dans sa retraite bretonne.

— Voilà, vous savez tout, conclut-elle les yeux humides. Et maintenant, qu'est-ce que je dois faire ? Je change d'avis tous les jours. Je dois le laisser se débrouiller avec son avocat et le juge ou tenter de secourir ce… sale type ? Ou alors dois-je essayer de lui pardonner ?

C'est un sentiment très noble et très chrétien mais, désolée, pour moi ce sera impossible.

Pendant que Cathie se confiait à lui, Loïc Troasgou avait mis le moteur au ralenti et l'avait écoutée, sans dire un mot. Son histoire et sa détresse encore présente l'avaient ému. Sans se concerter, ils regardaient tous les deux la côte qui se découpait dans le ciel azur, deux milles marins plus loin.

— Le pardon… sans doute une des choses les plus difficiles à accorder. Le pardon est parfois au-dessus des seules forces humaines. Dieu peut nous y aider, enfin c'est ce que je crois.

Il s'arrêta quelques secondes, contemplant le vol d'une sterne qui longeait le bateau, une proie frétillante dans le bec.

— Mais qui suis-je pour vous asséner ce qui est « bon » pour vous ? Je vous poserai juste une question, si vous le voulez bien.

— Allez-y.

— Vous êtes quelqu'un qui combat l'injustice et vous l'avez récemment prouvé en soutenant Erwan Lagadec envers et contre tous. Imaginez donc que ce ne soit pas Patrick Kaiser qui soit responsable du meurtre de Jacques Salomon, mais une autre de vos connaissances que tout semble accuser. Supposez qu'un doute vous taraude. Oh ! pas une évidence, mais la sensation que l'on se trompe peut-être. Que l'on va peut-être l'envoyer en prison alors qu'il est innocent.

— Je n'ai jamais dit que Patrick l'était ! rétorqua Cathie.

— Exact, mais ce doute sera toujours là, comme un caillou dans votre chaussure, n'est-ce pas ?

Cathie soupira longuement.

— Sans doute, mais que dois-je faire ? Me mettre en quatre pour ce type alors qu'il y a moins de soixante-douze heures, il a raconté les pires saletés à mon sujet ! Vous êtes conscient de la difficulté de ce que vous me suggérez ?

— Je m'en rends compte. Cependant, ce n'est pas à votre cœur que je m'adresse, mais à votre sens de la justice. Je souhaite seulement que vous soyez en paix avec la décision que vous prendrez.

— Je sais que vous avez raison, Loïc. Je vais demander à Yann de m'aider. Il a comme moi un sens de la justice élevé… et une piètre opinion de Patrick. Les femmes sont compliquées, n'est-ce pas ? conclut-elle en secouant la tête. La vie de prêtre vous a sans doute épargné d'avoir à trop creuser ce sujet.

— Détrompez-vous ! Avec ce que j'ai entendu en confession, je pourrais écrire une thèse en dix volumes.

Il hésita un moment avant de continuer, mais, apaisé par le calme de la mer et encouragé par la présence de Cathie, il ajouta :

— J'ai d'ailleurs failli me marier.

Cathie se retourna vers lui et le considéra avec bienveillance.

— Avec Maïwenn, c'est ça ?

— Mais… comment l'avez-vous deviné ?

— La peinture de votre bateau a tendance à s'écailler, mais son nom est bien visible.

— Elle s'appelait Maïwenn, en effet. Nous avions tous les deux vingt-trois ans. Cette femme extraordinaire représentait tout pour moi, et elle m'avait aidé à sortir d'une jeunesse agitée. Nous étions terriblement amoureux l'un de l'autre. Mais elle a été emportée par une maladie foudroyante ! La veille de sa mort, elle m'a fait promettre, par amour pour elle, d'apporter du réconfort autour de moi. Maïwenn a insisté auprès de sa famille pour passer ses dernières heures juste avec moi. On a prié ensemble, alors que je fréquentais peu les églises. Le jour de son enterrement, j'étais submergé de colère face à cette injustice. Six mois plus tard, j'entrais au séminaire. Allez trouver de la logique dans ce choix ! Voilà. La population de Locmaria ne connaît pas les détails de cette histoire…

— Ne craignez rien, Loïc. Je sais colporter des ragots… mais je sais aussi garder pour moi les confidences de mes amis.

Le père Troasgou se pencha vers son sac à dos et en tira un pain de campagne et une tranche de pâté d'une bonne livre achetée le matin même à la boucherie Guillou. Il sortit également deux bouteilles de saint-erwann.

— J'ignore pourquoi j'en ai pris deux ce matin… sans doute un signe de la Providence.

— Jésus a multiplié les pains, pas les bières, s'amusa Cathie. En tout cas, vous me mettez l'eau à la bouche.

— Alors pas question de retarder notre petit pique-nique. D'ailleurs, j'aurai à mon tour un avis à vous demander.

Comme Cathie le regardait, surprise.

— J'ai beau être recteur, je n'en suis pas moins homme. Et les conseils éclairés d'une femme sont toujours précieux.

24

Un nouveau leader

Mercredi 10 septembre

Affamés par leur partie de pêche, les deux marins engloutirent une épaisse tartine de pâté en dégustant une bière qui n'avait pas encore trop tiédi. Cathie ferma les yeux et, détendue, laissa l'air lui fouetter le visage. « Il en faut peu pour être heureux, vraiment très peu pour être heureux, il faut se satisfaire du nécessaire… », chantonna-t-elle sans s'en rendre compte. Elle se retourna en entendant Loïc Troasgou enchaîner : « Un peu de bière fraîche et de verdure, que nous prodigue la nature, quelques bons sandwichs et du soleil. » Ils échangèrent un clin d'œil avant que Cathie ne reprenne :

— Alors, vous aviez besoin de l'avis d'une femme. La situation doit être dramatiquement complexe !

— Non, pas tant que ça, mais je me pose des questions. Ce matin, vers huit heures, Germain Coreff, Marcel Guidel et sa mère sont venus en délégation officielle me trouver à la cure. Voyez-vous de qui il s'agit ?

— Je connais Germain Coreff. Il passe régulièrement

manger une tarte flambée chez moi et nous discutons de l'art d'embellir un jardin. Un homme sympathique, qui sait occuper sa retraite. Quant à Marcel Guidel, qui ne l'a pas croisé à Locmaria ? « *Ar ruz* », le rouge, le fameux syndicaliste de la conserverie L'Atlantide, qui participe à toutes les manifestations du Finistère sud. Mouloud Kervurlu, le garagiste, raconte à qui veut l'entendre que monsieur Guidel lui a acheté au moins une dizaine de gilets jaunes. En ce qui concerne madame Guidel mère, je la rencontre souvent en faisant mes courses. Cette petite femme dégage une énergie impressionnante et a toujours un mot gentil à partager.

— Vous maîtrisez parfaitement votre Locmaria, reconnut le prêtre. Donc, ces trois personnes sont venues me rendre visite tôt ce matin pour me prier de prendre la tête du Comité de défense de l'abbaye.

— Pas étonnant que l'on fasse appel à un homme d'Église pour protéger un bâtiment religieux. Mais… ils n'ont pas traîné.

— Vous avez mis le doigt sur ce qui me gêne. Nous sommes mercredi et Jacques Salomon est mort il y a à peine quarante-huit heures. Je ne sais pas ce que je vais leur répondre : je ne voudrais pas que certains habitants me considèrent comme un opportuniste qui tente de récupérer des ouailles alors que le cadavre de son prédécesseur n'est pas encore froid. Qu'en dites-vous ?

— Avant d'en dire quoi que ce soit, entama Cathie, avez-vous fait votre choix ? S'il est négatif, la question deviendra nulle et non avenue.

— Je souhaite aussi échanger sur ce sujet avec vous. Si l'on regarde l'aspect administratif de la chose, un propriétaire cède son terrain à un acheteur en respectant les règles *ad hoc*. Certes, il y a les ruines d'une abbaye sur le domaine, mais celle-ci n'apparaît pas au patrimoine des monuments historiques, donc rien n'empêche la vente. Cette transaction crée de l'émotion dans le village, plus par l'inquiétude de ce qui va se passer ensuite que par la destruction de ces vestiges. Car, soyons honnêtes, plus personne ne s'y intéressait. Je suis arrivé il y a cinq ans à Locmaria, et c'est la première fois qu'un paroissien s'en préoccupe.

— Elles n'ont aucune valeur ?

— On ne peut pas le dire comme ça, mais la Bretagne a été une terre très catholique. De nombreuses abbayes y ont été érigées, notamment entre le XIe et le XIIIe siècle. La plupart ont été vendues pendant la Révolution française comme biens nationaux. Mais il faut reconnaître que nombre d'entre elles étaient déjà moribondes et souvent désertées.

— Pour quelle raison ?

— Les mentalités avaient changé. Le siècle des Lumières était passé par là… et l'entretien coûtait une fortune. Même la fameuse abbaye de Landévennec, dédiée à saint Guénolé et fondée mille trois cents ans plus tôt, a été abandonnée en 1792.

— Landévennec, c'est bien celle qui est située au pied de la presqu'île de Crozon ? Il me semble pourtant que Yann m'a raconté qu'il y faisait de temps en temps des retraites.

— Effectivement, mais ce n'est qu'en 1958 que les Bénédictins sont revenus et ont construit des bâtiments modernes pour y vivre. Bref, tout ça pour vous dire que l'abbaye de Locmaria n'a a priori rien qui puisse passionner les historiens. Et en ce qui me concerne, je m'investis dans la restauration des chapelles où nous prions encore. Trouver les budgets n'est déjà pas une mince affaire !

— Vous avez donc toutes les raisons pour refuser cette proposition.

— Si seulement c'était aussi simple !

— Rien n'est simple, Loïc, et nous sommes bien placés pour le savoir.

Loïc Troasgou se tut quelques instants et manœuvra pour s'éloigner d'un yacht à la trajectoire aléatoire. Une fois le bateau passé, il reprit.

— Ce qui me trouble, c'est la tension qui monte entre les habitants depuis l'annonce de la vente. En quelques jours, des gens qui s'entendaient bien ont commencé à se disputer et à ne plus se parler. On a failli assister à une bagarre dimanche dernier à la sortie de la réunion d'information, et lundi Salomon a été tué. Je crains que les choses n'en restent pas là et qu'une véritable fracture divise le village pour longtemps.

— Mais en quoi votre engagement changerait-il quelque chose ?

— Il faudrait arriver à arrêter la vente définitivement, pas uniquement à en reculer la date.

— Vous m'avez expliqué vous-même que tout était légal et que l'abbaye n'avait rien d'exceptionnel ! Vous croyez vraiment aux pétitions lancées par le CDA ?

— Non. Au mieux, elles animeront un débat avec le microcosme local et nous apporteront quelques jolis articles dans les journaux régionaux. Mais pourquoi des politiciens iraient-ils s'opposer à un projet qui leur rapportera de l'argent et qui n'agite pas le milieu écologiste ?

— Vous n'avez pas l'âme d'un zadiste ? le titilla Cathie.

— Moquez-vous de moi, mais à dix-huit ans, j'ai participé à la lutte contre la centrale nucléaire de Plogoff. J'en ai d'ailleurs gardé un souvenir, ajouta-t-il en baissant le col de son pull pour dévoiler une vieille cicatrice. Pour revenir à notre sujet, je ne vois pas d'éléments susceptibles de transformer la propriété de l'abbaye en zone à défendre. Si seulement une espèce endémique de grenouille vivait dans le marais qui la traverse : mais même pas ! gémit-il, faussement désolé.

— Votre engagement ressemble donc à une cause perdue d'avance.

— Pas forcément ! Germain Coreff m'a expliqué ce matin que le terrain avait appartenu à la famille Brehec jusqu'au milieu du XXe siècle. Elle a dû vendre pour faire face à des déboires financiers. D'après Coreff, le grand-père du dernier descendant, le vicomte Antoine-Charles Brehec de Kerfons, a toujours clamé qu'il fallait conserver l'abbaye de Locmaria dans le patrimoine breton.

— Et il habite où, ce vicomte de Brehec ?

— Dans un ancien manoir, à une dizaine de kilomètres d'ici.

— Vous le connaissez ?

— Pas intimement, mais il participe régulièrement aux grandes festivités de l'année.

— Si sa famille pensait que cette abbaye avait de la valeur, pourquoi n'a-t-il pas rejoint le CDA lorsque Salomon l'a créé ?

— D'après Germain Coreff, Salomon l'avait approché. Mais leur discussion a vite tourné court.

— Donc, conclut Cathie, si vous acceptez, c'est dans

l'espoir de rencontrer un vieil aristocrate qui a déjà refusé d'apporter son aide une première fois… et pour comprendre pourquoi sa famille clamait qu'il ne fallait pas vendre ces bâtiments. C'est du quitte ou double, votre histoire, non ?

— Dit comme ça, ce n'est pas gagné effectivement. Mais même si elle est ténue, c'est la seule piste dont je dispose. La seule qui me laisse l'espoir de refaire régner la concorde à Locmaria.

— Et bien, félicitations, Loïc, vous venez de prendre votre décision… sans les conseils avisés d'une femme.

— Ça ne vous choque pas de me voir succéder aussi rapidement à Salomon ?

— Votre approche diffère totalement de la sienne. Vous n'en tirerez aucun intérêt personnel, et cela, les habitants le sentiront vite. Bien sûr, vous aurez quelques opposants. Mais je ne pense pas que cela vous effraie.

— Merci pour votre soutien, Cathie.

— Pour me remercier, vous me tiendrez au courant de l'avancée de votre enquête… et vous m'offrirez une seconde tranche de pâté avant qu'on arrive. Il est délicieux et j'ai encore une faim de loup de mer.

25

La visite

Mercredi 10 septembre

La salle ne contenait qu'une table qui avait vécu des jours meilleurs et deux chaises en plastique d'un blanc douteux. Patrick Kaiser, avachi sur un des deux sièges, se demandait encore comment il avait pu en arriver là. Sa garde à vue avait été prolongée la veille, sur requête du juge d'instruction. On le suspectait du meurtre de Jacques Salomon, et sa situation ne s'arrangeait pas avec le temps. Il avait tout d'abord refusé la présence d'un avocat : ces Bretons allaient comprendre comment se défend un Alsacien ! Mais il avait vite déchanté et abandonné son régionalisme. Les enquêteurs n'étaient pas des pandores tirés d'une chanson de Bourvil, mais des officiers de police judiciaire qui connaissaient leur métier sur le bout des doigts.

Patrick avait alors accepté l'aide d'Yves Larher, un pénaliste que lui avait conseillé, et même trouvé, Cathie. Ils s'étaient rapidement entretenus au téléphone et l'avocat lui rendait visite cet après-midi. Patrick disposait de trente minutes pour le convaincre de son innocence. Cependant, pouvait-il tout raconter ?

La porte s'ouvrit et un personnage de haute stature entra dans la pièce, vêtu d'un costume sombre, d'une cravate et chaussé de petites lunettes dorées. Patrick se leva et fut presque déçu qu'il ne soit pas en robe noire. Cathie lui aurait-elle choisi un avocat au rabais ? L'homme posa sa mallette et lui tendit la main :

— Maître Larher, avocat au barreau de Brest.

— Patrick Kaiser, négociateur à l'agence immobilière Wolff, à Strasbourg.

— Parfait, asseyons-nous et voyons votre déposition avant la rencontre avec le juge d'instruction en vue de votre mise en examen.

— Quoi ? coassa Patrick. Il veut m'envoyer en taule ?

— Calmez-vous, monsieur Kaiser. Une mise en examen ne signifie pas forcément que vous allez dormir en prison. Les détentions provisoires sont de plus en plus rares, notamment par manque de place. Je solliciterai pour vous une ARSE.

— C'est quoi ?

— Une assignation à résidence avec surveillance électronique… le fameux bracelet électronique.

— Alors… je pourrai rentrer chez moi ? s'enthousiasma le prévenu.

— Dans un premier temps, vous devrez rester dans la région. Mais occupons-nous d'abord de votre dossier. Vous êtes suspecté du meurtre de Patrick Salomon le lundi 8 septembre aux alentours de 14 heures.

— Mais c'est des conneries, je suis innocent !

— Vous savez, monsieur Kaiser, répondit calmement l'avocat, plus de quatre-vingt-dix pour cent des inculpés clament leur innocence lors de leur premier interrogatoire. Pour convaincre les magistrats de vous mettre hors de cause, nous devons apporter des arguments solides. D'autant plus que j'ai eu accès aux procès-verbaux de vos premières auditions : si vous vouliez persuader les gendarmes de votre culpabilité, vous avez réussi votre coup.

— J'ai merdé grave, confirma Patrick en baissant la tête.

— Pour partir sur de bonnes bases, je vous rappelle le contenu de votre première déposition. Lundi après-midi, à l'heure estimée du décès de Jacques Salomon, vous auriez visité Quimper. Vous avez affirmé être resté bloqué dans un embouteillage qui n'a jamais existé. On a retrouvé chez vous un pantalon maculé de boue et vous avez expliqué son état par un problème de moteur que vous auriez dépanné dans un fossé. Vous avez certifié que l'aile avant de votre véhicule était déjà abîmée alors que le loueur assure que vous avez fait le tour de la voiture ensemble quand vous l'avez récupérée. Enfin, vous avez justifié un hématome au visage par une improbable chute. J'ai souvent vu des dépositions fantaisistes, monsieur Kaiser, mais à ce point ça mérite une médaille. Qu'est-ce qui vous a pris ?

Patrick ne chercha pas à se révolter. Quand les gendarmes l'avaient interrogé au *Relais de Saint-Yves*, il pensait pouvoir les berner aisément. Néanmoins, il lui manquait une information fondamentale : Salomon était mort. Il devait donc raconter la vérité à maître Larher, ou du moins une grande partie de la vérité. Cependant, l'avocat n'était pas tombé de la dernière pluie. Son récit avait intérêt à être convaincant.

26

Version de Patrick

Mercredi 10 septembre

— J'ai effectivement rencontré Jacques Salomon lundi dernier.

— À la bonne heure ! s'exclama Yves Larher en sortant un ordinateur de sa sacoche. Permettez-moi de prendre des notes, qui demeureront bien évidemment confidentielles.

— OK, allez-y.

L'avocat s'installa et s'accorda le temps de classer le fichier qu'il venait d'ouvrir. Patrick Kaiser regarda avec inquiétude l'horloge murale. Il ne leur restait plus que vingt-deux minutes d'entretien.

— Je suis tout ouïe.

— J'ai tenté d'enfumer les gendarmes, ce qui a été une sacrée connerie. Si j'avais su ce qui était arrivé à Salomon, je…

— Pouvez-vous être précis et simplement me raconter votre journée de lundi ? Ce qui m'intéresse dans un premier temps, ce sont des faits et juste des faits.

— Tout a commencé la veille, à la réunion d'information organisée par la Mairie. Salomon et moi-même avons chacun essayé de rallier la population à nos positions. J'ai été assez bon, mais c'est une autre histoire. À la fin de mon intervention, Salomon m'a rejoint et m'a emmené quelques minutes à l'écart. Je pensais qu'il allait m'agonir d'insultes. Mais notre échange a été plutôt calme, et Salomon a sollicité une entrevue en tête à tête pour discuter tranquillement. Je lui ai proposé de profiter de l'occasion, mais il a insisté pour qu'on se rencontre le lendemain. Je l'ai invité à venir boire une bière au bar de l'hôtel à l'heure qui l'arrangeait, mais ce con a voulu qu'on se retrouve sur le site de l'abbaye. Au début, je l'ai envoyé bouler… poliment, vous vous en doutez. Mais il s'entêtait tellement que j'ai fini par accepter. Je ne devais pas laisser passer une chance de convaincre un des plus dangereux adversaires au projet. Bon, imaginez ma joie quand j'ai vu la pluie d'enfer qui tombait lundi matin !

— Saviez-vous à ce moment-là ce que monsieur Salomon souhaitait vous confier ?

— Pas encore, mais vous n'allez pas être déçu du voyage !

— Alors… voyageons ensemble, le convia l'avocat en replaçant ses lunettes sur son nez.

— On avait fixé notre petite entrevue à quatorze heures. Je suis parti suffisamment tôt pour y être un quart d'heure en avance. Je ne vous explique pas le merdier dans le chemin d'accès. Un vrai marécage. J'ai dû faire super gaffe à la bagnole, car la franchise coûte une blinde en cas de dégâts sur la carrosserie. Enfin bref, je suis arrivé au rendez-vous et j'ai attendu. Vu la météo, je ne distinguais pratiquement rien. À l'heure pile, j'ai entendu frapper contre ma vitre : c'était Salomon. J'ai ouvert et je lui ai proposé de discuter au chaud dans la voiture. Tu parles ! il a insisté pour qu'on échange dehors, en terrain neutre soi-disant. Non, mais sans rire, il jouait les James Bond, ou bien ? Je l'ai menacé de repartir… mais comme je voulais savoir ce qu'il avait à me raconter, finalement, je suis sorti. Il m'avait déjà tellement énervé que je n'ai même pas pensé à attraper mon parapluie.

— Ils fournissent des parapluies dans les véhicules de location, maintenant ?

— Ils sont trop radins pour ça. C'est mon boss qui m'avait prévenu de me méfier du temps en Bretagne. Il a été expatrié deux ans à Brest : la météo du coin, ça le connaît ! C'est pour ça que j'avais emporté un pébroque. Donc je sors, et là, Salomon y va cash. Il me propose, moyennant du fric, d'arrêter de s'opposer à la vente et de calmer son équipe.

— C'est pour ça que vous vous êtes battus ? s'étonna Yves Larher.

— Bien au contraire. Je n'osais pas y croire ! Quand j'élabore un budget pour un gros projet comme celui de Locmaria, je n'oublie pas les petits cadeaux qui entretiennent l'amitié.

— Vous êtes en train de me dire que vous prévoyez des pots-de-vin ?

— Appelez cela comme vous voudrez, maître, mais ne jouez pas les naïfs. Vous devez en voir de belles dans votre métier, vous aussi. Vous savez, l'homme ne change pas. Toujours prompt à dénoncer les injustices ou les magouilles de son voisin, mais beaucoup moins regardant si les billets peuvent arriver dans sa poche ! Bref, la demande de Salomon m'arrangeait parfaitement. Bien sûr, j'ai interprété le rôle du type choqué, mais tout en finesse. Par contre, quand il a annoncé la somme qu'il attendait de moi, je n'ai pas eu à me forcer pour avoir l'air surpris.

— Combien ?

— Soixante-dix mille euros !

— Effectivement, la somme est rondelette.

— Rondelette ? Vous plaisantez ? Je ne donne même pas ça à un politique influent ou à un fonctionnaire capable de me trafiquer un plan local d'urbanisme. J'ai refusé. Forcément !

— Et comment Salomon a-t-il réagi ?

— Mal. Il m'a menacé d'activer tous les leviers possibles pour me mettre des bâtons dans les roues. J'ai quand même fait une contre-proposition à quinze mille euros. C'était déjà pas mal ! Il a éclaté de rire et a dit qu'il jouait dans la cour des grands, pas dans celle des miséreux. Je l'ai traité de « plouc ». Ça l'a passablement énervé et il m'a appelé « le boche ». Bref, de fil en aiguille, on est montés dans les tours, on s'est attrapés par la chemise et on s'est distribué quelques marrons. Pas bien méchant, promis ! Je l'ai poussé et il est tombé. Quand je suis parti, c'est là que j'ai abîmé ma Mercedes. Et lorsque j'ai regardé dans le rétroviseur, il était bien debout en train de gesticuler. Je vous assure qu'il n'était pas mort du tout ! J'ai même eu peur qu'il caillasse ma caisse, ce taré !

L'avocat prit le temps de noter ces nouvelles informations.

— Nous rencontrons le juge dans quelques minutes.

Voulez-vous ajouter des éléments que vous auriez omis de me raconter ?

— Je vous ai tout dit ! répondit Kaiser un peu trop rapidement.

— Bien. Je souhaite vous poser une dernière question. Votre pugilat s'est-il déroulé à mains nues ou avez-vous utilisé des objets potentiellement contondants ?

— Quelle idée ! fit Kaiser surpris. Je ne me balade pas avec une batte de base-ball ou un marteau dans le coffre de ma voiture. A posteriori, la situation était assez ridicule comme ça.

27

Le Poséidon

Jeudi 11 septembre

Le petit parking était presque vide quand Cathie gara son Audi. D'un côté de la route, la mer venait lécher le sable blanc d'une crique prise d'assaut pendant les vacances estivales. De l'autre, la façade riante d'une ancienne maison de pêcheur reflétait le soleil de midi. Bienvenue au *Poséidon*, l'un des restaurants les plus réputés de la région.

Quelques semaines plus tôt, Yann Lemeur avait dormi plusieurs nuits au domaine de Kerbrat pour jouer les gardes du corps face à une menace extérieure. Cathie souhaitait l'inviter pour le remercier de sa protection alors que Yann souhaitait l'inviter pour la remercier de son hospitalité. Après quelques minutes de négociations acharnées durant le trajet, Cathie avait compris l'importance de ce repas pour son ami et avait baissé pavillon, acceptant l'invitation à déjeuner avec un large sourire.

Le patron les accueillit lui-même dès qu'ils pénétrèrent dans la vieille chaumière. Ancien camarade de pêche de Yann, il était revenu à terre pour se lancer dans la restauration. Les amateurs de viande ou de graines ne trouvaient pas leur compte dans cet établissement dédié à l'art et la manière de cuisiner les produits de la mer. Sur leur gauche, un feu de bois crépitait dans une imposante cheminée au manteau de granit. Devant eux se dressait une grande table recouverte de poissons achetés le matin même à la criée. Une fois installés, les clients sélectionnaient le poisson qu'ils souhaitaient déguster en fonction de leur envie et de la taille de l'animal. Il était grillé et proposé avec du riz, du sarrasin et des petits légumes de saison. Premier arrivé, premier servi : Yann avait donc insisté pour venir tôt afin de disposer du plus beau choix possible. Et quel choix ! Avant de s'asseoir, ils jetèrent leur dévolu sur un splendide saint-pierre dont les filets allaient les régaler. Ils suivirent le patron jusqu'à une salle aux dimensions modestes. On ne trouvait pas une table au *Poséidon* par hasard. Il fallait soit s'y prendre une semaine à l'avance, soit bien connaître le restaurateur, qui gardait toujours une place pour ses amis.

Une bouteille de jurançon sec avait accompagné leur plat à merveille. Cathie s'était pâmée devant la délicatesse des mets, à la grande satisfaction de Yann, heureux de lui avoir fait découvrir cette adresse unique. Une fois le dessert commandé, il sortit un carnet de notes de sa poche intérieure et le déposa à côté de lui.

— Maintenant que nous avons bien profité de ce déjeuner, au boulot !

Devant la gêne apparente de Cathie, le journaliste insista :

— Je t'ai promis de t'aider dans ton enquête. Si tu as le moindre doute sur la culpabilité de ton ex-mari, on ne va pas le laisser croupir en prison. Je ne passerais sûrement pas mes vacances avec lui, mais si jamais il est innocent, à nous de le prouver.

— Tu es vraiment un type bien, Yann. Alors, comme je te l'ai dit hier après-midi au téléphone, son avocat m'a appelée pour me rapporter son entretien avec Patrick.

— Ton ex avait donné son accord ?

— Évidemment, il est trop content de trouver quelqu'un pour l'aider à le sortir de ses ennuis !

Cathie raconta les détails du rendez-vous de Patrick avec Salomon. Elle conclut :

— Donc, d'après maître Larher, son histoire tient la route. Il est quand même très sceptique quant à la raison de leur pugilat.

— Il ne croit pas à la demande de pot-de-vin ?

— Si, mais il n'imagine pas qu'une dispute sur le sujet ait suffi pour en arriver aux mains. Ça m'a surprise aussi. Qu'ils s'insultent, c'est une chose, mais de là à entamer une partie de catch dans la boue…

— Ce sera à Larher de creuser. Il pourra lui dire que tu as un doute et que son mensonge te trouble et t'empêche d'avancer. Après tout, tu es actuellement son seul espoir. Au fait, sa boîte ne lui paye pas un enquêteur privé ou un truc du genre ?

— Je travaillais dans la même société immobilière avant notre divorce. Je l'ai quittée avec pertes et fracas, mais j'y ai gardé une amie, et je peux te dire que le patron est fou de rage contre Patrick. Il accepte, dans un premier temps, de régler les frais d'avocat, mais il cherche déjà un plan B. Ça représente un paquet d'argent : pas question de se faire doubler ! En plus, ils passeraient pour des *losers* et ça se saurait vite.

— Les rêves de grandeur de Herr Kaiser sont en train de prendre du plomb dans l'aile. Et à part ça, son affirmation comme quoi Salomon était bien vivant quand il est parti, elle te paraît crédible ?

— D'après Larher, oui. Bien sûr, ça peut être un gros mytho, mais… j'ai envie de le croire.

— Dans ce cas, enchaîna Yann en griffonnant des notes, Salomon a été assassiné par quelqu'un d'autre : soit par un homme qui se serait trouvé sur les lieux par hasard, soit par quelqu'un au courant de leur rendez-vous.

— Donc par quelqu'un qui les aurait entendus discuter le dimanche soir lors de la réunion d'information…

— Soit une centaine de personnes !

— Dont Natacha Prigent, ajouta fielleusement Cathie.

— J'imagine mal notre pin-up locale courir dans la boue pour éclater la tête de Salomon à coups de pierres, mais on ne peut pas la retirer de la liste.

— Tu as raison, je laisse trop ma rancœur s'exprimer contre cette fille. La question centrale est maintenant : quel motif pourrait justifier le meurtre de Salomon ?

— Je vois deux pistes à creuser. La première : pourquoi Salomon a-t-il demandé la somme faramineuse de soixante-dix mille euros à Kaiser ? Avait-il des dettes ? Jouait-il ? Ou avait-il un projet secret ? Et la seconde : qui aurait intérêt à ce que Salomon ne bloque pas la vente… un intérêt suffisant pour commettre un crime ?

28

Enquête parallèle

Jeudi 11 septembre

Yann résuma sur son carnet les idées partagées pendant le repas et les actions à mener.

1. Faire cracher à PK les causes réelles du pugilat (Me Larher).
Ne pas hésiter à utiliser chantage.

— PK, c'est quoi ? interrogea Cathie.
— Patrick Kaiser. Je synthétise.
— Bien sûr, suis-je sotte ! Je ne t'interromprai plus… enfin, je vais essayer.

2. Rechercher qui est au courant du rendez-vous entre PK et JS.

— Avant que tu me coupes, JS, c'est Jacques Salomon.
— Gna na na, grimaça Cathie, faussement vexée.

3. Fouiller dans les comptes de JS. Dettes ?

— Ça, je m'en occuperai, décida le journaliste. J'ai quelques informateurs dans des banques, avec lesquels j'échange parfois des tuyaux.

— Mais… c'est totalement illégal !

— Totalement. Bon, continuons.

4. Qui est prêt à tuer pour que la vente se fasse ?

— Ça, ça va être coton, commenta Cathie. Est-ce que tu penses qu'on peut coopérer avec la gendarmerie à ce sujet ?

— Ce n'est plus Locmaria qui pilote l'affaire. Elle est passée à Quimper.

— Je sais, mais le capitaine Barnabé Grandsir officie là-bas. Il était plutôt ouvert aux suggestions qu'on a pu lui faire ces derniers mois.

— Il est malheureusement en congé pour deux semaines. C'est le capitaine Fracasse qui le remplace.

— Il y en a qui ont des noms prédestinés. Tu le connais ?

— Juste de réputation : un emmerdeur. À nous de mener discrètement l'enquête dans le village. Voici donc notre liste des travaux d'Hercule.

— Tu en oublies un, l'interrompit Cathie en prenant le crayon des mains de Yann.

5. Et si JS éliminé pour une <u>raison autre</u> que la vente de l'abbaye ?

— D'après le peu que j'ai entendu sur lui à *L'Aven*, justifia Cathie, il ne faisait pas l'unanimité. On peut essayer de fouiller dans sa vie privée.

— Tu es prête à lancer la machine à ragots ?

— Pour ça, je peux compter sur mes amies.

— Et du coup j'ajoute un sixième élément, enchaîna Yann.

6. Contacter Fanch

— C'est qui, ce Fanch ? Tu ne m'en as jamais parlé.

— Eh non, nous avons encore chacun notre part de mystère ! Blague à part, Fanch, c'est celui qu'on appelle parfois l'ermite de l'abbaye… ou le charbonnier.

— Ah oui, le type qui traîne toujours dans les bois et qui propose ses plantes et ses décoctions étranges sur le marché. C'est un de tes amis ?

— On était copains en primaire, et puis on a suivi chacun notre chemin. Il n'a pas eu de bol dans la vie, mais ce n'est pas un mauvais gars. Ça vaudra le coup de le rencontrer. Il a peut-être aperçu quelque chose.

— Ça en fait du boulot, commenta Cathie en relisant les notes :

1. *Faire cracher à PK les causes réelles du pugilat (Me Larher).*
   Ne pas hésiter à utiliser chantage.
2. *Rechercher qui est au courant du rendez-vous entre PK et JS.*
3. *Fouiller dans les comptes de JS. Dettes ?*
4. *Qui est prêt à tuer pour que la vente se fasse ?*

5. Et si JS éliminé pour une <u>raison autre</u> que la vente de l'abbaye ?
6. Contacter Fanch

— Et maintenant, je te propose de nous aérer l'esprit et de détendre nos papilles, saliva-t-elle en voyant arriver avec gourmandise de magnifiques profiteroles nappées dans un océan de chocolat.

29

Tout sur Salomon

Jeudi 11 septembre

Une fois les desserts terminés et les cafés commandés, Cathie se recentra sur leur enquête.

— Tu le connaissais bien, Salomon ?

— Non, pas trop. Il avait quinze ans de plus que moi. Et puis il a travaillé longtemps à Paris avant de rejoindre la mère patrie pour sa retraite. Je me suis d'ailleurs renseigné sur lui pour *Ouest-France*, admit Yann. Mardi, le meurtre n'était pas évoqué dans la presse, mais ça a commencé à fuiter hier matin. Comme les gendarmes n'ont pas parlé, ça ne s'est pas encore emballé, mais il suffit d'une étincelle pour que ça parte. Je me tiens prêt.

— Qu'est-ce que tu as trouvé sur lui ?

Le journaliste reprit son carnet et le feuilleta. Il relut rapidement ses notes et entama :

— Je ne dispose que d'un CV « officiel » pour le moment. Rien de croustillant. Il est né il y a soixante-cinq ans à Vitré, en Ille-et-Vilaine. À l'âge de sept ans, il atterrit à Locmaria avec sa famille. Son père était venu à Quimper fonder une succursale pour sa compagnie d'assurances. Il a une sœur, qui élève maintenant des crocodiles en Australie : plus de contacts entre eux. J'imagine que les gendarmes l'ont prévenue. Sa mère, elle, était professeur de piano. Elle est morte en 2001. Quant à son père, il est soigné pour un alzheimer à un stade avancé à Quimper. Donc son décès n'a pas dû beaucoup émouvoir ses proches.

— Qui va organiser les funérailles dans ce cas ? s'inquiéta Cathie.

— Je laisse les autorités gérer ça. Occupons-nous déjà de PK, ça nous prendra bien assez de temps.

Cathie fut surprise d'entendre Yann appeler Patrick par ses initiales plutôt que par son prénom. Voulait-il éviter de donner une place trop importante à l'ancien mari de sa dulcinée ?

— Jacques Salomon passe toute sa jeunesse à Locmaria, enchaîna Yann. Il poursuit ses études au lycée de Cornouaille, à Quimper. Rien de bien particulier à signaler. D'après les renseignements que j'ai pu glaner auprès d'une villageoise qui était avec lui en classe, il n'était ni un cancre ni un génie. Il part à Brest faire un master de finance et obtient son premier poste au CMB à Concarneau.

— CMB ?

— Crédit Mutuel de Bretagne. Une institution bancaire dans la région, comme tu peux t'en douter.

— Chez nous aussi le Crédit Mutuel est une institution, s'amusa Cathie.

— Salomon choisit cependant de continuer à habiter à Locmaria. À vingt-sept ans, il épouse Jeanne Le Gall. Jeanne a cinq ans de moins que lui et, l'année précédente, elle avait gagné le titre de demoiselle d'honneur de Cornouaille.

— Il devait assurer à l'époque, le père Salomon. J'imagine que les garçons étaient nombreux à tourner autour de la petite Jeanne.

— Sans doute, mais il l'a emporté. Un an plus tard, le couple quitte Locmaria et sillonne la Bretagne au rythme des mutations de Salomon au CMB. À quarante ans, Salomon part à Paris tenter sa chance au Crédit Agricole. Il finira responsable d'une agence dans le 19e arrondissement avant de prendre une retraite anticipée dans des conditions avantageuses.

— Des enfants ?

— Non, ils n'ont pas réussi à en avoir. Donc, il y a cinq ans, retour à la case Locmaria. En tant que jeune retraité, Jacques Salomon est membre de plusieurs associations. Il essaie souvent de peser sur les décisions, ce qui en agace plus d'un. Il a une haute opinion de lui-même et même trop haute selon certains de ses détracteurs. Son épouse, Jeanne, rejoint l'équipe paroissiale et tous les bénévoles l'adorent. Hélas, il y a trois ans, elle est atteinte d'un cancer et en meurt en quelques mois. Salomon continue ses activités et grenouille avec d'anciens collègues retrouvés à Quimper. D'après des bruits, il avait des velléités pour se présenter aux prochaines municipales.

— Elles se dérouleront quand, ces élections ?

— Au printemps. Quand il apprend l'annonce de la vente, Salomon flaire l'occasion de se faire un nom à Locmaria. Il crée en un temps record le Comité de défense de l'abbaye. Sur ce coup-là, il a assuré. Il a réussi à embringuer Guidel, s'appropriant de cette façon le capital sympathie que dégage notre « rouge ». Sa position de leader s'impose comme une évidence, même s'il n'a jamais été un personnage majeur de Locmaria. Et maintenant, pourquoi a-t-il été tué ? « À suivre », comme on dit dans tous les feuilletons.

— Alors là, tu m'impressionnes. Où est-ce que tu es allé chercher tous ces renseignements ?

— Plutôt que de retourner à Quimper, j'ai télétravaillé ces derniers temps. Je me suis installé dans la petite chaumière de mes parents. Ça m'a permis de traîner dans les rues de Locmaria et de glaner des informations. On n'hésite pas à parler à un « ancien jeune » du village, qui plus est à un ancien marin-pêcheur. Ça m'a coûté quelques bières et des discussions sur le marché, mais j'ai obtenu des premières réponses, expliqua-t-il, content de lui.

30

Antoine-Charles Brehec de Kerfons

Vendredi 12 septembre

Le vicomte Antoine-Charles Brehec de Kerfons avait répondu positivement à la demande du père Loïc Troasgou. Ils étaient convenus d'un rendez-vous au manoir de Planfou, demeure familiale des Brehec depuis l'époque de la Restauration. Ils avaient abandonné le château, détruit depuis, pour investir ce qui était initialement un pavillon de chasse. Construit au temps du Bon Roi Henri IV, ce pavillon avait été complété par des ailes et des écuries ainsi que par diverses dépendances, lui conférant un style très singulier mais resté harmonieux. La rencontre était fixée à dix heures. Loïc Troasgou avait estimé un temps de trajet de dix minutes alors que tout GPS soucieux des critères de la sécurité routière en annonçait vingt. Le manoir de Planfou se situait à dix kilomètres au nord de Locmaria, entre marais et forêts.

À dix heures pile, le recteur engagea son Alfa Romeo dans un chemin particulièrement poussiéreux et s'arrêta devant le bâtiment. Un homme ouvrit la porte principale et adressa au prêtre un salut de la main. Pantalon de velours côtelé en fin de vie, pull en laine déformé à la couleur indéfinissable, cheveux en bataille… Loïc Troasgou eut du mal à reconnaître le vicomte qui, le dimanche, venait toujours à la messe en costume de chasse.

— Mon père, ça me fait plaisir de vous recevoir ! Je me disais en farfouillant dans le moteur de ma Simca que je ne vous avais jamais invité en cinq ans. J'en ai honte.

— C'est bien inutile, monsieur le vicomte.

— Monsieur le vicomte ? s'insurgea l'aristocrate. Pas de ça entre nous ! Appelez-moi Antoine, si cela ne vous dérange pas.

— Pourtant, à Locmaria, tout le monde vous aborde avec votre titre.

— Parce qu'ils sont heureux de fréquenter un noble et de discuter avec lui à la sortie de l'office. Alors je laisse faire ! Or si on y regarde bien, la noblesse a été abolie en juin 1790 ; mais la France ne s'en est jamais remise et les « élites » ont créé de nouvelles castes par l'argent, les études ou les cercles de pouvoir qui se cooptent… Mais je suis un bavard impénitent, et vous n'êtes pas venu pour entendre ma version de l'Histoire de France, mon père.

— Sans vous manquer de respect, monsieur le… Antoine, j'ai l'âge d'être votre fils et non pas votre père. Je préférerais que vous m'appeliez Loïc.

— Vous savez, j'ai quatre-vingt-cinq ans et j'ai toujours fait preuve de déférence vis-à-vis du clergé… même si j'ai eu maille à partir avec plusieurs de ses membres dont je n'appréciais pas le comportement. Accordez-moi au moins de vous appeler « monsieur le recteur ». Je suis trop vieux pour que vous changiez mes habitudes, ajouta-t-il avec un sourire en coin. Et maintenant, allons boire un bon bol de café avec des croissants que je suis allé chercher en votre honneur dès potron-minet.

Loïc Troasgou répondit à l'invitation de son hôte et le suivit dans le manoir. Dans le vestibule, un escalier en granit finement ouvragé s'enroulait sur lui-même pour donner accès aux deux étages. Quand ils pénétrèrent dans une vaste salle à manger, il apparut clairement qu'Antoine Brehec n'était pas un maniaque du rangement. Une grande table bretonne en occupait le centre, et de petits meubles surchargés de bibelots empoussiérés s'alignaient le long des murs. Au-dessus, les personnages costumés ornant les tableaux fixaient les deux intrus d'un air sévère.

— Mes ancêtres, les présenta le vicomte en se dirigeant vers une cuisine d'un autre temps.

Pas de four à micro-ondes ou de percolateur à capsules, mais un poêle à bois, une gazinière qui avait dû être moderne à la sortie de la guerre et un évier qui aurait fait la joie d'un brocanteur. Brehec installa une antique cafetière en aluminium sur une table en formica et y déposa un sac débordant de croissants.

— Je les achète à Quimper. Ce n'est pas la porte à côté, mais s'il y a une chose que je déteste par-dessus tout, ce sont les viennoiseries de médiocre qualité. Dites-moi ce que vous en pensez, en toute sincérité ! Et si vous les aimez, faites-moi le plaisir de m'aider à les terminer. Nourrissez votre grande carcasse.

Le prêtre n'eut pas à se forcer pour louer ces croissants croustillants qui laissaient les doigts luisants de beurre. Durant ce petit déjeuner tardif, ils discutèrent de la vitalité des cinq clochers de la paroisse. Puis Brehec entraîna son invité dans une bibliothèque impressionnante. Non pas par l'état du mobilier, mais par la quantité astronomique d'ouvrages anciens qu'elle contenait.

— Je ne les ai évidemment pas tous lus, mais j'ai passé de nombreuses soirées dans cette bibliothèque. Alors, comment puis-je vous être utile ?

Loïc Troasgou avait préparé tout un discours, s'attendant à converser avec un personnage austère et difficilement accessible. Il devait adapter son approche et jouer franc-jeu.

— D'abord, un grand merci pour votre accueil, Antoine. Comme je vous l'ai rapidement indiqué au téléphone, j'ai accepté de succéder au regretté Jacques Salomon pour la défense de l'abbaye.

— Vous m'en voyez fort heureux. Et même si je ne devrais pas parler ainsi à un prêtre d'une de ses ouailles récemment disparue, je ne compte pas parmi ceux qui regretteront Salomon.

— J'ai entendu évoquer des tiraillements entre vous en effet.

— Il n'y a pas eu de tiraillement, monsieur le recteur. Salomon m'a pris de haut et quand j'ai émis quelques suggestions, il m'a fait comprendre que je n'avais plus l'âge ou la lucidité pour lui donner des conseils. Ça me désolait pour le pauvre Germain Coreff qui l'accompagnait. Cependant, je pense que Germain était aussi fâché que moi du comportement de ce Che Guevara de pacotille.

— C'est justement monsieur Coreff qui m'a invité à vous rencontrer.

— Ce n'est pas un hasard. Pendant près de quarante ans, Germain s'est occupé du jardin de ce manoir. Quand on est paysagiste, on n'est jamais vraiment à la retraite. Il continue de travailler pour moi… et pour être très franc, monsieur le recteur, c'est moi qui lui ai glissé votre nom pour succéder à l'imposteur. Alors ?

— J'ai besoin de quelque chose de tangible pour défendre le dossier de l'abbaye. Je ne crois pas au cirque des pétitions et des appuis politiques pour empêcher la vente.

— Et moi encore moins que vous ! Une telle illusion a coûté leur tête à deux de mes ancêtres : ils avaient stupidement décidé de collaborer avec la Convention nationale en 1793 plutôt que d'attendre tranquillement en Bretagne que tout ça se tasse.

— Je n'imagine qu'une méthode qui permettrait d'arrêter tout ce processus. Trouver une raison pour faire classer l'abbaye en monument historique ! Cela semble une gageure, mais je ne vois aucune autre solution. Antoine, avez-vous une idée ?

31

L'histoire des Brehec

Vendredi 12 septembre

Antoine-Charles Brehec de Kerfons se cala dans un fauteuil chesterfield qui devait valoir autant que tout le reste du mobilier de la pièce.

— Je ne dispose clairement pas de LA solution. Éventuellement d'une piste que je souhaite partager avec vous. Mais ne nous leurrons pas, elle a moins de chance d'aboutir que de voir un Breton cuisiner à la margarine. Je me suis replongé dans quelques-uns de ces ouvrages après votre appel. Reprenons l'histoire récente de cette abbaye. Elle a été vendue en 1790 comme bien national pour renflouer les finances de la France. C'est un armateur de Brest qui l'a acquise. Comme d'autres, il a essayé de gagner de l'argent en récupérant une partie des pierres des bâtiments. Puis le domaine est retombé dans l'oubli. En 1914, mon grand-père Louis-Dieudonné a racheté les ruines ainsi que quelques hectares de terrain alentour. À l'époque, ces terres nues et à peine cultivables ne valaient plus rien. Toute sa vie, Louis-Dieudonné nous a fait promettre de conserver l'abbaye dans notre patrimoine. Je l'entends encore rabâcher ça aux petits-enfants… dont j'étais. Nous considérions son idée fixe comme une preuve de sa sénilité : la bienveillance des enfants ! Il est mort en 1945, le jour même de l'armistice. Louis-Dieudonné avait trois fils, dont mon père. L'héritage a dispersé les biens familiaux. Il a fallu céder l'abbaye et c'est un habitant du village, Paul Kermel, qui s'en est porté acquéreur. Il s'est expatrié au début des années soixante, laissant le domaine à l'abandon. Rien à signaler pendant une soixantaine d'années, si ce n'est que le prix du terrain est monté en flèche et qu'il se retrouve aujourd'hui en vente.

— Cela vous aurait rapporté un beau pécule, nota Loïc.

— Qui m'aurait été précieux. Vous avez pu remarquer que quelques réfections ne seraient pas superflues. Après la succession, mes deux oncles ont bradé leurs possessions pour aller s'installer aux États-Unis, ce qui semblait être le *nec plus ultra* à cette époque. À la mort de mon père, en 1965, j'ai hérité de tous ses biens en tant que fils unique. Cependant, j'ai dû céder peu à peu la majorité de mes terres pour entretenir ce vieux manoir auquel je suis très attaché. Je ne léguerai pratiquement rien à mes garçons. Bientôt, le nom des Brehec de Kerfons n'apparaîtra plus en Bretagne que sur quelques pierres tombales. *Sic transit gloria mundi*, et le monde vivra très bien sans les Brehec.

— Comme vous le dites, nous ne sommes que de passage sur cette terre. J'imagine que vous vous êtes récemment intéressé à l'idée fixe de votre ancêtre Louis-Dieudonné ?

— Exactement. Mon grand-père avait un souci maniaque du détail et notait tout. Dès son retour de la Grande Guerre, en 1918, il s'est lancé dans la rénovation de la chapelle de l'abbaye.

Antoine Brehec se leva, s'installa devant un secrétaire aux multiples tiroirs et, après en avoir ouvert plusieurs, sortit une pochette en carton.

— Ah, voilà ce que je cherchais ! Les dépenses réalisées entre 1919 et 1921 : la remise en état des murs et de la voûte ainsi que divers travaux de maçonnerie dont, étrangement, le décompte n'apparaît pas. Le tout pour la somme de trois cent un mille francs. Un ouvrier gagnait à cette époque entre cent cinquante et deux cents francs par mois en Bretagne. Louis-Dieudonné avait donc investi une véritable fortune dans ce projet.

— Il n'a jamais donné d'explications ?

— Une seule, et toujours la même : cette chapelle était vénérable et nous devions la protéger des ravages du temps… et surtout des ravages des ennemis de Dieu.

— Des ennemis de Dieu ? À qui pensait-il ?

— Louis-Dieudonné avait une peur panique des communistes. À la fin de la guerre, un de ses meilleurs amis était un Russe blanc, un ancien comte chassé de ses terres par les bolcheviks. Il a réussi à traumatiser mon grand-père, qui a manqué de faire une attaque cardiaque lors de l'élection du Front populaire, en 1936.

— Locmaria n'a pourtant jamais été un fief de Maurice Thorez ! s'étonna le prêtre.

— Non, mais c'était une idée fixe. Et dire que si notre abbaye disparaît, ce sera du fait de capitalistes luxembourgeois et non pas de celui des créateurs des kolkhozes ! Désopilant, n'est-ce pas ?

— J'imagine que votre curiosité a été chatouillée par l'obsession de votre aïeul ?

— Juste avant que nous la vendions, j'ai régulièrement exploré cette chapelle pour tenter de découvrir ce qu'elle avait de si extraordinaire. Je n'ai rien trouvé.

— Et il n'a entrepris aucuns travaux sur le reste des bâtiments ?

— Aucun. Seule cette église retenait son attention, confirma l'aristocrate. Par conséquent, j'y suis retourné hier. Je ne m'y étais pas rendu depuis des années. Tout se dégrade lentement. J'y ai passé pratiquement l'après-midi à l'inspecter mètre par mètre. Mais rien, à part des courbatures ce matin ! Cependant, je demeure persuadé que si un élément permet de sauver cette abbaye de la destruction, il est lié à cette chapelle.

— Disposez-vous des plans ? Pour mener cette rénovation, il devait bien en exister un jeu.

— Excellente remarque, monsieur le recteur. J'ai fouillé tous les dossiers de mon grand-père et je n'ai rien trouvé. Vu son sens de l'ordre, j'en ai déduit qu'il ne les avait volontairement pas conservés.

— Si nous arrivions à les retrouver, insista Loïc Troasgou, cela nous aiderait peut-être à comprendre quelles restaurations il a pu entreprendre.

— Je m'étais fait la même réflexion. Mais je peux vous assurer qu'ils ne sont pas dans cette pièce.

— Pourrait-il en exister une copie ?

— Ce n'est pas impossible, sembla hésiter Antoine Brehec. À condition que les archives n'aient pas été brûlées pendant la Révolution.

— Et où pourrait-on les voir ?

— À l'abbaye de Landévennec.

32

L’homme des bois

Samedi 13 septembre

Neuf heures du matin. Cathie ne regrettait pas la veste en fourrure polaire qu’elle avait attrapée au vol. Si le soleil était de la partie, la fraîcheur de fin d’été s’était aussi invitée. Elle avait retrouvé Yann sur le sentier à l’entrée du domaine de l’abbaye. Au bord de la route s’érigeait un magnifique calvaire de pierre, vestige de la grandeur passée du monastère. En haut, le Christ en croix, veillé par Marie et l’apôtre Jean ; à leurs pieds, une cohorte de personnages, figés dans le lichen, assistaient religieusement à la Passion.

— On va laisser là les voitures, proposa Yann. On fera le reste à pied.

Ils empruntèrent le chemin qui s’enfonçait sous les arbres. Les chênes et châtaigniers étaient certes exploités par les forestiers, mais ils rendaient les lieux difficilement accessibles au promeneur. Cette parcelle de nature encore sauvage était le territoire de l’homme qu’ils cherchaient à voir.

— Et comment comptes-tu le trouver, ton ami Fanch ? s'enquit Cathie.

— Il a retapé une cahute en ruines. On va aller dans cette direction et je vais l'appeler. S'il est dans le coin, il se manifestera.

— J'aurais dû amener Schlappe. Il aurait pu nous aider à le localiser.

— Pour lui donner l'impression qu'on le traque ? Non, c'est à lui de décider de se montrer ou pas.

Ils quittèrent le sentier et s'engouffrèrent dans les bois. Toutes les minutes, Yann lançait un cri sonore. À part perturber le chant des oiseaux, son initiative ne rencontrait pas vraiment de succès.

— C'est qui pour toi, ce Fanch ? demanda Cathie entre deux vocalises.

— Un copain, quand j'étais gamin. Un garçon timide et sauvage qui n'a pas eu de chance avec un père alcoolique. Comme j'étais un peu plus costaud que les autres, je l'ai défendu. On allait parfois se promener tous les deux et il me racontait comment ça se passait chez lui. J'en aimais d'autant plus mes parents… Le jour de ses treize ans, on a retrouvé son vieux avec la nuque brisée sur les rochers du côté du port. Le lendemain, sa mère et lui ont été convoqués à la gendarmerie. Les pandores l'ont secoué, mais il a toujours affirmé que son père était un poivrot et que Dieu l'avait puni. Le juge a conclu à un accident en état d'ivresse. À partir de ce jour, le regard de Fanch a changé. Il a quitté l'école et a commencé à parcourir les bois, les prairies et à ramasser des coquillages avec sa mère. Elle est morte quelques années plus tard. Depuis, il vit en ermite sur les terres de Locmaria. Fanch fait presque partie du folklore.

— Il n'a pas bonne réputation auprès de certains villageois.

— Fanch n'a jamais fait de mal à personne, mais c'est sûr que les gens qui se mettent en marge de la société, ça fait peur.

Comme Yann allait reprendre ses appels, une branche craqua devant eux et un molosse au pelage jaunâtre leur barra le passage, grognant agressivement.

— Mais c'est quoi, ce truc ? hoqueta Cathie, surprise, en s'arrêtant net.

— C'est mon chien, lâcha une voix éraillée juste derrière eux.

Cathie sursauta une seconde fois et se retourna. Elle observa l'arrivant. Elle l'avait déjà rencontré sur le marché. Il vendait les plantes qu'il ramassait dans la région. Longiligne, les sourcils broussailleux, la barbe en bataille et un bonnet de laine rouge vissé sur le haut du crâne, il avait le physique de l'emploi. Un rictus qui pouvait s'apparenter à un sourire s'afficha sur son visage quand il serra vigoureusement la main du journaliste.

— Ça fait plaisir de te voir, mon Yann.

— Salut Fanch, pareil pour moi. Merci d'avoir répondu à mes appels. Et si tu pouvais expliquer à ton cerbère qu'on n'est pas là pour te piquer tes coins à champignons, ça ferait aussi plaisir à Cathie.

— Alors si ça peut rassurer la petite dame aux tartes flambées… Diaoul, au pied !

Le chien se tut aussitôt et trottina jusqu'à son maître.

— Désolé s'il vous a fait peur, mais y a pas que des gens bien intentionnés par ici. Suivez-moi, c'est pas tous les jours que Dieu fait qu'on vient me rendre visite.

Fanch traça son chemin dans les sous-bois. Cathie hésita une seconde, mais un hochement de tête de son ami la décida à emboîter le pas à l'étrange habitant des lieux. La forêt s'étendait plus loin que l'abbaye. Ils marchèrent silencieusement pendant dix minutes avant d'arriver dans une clairière, occupée par une longue allée couverte envahie de fougères. Cathie s'approcha du monument néolithique. Composé d'une demi-douzaine de dolmens parfaitement alignés, il dégageait une énergie qui ne la laissa pas insensible. Fanch le remarqua instantanément :

— Vous aimez ces pierres ?

— Elles racontent la vie, des vies… et ceux qui les ont construites n'ont pas choisi leur localisation au hasard. Ils connaissaient les forces de la terre.

— Je ne te savais pas cette passion pour les dolmens !

— Pas juste pour les dolmens, Yann. Quand j'étais en vacances dans les Vosges, ma sœur et moi nous promenions souvent avec un sourcier, un ami de mon père. Il nous a appris à détecter les courants telluriques. Et c'est vrai qu'il y a des endroits privilégiés, où on sent qu'on se régénère.

— *Salud deoc'h e Breizh*, madame Cathie, la salua Fanch en retirant son bonnet. Pas la peine de jaser pour voir que la Bretagne vous a adoptée. Allez, ma maison est là-bas.

Ils pénétrèrent dans ce qui avait dû être une ancienne cabane de berger ou de bouvier. Si l'aspect extérieur ne payait pas de mine, la pièce avait été retapée et aménagée avec simplicité. Le mur du fond était garni d'étagères pleines de pots en verre remplis de fleurs et de plantes séchées. Sur la droite un lit et sur la gauche une cheminée, utilisée pour le chauffage et la cuisine. Des casseroles et des chaudrons d'un autre âge étaient rangés dans un coin. L'odeur de moisi et de chien mouillé prit Cathie à la gorge. Elle fit cependant un effort pour entrer derrière Yann. Pour oublier les effluves agressifs, elle se dirigea vers quelques aquarelles qui décoraient l'un des murs. Elle les observa et commenta, admirative :

— C'est très joli. J'ai aussi peint un peu, mais je n'ai jamais réussi à obtenir un tel rendu de couleur.

Il sembla à Yann que Fanch rougissait sous sa peau burinée. C'était sans doute la première fois qu'une femme se trouvait dans cette cabane. Et une belle femme qui semblait le comprendre.

— C'est moi qui les ai faites, bredouilla-t-il, en sortant une bouteille sans étiquette d'un vieux coffre au couvercle ouvragé.

— Félicitations, Fanch, vous êtes un artiste.

— Bon, vous êtes venus me voir pourquoi ? bougonna l'ermite pour se redonner une contenance.

Yann attendit qu'il ait rempli ses trois uniques verres d'une dose de lambig à faire fumer un éthylotest. L'état de propreté des gobelets consterna Cathie. Elle se raisonna en espérant que le titrage de l'alcool distillé maison par leur hôte serait suffisant pour anéantir toute bactérie.

— Tu es au courant du meurtre de Jacques Salomon, n'est-ce pas ?

— Évidemment, les pandores ont tourné dans le coin pendant deux jours.

— Qu'est-ce que tu en penses ?

— Rien ! répondit Fanch, la mine fermée.

Cathie décida de prendre le relais.

— Fanch, je ne connaissais pas vraiment Salomon. Mais l'homme qui est accusé de l'avoir tué est mon ex-mari.

— Et qu'est-ce que vous voulez que ça me fasse ? fit l'autre, buté.

— Rien. Patrick Kaiser est un odieux personnage, qui m'a pourri l'existence.

— Vous devriez être contente ! Quand des malfaisants vous font du mal, ils ne méritent pas la vie que Dieu leur a donnée.

— J'ai coupé toute relation avec cet homme. Mais il affirme qu'il n'a pas tué Salomon. Si c'est vrai, il ne doit pas être condamné. Alors effectivement, il y a peu de chance pour que vous ayez remarqué quelque chose lundi dernier, mais si jamais c'était le cas, ça pourrait nous aider à mettre un peu de justice dans ce monde qui en manque cruellement.

33

La fin de Salomon selon Fanch

Samedi 13 septembre

Comme le silence de Fanch se prolongeait, Cathie se demanda si elle n'en avait pas fait un peu trop. Il se resservit un verre d'eau-de-vie, l'avala cul sec et observa longuement Cathie qui soutint son regard.

— Je peux vous dire quelque chose. Mais si vous voulez que j'en parle aux pandores, c'est non ! Qu'ils aillent au diable !

— T'inquiète, Fanch, le rassura Yann. On gardera ton histoire pour nous.

Fanch se passa la main dans les cheveux, dans une vaine tentative de les discipliner, et se lança :

— Lundi dernier, il pleuvait comme pas permis. J'étais sorti pour en profiter. Ça faisait du bien à la terre et aux plantes. À un moment, j'ai entendu une bagnole sur le chemin. Je me demandais qui pouvait être assez con pour venir s'embourber par ici. Et puis surtout, qu'est-ce qu'il venait foutre à l'abbaye par ce temps ? Sûrement pas un touriste. « Va vérifier ça », que je me suis dit. Le gars avait une caisse bleue, un genre de truc de sport. Il a coupé le moteur et il a attendu. Alors je me suis caché derrière un buisson pour voir. Et puis un autre type, planqué vers la chapelle, s'est approché de la voiture. « Bizarre », que j'ai pensé ! Il a parlé par la vitre, et le conducteur, votre mari…

— Ex-mari, précisa Cathie.

— Ah oui. En tout cas, un gugusse qui patauge dans la gadoue avec sa tenue du dimanche, il est pas bien futé. Donc il est sorti, et ils ont commencé à discuter… sous la pluie.

— Tu as pu entendre ce qu'ils se racontaient ?

— Non, j'étais trop loin. Et puis d'un coup, c'est monté dans les tours. Le Salomon, mais je connaissais pas son nom à l'époque, a montré un truc au conducteur. Je sais pas ce que c'était, mais ça a pas eu l'air de lui plaire. Il l'a attrapé par le col, l'autre s'est défendu et ils ont à moitié glissé dans la boue. Moi, ça me faisait marrer. On aurait dit des merdeux qui s'empeignent dans une cour de récré.

— Et… ? s'inquiéta Cathie.

— *Ma Doue*, ça gueulait ! Et puis le grand con en habit du dimanche est retourné dans sa bagnole. Et il est reparti…

— Salomon était toujours vivant ?

— Oh, y a pas de doute. Y couinait plus qu'un cochon qu'on égorge.

— Et ensuite, vous avez remarqué quelque chose ?

— Je suis resté. Je voulais voir ce qu'allait faire votre Salomon. C'était plus la même histoire…

Les deux enquêteurs laissèrent à Fanch le temps de

rassembler ses esprits. Une généreuse rasade de lambig l'aida à poursuivre.

— Alors qu'il était encore là, il y a un autre gars qui est sorti du bois. Je m'suis dit que par ce temps c'était pas normal qu'y ait tant de monde. Ils ont discuté, mais ça a vite tourné au vinaigre. Le nouveau, il a ramassé une pierre par terre… enfin j'ai vu que c'était une pierre que quand je me suis rapproché plus tard. Et puis il lui en a mis un grand coup, là, ajouta-t-il en désignant sa tempe.

Cathie et Yann retenaient leur souffle. Un témoin avait assisté au meurtre de Jacques Salomon ! Ils n'ouvrirent pas la bouche, de peur de tarir la source.

— Et puis il est parti en courant. J'ai attendu un moment et je suis allé voir. Le Salomon était allongé. L'autre l'avait pas raté. Tué net, d'un seul coup !

— Et… tu as reconnu le tueur ? tenta Yann.

— Non, réagit Fanch d'une voix étonnamment neutre.

Yann saisit que même si son ancien copain avait identifié l'assassin, il ne livrerait jamais son nom. Un silence s'établit dans la pièce. Fanch Boyer n'avait pas autant parlé depuis des années. Cathie termina le fond de lambig pour se remettre les idées en place. Pour une fois, Patrick ne lui avait pas menti. Il n'avait pas tué Salomon, mais n'en restait pas moins le principal accusé.

— Merci, Fanch, conclut-elle simplement. Merci pour votre confiance.

— Je l'ai fait parce que c'est Yann et que Yann m'a toujours aidé quand on me voulait du mal. Et puis vous, madame Cathie, même si vous êtes pas d'ici, vous comprenez la nature.

— C'est gentil à vous. J'ai juste une autre question, si ça ne vous dérange pas. Pourquoi n'avez-vous pas répondu à l'appel à témoignage ? Ça pourrait permettre d'arrêter le meurtrier.

Fanch se redressa sur son siège et sa voix se raffermit.

— Yann vous a raconté ma vie ?

— Vite fait.

— Quand j'étais môme, mon père buvait. Presque tous les jours, il nous battait, ma mère et moi. Ma mère osait de temps en temps se plaindre aux « autorités ». Alors les gendarmes, ou même une fois le maire, ils venaient faire la morale à mon père. Vous croyez que ça lui faisait peur, au vieux ? Tu parles ! Après ça, il tapait encore plus fort. Un jour, on l'a retrouvé mort au pied d'une falaise. Là, on les a vus, les pandores ! Pendant une semaine, ils nous ont hurlé dessus, comme quoi c'était ma mère ou moi qui l'avions tué. On a tenu bon ! Et puis plus tard, quand on allait chasser quelques lièvres, y en avait souvent un pour essayer de nous les prendre ! Ah, ils étaient plus forts pour nous emmerder que pour nous protéger ! Et puis vous pensez quoi ? Si j'étais allé tout raconter, c'est qui qu'on aurait accusé, hein ? Ben, j'vous l'dis : le gars qui habite seul dans les bois ! Moi, je veux pas de problèmes. Je m'occupe pas des histoires des autres… surtout des autres que je connais pas. Je l'aurais pas abandonné, votre Salomon, s'il avait été vivant. Mais il était mort, et bien mort ! Voilà…

— Merci mon vieux, le remercia Yann en lui serrant le bras. Et bravo pour ta production, ajouta-t-il en désignant la bouteille de lambig. Il décape, mais il a un sacré bon goût.

Satisfait, Fanch expliqua :

— J'ai racheté l'alambic du fils Delaroche. Et pour la recette, je l'améliore tous les ans. Je t'en apporterai une bouteille. Je la déposerai au restaurant de madame Cathie… et puis y en aura aussi une pour vous, précisa-t-il sans oser regarder son invitée.

— C'est gentil Fanch, mais ne vous donnez pas ce mal.

— C'est à moi que ça fait plaisir. Vous savez, ça fait longtemps que j'ai pas pu offrir un cadeau… et puis, ce que vous avez dit sur mes tableaux, vous le pensiez vraiment ?

— Oui, bien sûr, répondit simplement Cathie.

34

Un dîner pour en savoir plus

Samedi 13 septembre

Dire que Yann Lemeur n'aimait pas Patrick Kaiser était un euphémisme. L'ancien mari de Cathie représentait tout ce qu'il détestait : un homme irrespectueux, m'as-tu-vu, sans parole. Qui plus est, c'était un mufle qui avait mené la vie dure à la plus extraordinaire femme qu'il ait connue depuis la mort de son épouse, Laurence. Le genre de type qu'il aurait eu plaisir à corriger s'il avait été provoqué. C'était plus fort que lui, épidermique ! Mais le sens aigu de la justice le poussait, bien malgré lui, à aider l'abruti à qui il avait eu envie de faire bouffer son jet-ski une semaine plus tôt. La vie réserve parfois de drôles de surprises. Alors, autant en finir le plus rapidement possible.

Yann avait promis à l'adjudant Ronan Salaün de l'inviter à *Bretzel et beurre salé*. Gendarme historique de Locmaria, Ronan Salaün avait exercé la majorité de sa carrière dans le village finistérien. Grâce à sa connaissance des habitants et son aptitude à attirer les confidences, cet enfant du pays avait pu résoudre de nombreux cas de larcins et de délits mineurs. Proche de la retraite, le gendarme avait toujours apprécié le caractère franc et entier du journaliste. Les deux hommes se donnaient régulièrement des petits coups de main qui, s'ils ne respectaient pas forcément à la lettre les textes officiels, servaient immanquablement la justice.

— Ça fait plaisir de dîner enfin avec toi ! s'exclama Yann en s'installant à la table en terrasse que Cathie venait de leur proposer.

— J'attendais aussi ce moment. Ça tombe bien que tu m'aies invité ce soir, parce que ma femme est partie fêter l'anniversaire de sa mère à Douarnenez.

— Désolé ! Tu aurais peut-être souhaité y participer !

— Tu plaisantes ? Tu m'as offert une excellente excuse pour échapper à une réception avec ma belle-mère. « Le goéland de Penn-Sardin », qu'ils l'appellent dans son quartier de Ploaré ! Parce qu'elle est toujours en train de crier à gauche et à droite !

— Eh bien, ça fait rêver. Qu'est-ce que tu bois ?

— Au lieu de mon habituelle pression, je vais prendre un Picon-bière.

— C'est parti, je vais vous préparer deux amers… et voici des bretzels sorties du four, annonça Cathie venue déposer un panier sur la table. Vous m'en direz des nouvelles ! Ça vaut largement les chips de sarrasin.

Les deux hommes la remercièrent d'un grand sourire. Dès qu'elle se fut éloignée, Ronan Salaün adressa un clin d'œil à Yann.

— Alors ?

— Alors quoi ?

— Alors, t'en es où avec elle ?

— Je l'aime bien, mais rien de spécial.

— Pas à moi, mon garçon ! La moitié du village est persuadée que vous couchez ensemble.

— Eh bien non, Ronan. Je l'aime bien, effectivement, et je ne cherche pas juste à la mettre dans mon lit. C'est une femme qui mérite tout notre respect.

— Ce que je sais, Yann, c'est que si elle s'installe avec toi, elle aura le meilleur des compagnons.

Les convives apprécièrent leur dîner et attendirent d'avoir vidé leur bouteille de sylvaner et de s'être gavés de tartes flambées gratinées avant que le gendarme lance le sujet.

— Ça donne quoi, ton enquête sur la mort de Salomon ?

— Quimper ne vous transmet pas d'infos ?

— Fracasse nous prend pour des ploucs parce qu'il a fait une partie de sa carrière à Versailles ! Tout ce que j'ai réussi à avoir, c'est une copie du rapport d'expertise du docteur Laurence Foix. En passant quelques coups de fil, j'ai compris que Fracasse est persuadé de la culpabilité de Kaiser, même si ce dernier continue à nier. Tu as du nouveau de ton côté ?

Yann avait décidé de jouer cartes sur table. Il avait confiance dans la discrétion du militaire.

— Cathie a discuté avec maître Larher, l'avocat de Kaiser.

— Je le connais de réputation, siffla le gendarme. C'est une pointure.

— Kaiser lui a servi une autre version. Il reconnaît avoir rencontré Salomon et, tiens-toi bien, Salomon lui aurait demandé soixante-dix mille euros pour arrêter de s'opposer à la vente !

— *Gast*, c'est une somme !

— Plutôt, oui. D'après Kaiser, ils en seraient venus aux mains et auraient échangé quelques baffes. Il serait reparti en voiture sous les insultes d'un Salomon bien vivant. Et pour répondre à ta question, on a la preuve qu'il dit la vérité.

— Comment ça ? sursauta Salaün.

— On est allés voir Fanch Boyer ce matin. Il était sur place et il confirme l'explication de Kaiser. Il a même aperçu le tueur juste après.

— Fanch Boyer ? C'est vrai qu'il passe sa vie à traîner dehors. Il serait prêt à faire une déposition ?

— À ton avis ?

— Non, évidemment. Il préférerait se faire couper un bras ou une jambe. Cela étant, vu ce qu'il a subi quand il était jeune, on peut le comprendre. Mais toi, tu as confiance dans son témoignage ?

— Complètement.

— Et donc tu t'es lancé dans la recherche de l'individu mystère, conclut le militaire.

— C'est ça. Et à part ça, tu l'as connu, toi, Salomon ?

— Tu sais, on a six ans d'écart. J'avais un an quand sa famille s'est installée ici. Et puis il a quitté Locmaria à vingt-sept ans. Moi, j'en avais vingt et un et j'étais un tout jeune gendarme.

— Quelle mémoire ! Tu te souviens du pedigree de tous les habitants ?

— Non, mais… c'est qu'il y a une raison !

— Une fille ? tenta Yann.

— Exactement.

— Jeanne Le Gall ?

— Tu devrais faire une carrière de mentaliste !

Effectivement, il s'agit bien de Jeanne Le Gall. L'année qui a précédé le départ de Salomon, elle avait été élue première demoiselle de Cornouaille. D'ailleurs, on pensait tous qu'elle serait la reine. Mais bon, elle s'est fait ravir la couronne par l'héritière d'un député influent.

— Il y a des magouilles même pour ce genre de concours ?

— Eh oui. Jeanne dansait comme une déesse, elle était mignonne comme un cœur… et malgré sa déception, elle a félicité sincèrement la gagnante. En plus, Jeanne était très simple, petite dernière d'une famille de maraîchers. Bref, la moitié des hommes de dix-huit à soixante ans étaient sous son charme.

— Et ta Nicole ?

— Je ne la connaissais pas. Elle n'avait pas encore quitté Douarn. On était, d'après moi, trois à vraiment avoir notre chance avec Jeanne : Jacques Salomon, Germain Coreff et ton serviteur. Quand j'arrivais à envisager objectivement les choses, je me disais qu'elle finirait avec Germain. Il avait le même âge que Salomon, moins d'argent, mais il était aussi gentil qu'elle. Je devais bien reconnaître qu'ils étaient faits pour aller ensemble.

— Mais elle est partie avec Salomon.

— Ça a surpris tout le monde, moi le premier.

— Comment a réagi Coreff ?

— Il était dévasté ! Il ne s'est jamais marié. Pourtant, il était devenu paysagiste. C'était un parti tout à fait convenable et il y a plus d'une bigoudène, d'une fille de l'Aven ou du pays Glazik qui lui ont tourné autour. Il les a toujours poliment éconduites.

— Et quand Jeanne est revenue, à la retraite de Salomon ?

— J'ai cru qu'il allait nous faire un malaise. Je le connais bien, le Germain, et c'est la seule fois de ma vie que je l'ai vu pleurer. Ensuite, ils se sont vus régulièrement. Ils fleurissaient tous les deux l'église. On aurait dit des gamins.

— Son mari n'a pas été jaloux ?

— D'abord, il avait l'air content de savoir sa femme assez occupée pour le laisser mener tranquillement ses activités. De toute façon, Jeanne ne l'aurait jamais trompé. Ce n'était pas dans sa nature. Et puis, quand elle a attrapé cette saleté de crabe, Germain allait lui rendre visite tous les jours à l'hôpital. Il se murmure même qu'elle serait morte en lui tenant la main… alors que Salomon était à la chasse.

— C'est fou, cette histoire, médita Yann. En voilà deux qui auraient dû passer leur vie ensemble et qui se sont ratés de façon inexplicable. Tu… tu penses que Germain Coreff aurait pu vouloir se venger ?

— Plus de deux ans après le décès de Jeanne ? D'expérience, je peux t'assurer que les crimes passionnels se font dans le feu de l'action. Et pourquoi d'ailleurs ? C'est Jeanne qui avait choisi Salomon. Et puis le Germain, c'est un type doux comme un agneau et très attaché à la religion. Le recteur Troasgou pourrait t'en parler. Mais si tu veux fouiller dans la direction de Jeanne, questionne Katell Guyonvarch. C'était sa meilleure amie. Tu la connais, n'est-ce pas ?

— Justement… je ne suis pas persuadé que je sois la première personne à qui elle souhaite se confier. Mais, merci pour le tuyau.

35

Dédicaces bretonnes

Dimanche 14 septembre

Le lendemain, profitant de la fermeture du restaurant, Cathie avait convié chez elle Alexia, Cécile et Marine : un déjeuner tout simple où le plaisir de se retrouver était plus important que le choix du menu. Après une savoureuse tourte à la viande cuisinée par Cathie, des salades apportées par ses amies, une délicieuse glace et quelques papotages et ragots, Cathie se lança :

— Je l'avais gardée pour la fin du repas, mais j'ai une excellente nouvelle ! J'ai longuement échangé avec Christian Lesabre, l'éditeur de Clara Pearl, et vous savez quoi… ? Elle est d'accord pour venir faire une séance de dédicace à Locmaria !

— C'est génial ! s'écria Alexia en même temps que les autres poussaient des exclamations enthousiastes. Oh là là, je n'osais pas l'espérer ! Clara Pearl à *Lire au large* !

— Il va falloir que tu pousses les murs, ma grande ! s'emballa Cécile.

— Effectivement, c'est la première fois qu'elle vient en France. Il va y avoir foule. L'organisation ne va pas être simple, et j'avoue que ça m'angoisse un peu.

— Ne t'inquiète pas, on va t'aider. Justement, il faut que l'on discute des modalités. Tiens, voilà de quoi prendre des notes, ajouta Cathie en lui tendant un carnet et un stylo. La date pour commencer : ce sera le samedi 18 octobre, soit dans cinq semaines.

— Si vite ? s'effraya Alexia.

— Tu disais toi-même qu'il y avait urgence pour ton magasin. Le plus tôt sera donc le mieux, non ? Donc, point un : commander dès que possible les exemplaires. Et point deux : s'occuper de la presse et prévoir des articles dans les journaux. Sans parler bien sûr des réseaux sociaux pour toucher un maximum de monde.

Alexia consignait fébrilement ce début de liste.

— Elle va rester combien de temps ? Je dois commander combien de livres ? J'ai pensé à deux cents. Ce ne sera pas un peu trop ?

— C'est largement insuffisant, il en faudrait au moins… mille.

— Mille bouquins ? Mais elle va y passer la nuit, cette pauvre Clara. À moins qu'elle signe plus vite que son ombre ? s'étonna Marine.

— Mille, ce ne sera sans doute même pas assez. Clara Pearl est très respectueuse de ses lecteurs, car elle sait que c'est grâce à eux – enfin… le plus souvent « elles » – que ses livres ont du succès.

— Mais quand même ! Mille c'est vraiment beaucoup non ? insista Cécile. Si elle signe vraiment ça, tu peux tout de suite rajouter un point trois : acheter un maxi-pack de dosettes de café.

— On a fait le calcul avec l'éditeur, sourit Cathie. Bien sûr, chaque dédicace sera courte. Ce sera « Pour Machin, Love, Clara ». Il faudra que les lectrices aient écrit leur nom sur un papier pour éviter les hésitations sur l'orthographe. Donc si on estime qu'elle passera quinze secondes par signature et quinze secondes pour un selfie, ça fait trente secondes par personne, soit cent vingt personnes à l'heure. En tout, il faudrait donc compter… un peu plus de huit heures. Allez, on va arrondir à dix en prévoyant de la marge pour s'octroyer quelques passages aux toilettes et avaler un kouign-amann.

— Il ne serait pas un peu esclavagiste, cet éditeur ? s'insurgea Marine. À ce rythme, elle va être épuisée !

— Je suis d'accord avec toi, mais ils se sont mis d'accord. D'après lui, quand elle dédicace, elle se donne à fond.

— À ce rythme, c'est du stakhanovisme !

— De toute façon, se désola Alexia, qui prenait la mesure de l'événement, c'est mort ! Je n'ai même plus assez de fonds pour acheter autant d'exemplaires.

— Ça, ce n'est pas un problème, la rassura Cathie. Je vais t'aider. Comme tu vas tout vendre, tu pourras me rembourser très vite, donc n'essaye même pas de refuser.

— Cathie… tu es un ange pour moi. Et je te devrai la survie de ma boutique.

— N'exagère quand même pas. Et puis, c'est purement égoïste : je serais trop malheureuse s'il n'y avait plus de librairie à Locmaria. Et je ne plaisante qu'à moitié !

— Mille personnes à Locmaria ? continua Cécile, qui visualisait la scène et réfléchissait à voix haute. Il va y avoir foule sur le port. Ça pourrait être dangereux si quelqu'un tombe à l'eau. Il va falloir un service d'ordre, prévoir un parking, demander de l'assistance des gendarmes… Et si les gens attendent dix heures, il faut aussi de quoi les nourrir, et leur donner à boire, et les abriter s'il pleut, et si quelqu'un a un malaise… il faut qu'il y ait des secouristes. Et les toilettes… pour mille personnes !

— C'est clair, confirma Cathie, on va avoir besoin de nos chers gendarmes pour l'organisation. Il va falloir réfléchir à tout ça, mais je suis certaine que la Mairie pourra nous aider. Alexia et Marine, comme vous êtes au conseil municipal, vous devriez pouvoir convaincre nos élus. Et pour ce qui est des toilettes, il y en a sur le port et sur la place du village. Avec un peu de signalétique, cela devrait suffire. D'ailleurs, c'est un truc que j'ai remarqué dans la région : on trouve des toilettes presque à chaque coin de rue ! Généralement propres et pourvues de savon et de papier toilette. Ça m'a vraiment heureusement surprise à mon arrivée en Bretagne. Je peux vous assurer que ce n'est pas comme ça partout, loin de là !

— S'il faut une dame pipi, on pourrait demander à Natacha Prigent de nous aider, persifla Cécile. Elle devrait aussi générer du pourboire.

— Elle sera certainement bien occupée à *L'Aven*. Sans compter que c'est une fan absolue de Clara Pearl. Elle voudra sans doute son exemplaire dédicacé, elle aussi, tempéra Alexia en bonne commerçante, tout en continuant nerveusement à griffonner sur son carnet.

Son niveau d'excitation montait à mesure que la liste des tâches s'allongeait.

— Et l'éditeur de Clara Pearl, il sera avec nous ?

— Oui, Christian Lesabre se joindra à nous, fit Cathie, enthousiaste à l'idée de revoir son ami. L'autre chose que je n'ai pas dite, c'est que Clara Pearl ne montre jamais son visage. Elle portera une voilette. D'ailleurs, pour éviter d'être trop dérangée, Clara logera chez moi avec Christian.

— Chez toi ? s'écria Marine d'une voix stridente. *La chance de ouf*, comme dirait ma fille ! Mais, tu la connais ?

— Non, comment est-ce que je l'aurais rencontrée ? Mais Christian lui a proposé cette solution, et elle l'a acceptée. Inutile de vous dire que je suis ravie et que j'ai sauté sur l'occasion.

— J'avais lu l'histoire de la voilette, confirma Alexia. C'est à cause de son succès fulgurant, afin de préserver sa tranquillité.

— Ça lui permet de rester incognito et de mener une vie normale. Par ailleurs, Christian m'a expliqué que ça renforçait la fascination de son fan club. Ce qui fait que les gens viennent en foule.

— Mais comment on fera alors ? s'alarma la libraire. Je ne peux pas rester ouverte jusqu'à cinq heures du matin ni commander une semi-remorque de bouquins.

— Pas de panique, Christian a déjà fait face à ce genre de situation. Il nous expliquera la stratégie à tenir ! On ne va pas chômer ce samedi-là.

— On veut aussi participer à l'organisation ! proposèrent Cécile et Marine en chœur. De toute façon, pas question de louper l'événement international de Locmaria.

Après des échanges aussi nombreux qu'animés, le plan de bataille fut bien dégrossi et le travail réparti, au grand soulagement d'Alexia. Elle débordait d'admiration pour la rigueur et le sens de l'organisation tout germanique de son amie alsacienne ainsi que pour ses multiples connaissances du monde de l'édition. Quelle chance que Cathie ait croisé le chemin de Christian Lesabre ! Les larmes aux yeux, la libraire se confondait en remerciements. Grâce à Cathie, elle ne mettrait pas la clef sous la porte.

— Maintenant, je crois que nous avons mérité une petite récompense, conclut Cathie. Je vais nous faire une bonne tasse de thé, et j'ai quelques *bredele*, des petits fours, qui ne vous laisseront sans doute pas indifférentes. Car il y a un autre sujet d'importance dont il faut qu'on discute, et moi aussi je vais avoir besoin de vous… C'est celui de Jacques Salomon.

Il ne lui en fallut pas plus pour regagner l'attention de son public et, une fois le thé servi, elle raconta tout ce qu'elle savait.

Bien sûr qu'elles allaient donner un coup de main pour résoudre cette affaire !

36

Compte bancaire

Lundi 15 septembre

— Je ferme la boutique et je suis à toi. Sers-toi un café en attendant !

Yann Lemeur s'installa dans le bureau du directeur d'une des agences quimpéroises du Crédit Agricole. Les employés avaient quitté les locaux, et le bruit de la machine à expresso parut assourdissant dans ce bureau au style impersonnel. Jérôme Dusoleil, le responsable des lieux, le rejoignit et lui proposa une cigarette.

— Ça te tente ?

— Non, j'ai arrêté de fumer depuis que je ne vais plus en mer.

— Ça ne te gêne pas si j'en grille une ? demanda le banquier en sortant un briquet Zippo siglé d'une pin-up aux formes surdimensionnées.

— Cadeau de mes collègues du foot pour mes quarante ans. Bon, dis-moi ce que je peux faire pour toi.

Yann lui expliqua ce qu'il souhaitait : savoir si

récemment le compte de Jacques Salomon avait vu passer des virements inhabituels.

— T'es gonflé quand même ! Tu me sollicites pour violer le secret bancaire, et en plus au sujet d'un type assassiné ! Tu as une idée de ce que je risque ?

— Un très bel article dans *Ouest-France* pour ton petit dernier, *Bagarre au bagad* !

Jérôme Dusoleil ne répondit pas tout de suite. La proposition de son ami méritait que l'on s'y arrête. Auteur à ses heures, le banquier avait écrit plusieurs romans policiers bretonnisants qui n'avaient connu qu'un succès d'estime. Un article élogieux dans le journal régional ne manquerait pas de lui donner la visibilité tant attendue, voire de le faire repérer par un éditeur national. Ses œuvres trouveraient alors naturellement leur place dans les rayons des plus grandes librairies. Le lieutenant Arthur Dhrevay, son héros récurrent, se partagerait la vedette avec le commissaire Dupin et Mary Lester.

— Banco, mais je veux un tiers de page minimum, une photo de moi en couleurs et une de mon bouquin.

— Et si on ne fait qu'une seule photo, mais qu'on te voit tenir ton livre à la main, ça te va aussi ?

— Top là ! Ça paraîtra quand ?

— On peut publier quelque chose sous dix jours.

— Ça ne sera pas trop tard pour la rentrée littéraire ? s'inquiéta Dusoleil.

— Tu sais, les polars se vendent à toutes les périodes de l'année. Et puis, avec ta niche, tu n'as pas à craindre que Flammarion ou Gallimard aillent marcher sur tes plates-bandes.

— Tu me rassures. On va tout exploser tous les deux.

Bon, c'est pas le tout, mais rappelle-moi le nom de ton pèlerin.

— Jacques Salomon.

— Et tu es sûr qu'il est chez nous ?

— Il a fini sa carrière au Crédit Agricole. Ce serait étonnant qu'il ait changé de banque au moment de prendre sa retraite.

Dusoleil pianota sur son ordinateur et commenta le résultat de ses recherches.

— Alors, ton gars possède deux mille euros sur son compte courant, quatre mille cinq cents euros sur son LDD. Il a aussi un compte en actions pour une valeur de trente mille euros. Peu de dépenses en carte bleue en août, et si j'ai bien compris, les achats de septembre seront calmes. Rien de choquant.

— Est-ce que tu peux regarder les mouvements de ses comptes sur la dernière année ?

— Tes désirs sont des ordres, très cher dénicheur de talents.

Le banquier joua avec la roulette de sa souris. Les pages défilèrent, jusqu'à ce que :

— Là, au mois d'avril ! Il y a une sortie de trente mille euros sur le compte courant, couverte par une entrée de la même somme venant… de son compte en actions.

Excité, Dusoleil remonta dans le temps.

— Idem au mois de janvier, mais pour trente-sept mille euros… toujours couvert par son compte en actions.

Le doigt fébrile, il continua son enquête.

— Et paf ! vingt mille balles en novembre de l'an dernier… et c'est tout.

— Donc, synthétisa Yann, Salomon a vendu pour quatre-vingt-sept mille euros d'actions afin de compenser des virements réalisés à partir de son compte courant. Tu saurais me dire à qui ces virements ont été adressés ?

— Non… mais vu la référence de l'établissement bancaire, je pencherais pour un truc dans un paradis fiscal.

Yann se rassit dans son fauteuil, dubitatif.

— Mais qu'est-ce qu'il a pu acheter pour une telle somme ? Pas loin de cent mille euros en moins d'un an, c'est pas rien !

— Peut-être qu'il n'a rien acquis et qu'il s'est fait racketter ? Ou qu'il entretient une poule de luxe ? Ou qu'il trempe dans un trafic quelconque ? Rien ne dit qu'il n'était pas lui-même le destinataire de ces transferts, mais sur un autre compte planqué aux îles Caïman : une façon discrète de détourner du fric…

— Mais vous n'êtes pas censés prévenir les autorités quand vous détectez des virements suspicieux ?

— Tu parles de Tracfin ? Tu sais, des types comme ton Salomon n'ont pas le profil de terroristes ou de dealers. Si on dénonçait tous ceux qui réalisent des opérations un peu supérieures à la moyenne, on ne s'en sortirait pas… et on perdrait une partie de notre clientèle.

— Eh ben, elle est belle ta conscience professionnelle ! s'amusa Yann.

— Et tu ne t'en plains pas quand il s'agit d'aller récupérer des infos sur tes suspects ! Bon, passons maintenant aux choses sérieuses. On la fait quand, cette interview ?

37

Ça valait bien une rixe

Mardi 16 septembre

Treize heures trente. Cathie s'était installée sur sa terrasse et regardait son téléphone avec un mélange de satisfaction et d'appréhension. Maître Larher ne tarderait plus à l'appeler. Patrick avait accepté de donner la raison exacte de son pugilat avec Jacques Salomon, mais en précisant qu'il souhaitait fournir l'explication directement à son ex-femme. Cathie n'avait pas cherché à connaître les arguments utilisés par l'avocat, mais ils avaient été efficaces. Par contre, ce soudain besoin de confession la laissait légèrement inquiète. Même s'il lui avait quasiment tout fait subir, elle ne doutait pas de son aptitude à la déstabiliser une fois de plus.

La sonnerie la ramena sur terre.

— Madame Wald, c'est Yves Larher à l'appareil.

— Bonjour, Maître.

— Je me trouve avec monsieur Kaiser dans sa chambre d'hôtel. Je vais activer le haut-parleur.

Elle entendit l'avocat manipuler son téléphone, puis

la voix de Patrick résonna. La pointe d'arrogance ou de condescendance dont il était coutumier avait disparu.

— Cathie, c'est Patrick. Tu vas bien ?

Cathie prit quelques instants à se remettre du choc : pour la première fois depuis bien longtemps, son ex-mari s'enquérait de sa santé.

— Bien, et toi ? Comment se passent tes vacances forcées ?

— Je dispose d'un panorama sur une zone industrielle de Quimper et, si je me penche par la fenêtre, j'aperçois un bout de la Loire… ah, non, de l'Odet, me précise maître Larher. C'est toujours mieux que la prison.

Cathie se demanda un moment si son ex, si impatient par nature, n'avait pas été placé sous anxiolytiques « à l'insu de son plein gré ».

— Bon, enchaîna Patrick, maître Larher m'a dit que vous vous occupiez de ma défense avec le journaliste. Je t'avoue que ça me rassure, parce que les *choukess* à qui j'ai affaire, c'est vraiment pas des lumières.

— Après tes premiers mensonges, comment veux-tu que les gendarmes et le juge n'aient pas des doutes sur tes dépositions ? Heureusement, on a trouvé quelqu'un qui a vu la scène. Il affirme que tu n'as pas tué Salomon.

— Génial ! hurla Patrick. Je vais pouvoir sortir !

— Pas encore. Le gars n'aime pas les gendarmes et ne témoignera pas ! Mais on est sur ton cas avec Yann. Alors, pourquoi vous êtes-vous battus ce jour-là ?

Un silence répondit à la question de Cathie. Allait-il se rétracter ? Elle entendit l'avocat qui le morigénait d'un ton sévère.

— Enfin, monsieur Kaiser ! Vous m'avez déclaré ce matin que vous souhaitiez tout raconter à madame Wald.

Vous ne voudriez pas lui faire perdre son temps… ni lui retirer l'envie de vous aider.

— Vous avez raison, maître. Et puis je te dois bien ça, Cathie. Allez, on repasse le film. Quand je suis arrivé à l'abbaye, j'ai attendu dans la voiture. J'ai vu Salomon se pointer sous la flotte, et ce con a insisté pour qu'on discute dehors. Il craignait quoi ? Que mon autoradio soit directement relié aux ordinateurs de la CIA ou du KGB ? Ça m'a ruiné mes fringues, mais il m'avait donné rendez-vous avec des airs si mystérieux… Alors, *business first* ! Et voilà qu'il m'annonce qu'il est prêt à faire machine arrière pour du fric. J'ai caché mon sourire, mais il m'a demandé soixante-dix mille balles ! Carrément ! Je me suis dit qu'il se la jouait style « souk de Marrakech » pour finir avec un tiers de la somme. J'ai envoyé ma première contreproposition à quinze mille. Normal, quoi ! Mais c'est que ça ne lui a pas plu ! J'attendais qu'il revoie ses prétentions à la baisse, mais il a commencé à me menacer !

— Te menacer de quoi ? s'étonna Cathie. Tu n'es que le représentant des acheteurs.

— Ben, c'est que… enfin, comment dire ?

— Dis-le simplement.

— *Hopla*, je me lance. La veille au soir, après la réunion à la salle des fêtes, je me suis fait brancher par une nana, plutôt bonne je dois avouer.

— Natacha, c'est ça ? Elle a sous-entendu que vous aviez passé un moment ensemble.

— Un moment… et un peu plus.

— Quoi ? Tu n'as quand même pas couché avec elle, espèce de *Maidelschmecker* ? Tu sautes vraiment sur tout ce qui bouge !

— Laisse-moi te raconter avant de t'énerver ! On était allés boire un verre à Concarneau. Elle m'a emmené dans des bars ambiancés. Faut reconnaître qu'on avait pas mal picolé en un temps record. En retournant à la bagnole sur le parking, je me suis retrouvé en surchauffe. C'est une sacrée bombasse et on avait bien sympathisé… alors on a fait plus connaissance sur le capot de la Mercedes ! Donc, techniquement, on n'a pas vraiment couché…

— Attends, s'étrangla Cathie, tu es en train de me dire que tu l'as sautée sur ta voiture dans le parking du port !

— Tout doux, je l'ai pas forcée. Même qu'elle y mettait sacrément du sien !

— Tu es irrécupérable, mon pauvre. Mais tu es majeur et vacciné… et Natacha Prigent aussi. Revenons à nos affaires, pourquoi tu me racontes tes exploits de don Juan ?

— Parce que mon problème avec Salomon vient de là.

— Je n'ai jamais entendu dire qu'il avait des vues sur elle, s'étonna Cathie.

— Il n'en a pas. Me demande pas pourquoi, mais il se trouvait à Concarneau ce soir-là. J'imagine qu'il avait dû nous suivre quand on a quitté Locmaria.

— Comment peux-tu en être certain ?

— Parce qu'il a pris une photo de nous en action sur la Merco.

Cathie marqua un temps d'arrêt puis éclata d'un fou rire qu'elle eut du mal à refréner.

— Et c'est cette photo qu'il t'a montrée quand tu as refusé son offre, n'est-ce pas ?

— Exactement.

— Et on vous reconnaît ?

— Suffisamment pour savoir qu'on jouait à la bête à deux dos. Normalement, ça ne m'aurait fait ni chaud ni froid… et puis la nana, elle s'en serait remise. Mais là, il voulait me faire chanter, ce salaud !

— C'est sûr que même si Natacha n'a pas la réputation d'une oie blanche, le promoteur qui se tape une des figures de proue de Locmaria, ça peut choquer la moralité de certains habitants… et les amener à se retourner contre lui.

— C'est ce que je me suis dit. Il m'a fourré une copie du cliché dans la veste, « pour que je réfléchisse à sa proposition. » Et il m'a regardé en rigolant. Alors, je l'ai chopé par le colbac et on a commencé à se battre. Je trouvais son procédé vraiment dégueulasse.

Cathie prit le temps de revenir sur ce que Patrick venait de lui révéler. Elle n'était même pas surprise. Quand une fille peu farouche et suffisamment gironde l'approchait, le sang quittait systématiquement le cerveau de son ex. Mais comment exploiter cette information ?

— Voilà ce que je voulais te raconter, continua Patrick. Mais… c'est pas tout.

— Je t'écoute.

— Je te dois des excuses.

— Qu'est-ce qui s'est encore passé ?

— J'ai vite compris que Natacha Prigent ne t'aimait pas. J'ai un peu joué là-dessus en dévoilant quelques-unes de nos aventures maritales… pas toujours à ton avantage. J'en ai profité, car ça la faisait rire et plus la soirée avançait, plus j'avais envie d'elle.

Cathie se força à serrer les lèvres pour ne pas exploser.

— Pour que tu me pardonnes, je vais te dire où j'ai planqué la photo prise par Salomon. Comme ça, tu pourras t'en servir comme arme de dissuasion. Du genre, tu lui montres la photo discrétos et tu expliques avec un grand sourire que si elle te pourrit, une copie atterrira dans toutes les boîtes aux lettres de Locmaria.

Cathie se pinça le nez, puis inspira longuement et demanda :

— Et tu l'as cachée où, cette photo ?

— Derrière un tableau dans ma chambre au *Relais de Saint-Yves*. Je te l'offre en te présentant mes excuses… et sors-moi vite de là, je t'en prie. J'ai un contrat à signer et mon avenir à assurer !

38

Rencontre à la gendarmerie

Mardi 16 septembre

Cathie et Yann espéraient que la morgue du capitaine Fracasse à l'égard des gendarmes locmariaistes les pousserait à collaborer. En effet, quelle satisfaction ce serait pour eux de pouvoir apporter à leur supérieur quimpérois la clé de cette affaire !

Pour suivre le plan imaginé avec Yann, elle avait décidé de rencontrer le major Julienne. Si elle avait eu quelques différends avec lui récemment, tous deux s'appréciaient malgré tout. Elle parcourut une dernière fois ses notes avant d'entrer dans la gendarmerie. Elle les connaissait par cœur, mais elle devait être claire et concise.

~~1. Faire cracher à PK les causes réelles du pugilat (Me Larher).~~
~~Ne pas hésiter à utiliser chantage.~~
~~2. Rechercher qui est au courant du rendez-vous entre PK et JS.~~
~~3. Fouiller dans les comptes de JS. Dettes ?~~

4. *Qui est prêt à tuer pour que la vente se fasse ?*
5. *Et si JS éliminé pour une raison autre que la vente de l'abbaye ?*
6. ~~*Contacter Fanch*~~

Après la révélation de Patrick, Cathie s'était rendue au *Relais de Saint-Yves*. Le directeur, Gaël Delpiero, qui lui devait une petite faveur, avait accepté de la laisser accéder à la chambre qu'avait occupée son ex-mari. En cette saison, elle n'avait pas encore été relouée. Cathie avait trouvé la fameuse photo facilement. Aucun doute possible ni sur l'identité des acteurs ni sur la scène qu'ils étaient en train d'interpréter. Être garés juste sous un lampadaire ne les avait pas dérangés. Elle n'était pas une « mère la pudeur », mais elle ne s'était jamais exhibée ainsi dans des lieux publics. Quoi qu'il en soit, récupérer cette photo lui permettrait de contrer le venin de Natacha.

Le samedi précédent, après sa visite chez Fanch Boyer, Cathie avait rencontré Alexia et Marine, qui étaient présentes à la fameuse réunion d'information. Elles se souvenaient bien de l'entretien entre Salomon et Kaiser. Ils s'étaient éloignés dans un coin de la salle, mais personne d'autre n'avait participé à leurs échanges. Si, comme le supposait Cathie, la présence du meurtrier n'était pas due au hasard, c'est que Salomon avait parlé par la suite. Mais à qui ? Elle savait maintenant qu'il avait passé une partie de sa soirée à Concarneau, au moins jusqu'à vingt-trois heures douze, puisque c'était l'heure inscrite sur la photo. Qu'avait-il fait en rentrant à Locmaria ? Était-il directement allé se coucher ?

Avait-il réuni les membres du CDA pour leur annoncer qu'il avait un moyen de pression sur Patrick Kaiser? Devait-elle interroger Marcel Guidel, *Ar ruz*? Elle en discuterait avec Yann.

Quant aux dépenses de Salomon, elles étaient avérées. Yann s'était mis en chasse pour en comprendre l'origine. Il avait décidé d'aller fouiner du côté de Quimper chez les amis politiques du défunt. Elle le laisserait se débrouiller. Entre le restaurant, l'enquête et l'opération de sauvetage de *Lire au large*, elle était bien assez occupée comme ça.

— L'adjudant Salaün m'a déjà raconté la version des faits donnée par Fanch Boyer, confirma le major Julienne en réponse à la révélation de Cathie.

La confidentialité promise par le militaire à Yann lors du dîner à *Bretzel et beurre salé* avait ses limites. La solidarité entre gendarmes bafoués avait dû prendre le dessus.

— Je ne suis pas certain de la fiabilité de son témoignage, ajouta-t-il.

— Vous avez tort. J'étais présente et je peux vous assurer que je n'ai aucun doute sur sa franchise. Par ailleurs, il aurait eu tout intérêt à laisser l'accusation se porter sur Patrick Kaiser.

— Et pourquoi donc?

— La construction de la résidence de l'abbaye va considérablement réduire son territoire. Des bois vont être abattus, une partie de la faune va s'enfuir… Il en vit. L'arrestation de mon ex-mari le sert: elle jette une suspicion sur la moralité des acheteurs et peut retarder la vente.

— Vu comme ça, admit le gendarme après un instant de réflexion, je me range à votre point de vue.

— Donc, continua Cathie, à qui profite la disparition de Salomon et son CDA ? Ou plutôt, qui a un intérêt majeur à ce que l'opération se réalise ?

— Quand Ronan Salaün m'a raconté le témoignage de Fanch, je me suis posé la même question… et j'ai commencé à enquêter, répliqua le major en sortant une chemise rose d'un tiroir de son bureau.

Satisfait par la réaction étonnée de Cathie, il expliqua :

— Les affaires sont calmes en ce moment, et rabattre le caquet de ce grand escogriffe de capitaine Fracasse ne serait pas pour me déplaire.

— Vous m'impressionnez, major.

— Sachez que vos paroles sont comme du miel pour mes oreilles, car je ne vous ai pas toujours entendue me dire ça.

Comme Cathie allait se justifier, il ajouta avec un sourire :

— Et j'avoue que vos critiques ont parfois été fondées. Je n'ai disposé que de deux jours pour travailler sur le sujet, mais j'ai trouvé à qui appartiennent les terrains autour de l'abbaye. Je ne serais pas surpris que les Luxembourgeois veuillent en récupérer quelques-uns, ne serait-ce que pour faciliter l'accès à la route de Quimper et au village. Et voici la liste des propriétaires que j'ai recensés.

Cathie découvrit la feuille en s'amusant de cette coopération digne d'un roman policier. Elle reconnut le nom de deux paysans qui possédaient des champs un peu partout dans Locmaria. Elle ne s'attendait pas, par contre, aux deux suivants.

— Gaël Delpiero ? Notre hôtelier a acheté des terres pratiquement inconstructibles ?

— Elles ne sont pas inconstructibles et, comme vous le savez, sont suffisamment éloignées du littoral pour ne pas tomber sous le coup de la loi. J'ai poussé mes investigations : il a acquis ces terres il y a deux ans.

— Parlait-on déjà de la vente de l'abbaye ?

— Rien n'était arrivé à mes oreilles, mais le notaire avait sans doute dû lancer la recherche des héritiers. Cependant, on ne peut rien en conclure, tempéra Julienne.

— Et pour le deuxième nom, vous êtes sûr de ce que vous avancez ?

— Absolument. Un terrain de près de deux hectares appartient bien à Natacha Prigent !

— C'est complètement fou. D'où est-ce qu'elle le tire ?

— De l'héritage de son grand-oncle Jean-Claude Quéré. Elle n'en est officiellement la propriétaire que depuis quelques jours.

Cette information changeait tout. Dans tous les cas, les deux paysans continueraient à cultiver du sarrasin ou du blé. *A contrario*, Delpiero et Natacha disposaient d'une sacrée occasion de réaliser de splendides plus-values si les propriétaires souhaitaient étendre la surface du futur *Abbey Diamond Resort.* Elle amorça un rictus moqueur en présumant que le soudain succès de Patrick auprès de Natacha n'était peut-être pas dû seulement à son charme.

— Beau travail, major, reprit-elle. Quelle est la prochaine étape de votre enquête ?

— Je vais me renseigner sur les emplois du temps de

monsieur Delpiero et de mademoiselle Prigent le jour du meurtre. Mais il faudra que je fasse preuve de doigté : je ne suis pas responsable de l'affaire.

— Je ne doute pas que vous excelliez dans cet exercice… et personne n'imaginera que vous êtes en train de doubler le capitaine Fracasse. De mon côté, dès que j'apprends quelque chose de nouveau, je vous appelle.

39

Landévennec

Mercredi 17 septembre

Après avoir laissé le Menez Hom sur sa droite, Loïc Troasgou fonça en direction du village de Landévennec. Le Menez Hom : un lieu mythique pour les Finistériens, une des montagnes sacrées de l'Armorique ! Ses trois cent vingt-neuf mètres ne pouvaient certes pas rivaliser avec les sommets des Alpes, cependant son demi-milliard d'années inspirait le respect. Le prêtre ressentait toujours d'étranges sensations en parcourant cette terre de légende.

— La vitesse sur cette route départementale n'est-elle pas limitée à soixante-dix kilomètres à l'heure ? demanda le vicomte de Brehec avec un flegme parfait.

— C'est possible, mais la voie est libre. Et à cette heure, les touristes et les agriculteurs sont rentrés chez eux.

— Quand même, cent dix ! Vous avez une accointance particulière avec le Saint-Esprit ou un ange gardien ? Je me permets de vous inviter à la vigilance, insista-t-il en montrant deux cyclistes qui se rapprochaient avec une rapidité inquiétante.

— Vous avez raison, Antoine, acquiesça le recteur en freinant. Saint Guénolé n'est pas à quelques minutes près… et profitons de ces splendides couleurs offertes par notre Créateur.

— … Pendant qu'on peut encore le faire, ajouta l'aristocrate qui se détendit imperceptiblement en constatant que l'aiguille du compteur repartait vers la gauche.

Les deux hommes arrivèrent sans encombre à Landévennec. Ils se garèrent dans le village et, à la demande du vicomte, qui n'y était plus venu depuis une éternité, ils commencèrent par une visite des ruines de l'abbaye. Landévennec, autre place majeure de l'histoire bretonne ! D'après la légende, saint Guénolé, ou Gwenole, avait fondé à Landévennec un monastère à la fin du ve siècle. Si l'ermitage initial était sans doute modeste, le saint avait parfaitement choisi l'emplacement. Situé sur une avancée entre la rade de Brest et l'embouchure de l'Aulne, le site offrait une splendide vue sur la mer illuminée de mille feux par le soleil déclinant. La campagne dégageait un calme propice à la prière des moines qui avaient occupé les lieux.

— Que c'est beau ! s'extasia Antoine Brehec. Quelle sérénité, quelle paix ! Cette vénérable abbaye est bien plus majestueuse que dans mon souvenir.

— À quand remontent vos souvenirs, Antoine ? Parce que de nombreuses fouilles et remises en état ont été réalisées au cours de ces dernières décennies… On a même retrouvé un oratoire du début du VIe siècle.

— Vous connaissez bien son histoire ?

— J'aime cette région. Ma mère était de Lanvéoc, à une vingtaine de minutes d'ici… en respectant les limitations de vitesse. Pendant les vacances, je venais faire le guide pour donner un coup de main. Ça me permettait aussi de rencontrer des filles que j'essayais d'impressionner avec mon savoir somme toute assez sommaire. Ici, je me sens un peu à la maison.

Ils se turent et observèrent les pans de mur qui montaient vers le ciel azur, les surprenants palmiers plantés au milieu des anciens édifices, la mer qui scintillait à quelques centaines de mètres.

— C'est bien une abbaye bénédictine, n'est-ce pas ?

— En effet. C'est Louis le Pieux, un des fils de Charlemagne, qui a imposé la règle de saint Benoît en 818, après avoir soumis la Bretagne. L'abbé de l'époque a accepté, et l'abbaye a connu son âge d'or. Dans les siècles qui ont suivi, elle a été régulièrement agrandie, pillée, détruite, reconstruite… Ceci explique le patchwork de bâtiments que nous voyons, ajouta le père Troasgou en montrant les ruines. Mais ça, vous le savez déjà.

— Oui, celle de Locmaria a subi le même destin.

— À la différence de celle de Locmaria, des bénédictins se sont réinstallés à Landévennec. Le nouveau monastère a été terminé en 1958. Avez-vous eu la chance de le visiter ?

— Jamais, mais ce sera l'occasion.

— Je vous propose d'y aller en voiture. Ce n'est pas bien loin, mais la nuit sera tombée quand nous repartirons.

Ils s'engagèrent dans une longue allée boisée et Loïc

Troasgou gara son Alfa Romeo sur un parking pratiquement désert. Un petit vent de fin de journée s'était levé, et il le respira à pleins poumons. Lui qui avait passé la plus grande partie de sa vie de prêtre en Afrique ne s'était jamais habitué à la chaleur. Certes, il la supportait, mais combien de fois avait-il rêvé de la fraîcheur et de l'humidité de sa Bretagne, de la caresse du crachin sur sa peau brûlée ?

Ils empruntèrent d'un pas tranquille le chemin qui menait aux bâtiments récents. Ils se fondaient parfaitement dans leur environnement. Loïc Troasgou avait contacté frère Maxime, un moine avec qui il avait sympathisé lors d'un pardon à Saint-Guénolé. Frère Maxime s'occupait spécifiquement de la bibliothèque bretonne de l'abbaye, un fonds de documents historiques régulièrement enrichi par des donateurs.

Le prêtre laissa la boutique de souvenirs et d'articles religieux sur sa droite et se dirigea vers l'accueil.

— Bonsoir, je suis le père Troasgou, accompagné du vicomte de Brehec, se présenta-t-il au bénédictin qui venait de leur ouvrir. J'ai rendez-vous avec frère Maxime pour consulter quelques ouvrages.

— Effectivement, frère Maxime m'a prévenu de votre visite. Voulez-vous l'attendre dans l'église ? Je vais aller le chercher.

— Avec plaisir.

— Ah, une petite question. Souhaitez-vous dormir ici ce soir ?

— C'est très aimable à vous, mais je dois célébrer une messe d'enterrement demain matin à neuf heures. Nous rentrerons directement à Locmaria.

Les deux invités suivirent leur guide jusqu'à une

grande église aux boiseries dorées et aux murs d'une blancheur éclatante. Ils y étaient seuls : les vêpres étaient terminées et les complies n'avaient pas encore débuté. Un homme, qui aurait pu jouer dans une publicité pour un fromage monastique, apparut et se dirigea vers eux, un sourire jovial aux lèvres.

— Père Loïc, quelle joie de vous revoir.

— Je vous remercie de votre accueil, frère Maxime. Permettez-moi de vous présenter Antoine Brehec.

Ils se saluèrent respectueusement, et le responsable de la bibliothèque les entraîna à travers les couloirs.

— Je ne pourrai pas m'attarder à travailler avec vous, mais je vous ai sélectionné divers documents. Tout n'est pas informatisé, et vous dénicherez peut-être d'autres éléments dans les rayons. N'hésitez pas à fouiller !

— Cela ne vous a pas pris trop de temps ? s'inquiéta le père Troasgou.

— Je suis à votre service, et je vous avoue que participer, même modestement, au sauvetage de l'abbaye de Locmaria est une belle mission. Nous voilà arrivés. Je vous ai installés sur les tables du fond. J'espère que vous y trouverez votre bonheur.

— Vous y aurez contribué. Jusqu'à quelle heure pouvons-nous rester ?

— Jusqu'à ce que vous découvriez ce que vous cherchez ! Notre abbé est prévenu de votre visite. Et je vous ferai aussi porter de quoi vous restaurer.

— C'est très gentil à vous, le remercia le vicomte.

— C'est avec plaisir, et saint Benoît nous invite d'ailleurs à accueillir tous les hôtes qui se présentent comme s'ils étaient le Christ, conclut le moine avec une mine réjouie.

40

Découverte

Mercredi 17 septembre

Vingt-deux heures trente. Le recteur Loïc Troasgou et le vicomte Antoine-Charles Brehec de Kerfons n'avaient pas fini d'étudier les documents mis à disposition par frère Maxime. Ils décortiquaient des livres d'histoire et des ouvrages religieux, récents ou plus anciens, mais n'avaient encore déniché aucune piste intéressante. Soudain, le titre d'un article attira l'attention du prêtre.

— Je tiens peut-être quelque chose.

L'aristocrate se leva avec difficulté, s'étira et rejoignit son compagnon.

— *Bretagne et catholicisme*. Ça vous parle, Antoine ?

— Non, et pourtant, j'ai la prétention de bien connaître les publications dédiées à la Bretagne.

— Remontez dans le temps ! Le numéro que j'ai entre les mains date de juin 1914.

Le magazine, en bon état, étalait en couverture une photo sépia du calvaire monumental de Saint-Thégonnec. Loïc Troasgou désigna la table des matières.

— Regardez, là !

Antoine Brehec nettoya rapidement ses lunettes dans un pan de sa chemise et déchiffra :

— « Le Trésor de Locmaria, mythe ou réalité. » Nom d'une pipe, faites-nous vite la lecture de cet article !

Le prêtre ouvrit précautionneusement la revue à la page dix-sept. En encart, un cliché des ruines de l'abbaye de Locmaria. Les murs de la chapelle n'avaient pas encore été redressés par Louis-Dieudonné Brehec. Loïc Troasgou avala un verre d'eau et attaqua.

— « Locmaria est un village de pêcheurs situé non loin du port de Concarneau et à moins d'une demi-journée de Quimper. Si, comme de nombreuses communes, Locmaria a été frappé par une vague de misère liée à la crise de la sardine, cette bourgade n'en demeure pas moins un site à visiter pour les amateurs de hauts lieux du catholicisme. Le premier centre d'intérêt est l'église, au cœur du village. Cet édifice bâti au XVe siècle offre un parfait exemple du style gothique breton. Si le fidèle ou le voyageur cède à la curiosité d'y pénétrer, il pourra admirer une splendide charpente en bois, couleur bleu nuit constellée d'étoiles. Une imposante chaire en noyer finement sculpté, des ex-voto et une remarquable collection de statues complètent cette belle découverte. L'existence d'une telle église dans un village aujourd'hui aussi démuni est le fruit historique de la présence ancestrale d'une abbaye bénédictine sur le territoire de la paroisse. Fondée tardivement, en 1238, par l'abbé Tuffé avec le soutien du duc Jean Ier de Bretagne, l'abbaye de Locmaria prend rapidement de l'ampleur. Si elle n'a pas la renommée de ses voisines de Landévennec et de Rhuys, elle s'agrandit en profitant de la relative paix qui règne sur la Bretagne. Après les pillages entraînés par la guerre de succession, apparaît pour la première fois en 1521 la légende du trésor. C'est un texte en latin d'un moine nommé Carlus qui y fait allusion. Il peut être ainsi retranscrit : *Tel célèbre homme envoyé par Dieu vint en notre monastère, en ce mois de juin. Reçu par notre abbé, il demeura en notre compagnie et en celle de Notre-Seigneur Jésus Christ. Pour remercier le Tout-Puissant et notre communauté de l'accueil que nous lui accordâmes, il offrit un présent digne d'un roi.* »

— C'est extraordinaire ! s'exclama Brehec, totalement excité. Jamais je n'ai entendu parler de cette histoire dans la famille.

— Votre grand-père aurait donc mis la main sur ce trésor ?

— On peut envisager cette hypothèse. Mais continuez votre lecture, s'il vous plaît.

— Voici le texte qui lança la rumeur : « Au XVIIIe siècle, l'abbaye fut peu à peu abandonnée, victime des "Lumières". Honteusement vendue comme bien national, elle fut acquise par Jean Cabestan, un armateur brestois. S'il chercha le trésor, il ne le trouva pas. Le monastère ne lui rapporta que l'argent des pierres dont il fit commerce, et ses héritiers n'en tirèrent qu'un maigre bénéfice. Plus jamais cette légende ne refit surface, jusqu'à ce que nous retrouvions, par le plus grand des hasards, le parchemin de frère Carlus. Intrigués par ce texte, nous décidâmes d'enquêter sur l'identité de l'homme célèbre accueilli dans les murs de l'abbaye. Après six mois de travail, nous sommes en mesure d'émettre une théorie. Nous ne pouvons apporter de preuve indiscutable, mais nous vous proposons un ensemble de faits susceptibles d'étayer nos suppositions. »

— Il sait se faire désirer, le bougre ! s'impatienta Brehec.

— « Cet homme, et nous en fûmes les premiers surpris, est un des plus grands artistes que la terre ait créés. Cet homme s'appelait Leonardo da Vinci. »

Loïc Troasgou suspendit sa lecture, stupéfait ! Léonard de Vinci ! L'un des plus illustres artistes ! Une icône dans les domaines de la peinture, de la sculpture, de l'architecture et de la science ! Pour quelle raison obscure serait-il venu se perdre à Locmaria ? Antoine Brehec était incapable de prononcer le moindre mot.

— « Léonard de Vinci arriva en France dans la seconde moitié de l'année 1516 sur l'invitation de notre souverain François Ier. Installé à Amboise avec deux de ses compagnons, il profita du château du Clos Lucé et d'une généreuse pension accordée par le roi de France. En juin 1517, le maître italien disparut pendant deux mois pour un voyage à la destination inconnue. Les investigations que nous avons menées dans les archives nationales nous ont permis de découvrir où il séjourna : en Bretagne, non loin de Quimper. Un de ses élèves l'avait accompagné. Pourquoi se serait-il rendu à Locmaria et non dans une ville à la réputation plus affirmée ? De nouvelles études que nous conduisîmes à Quimper nous apprirent que l'abbé qui dirigeait à cette époque le monastère était un ami d'enfance du génie, né près de Florence comme lui. Si Léonard de Vinci a vécu et logé à l'abbaye de Locmaria, quel admirable cadeau a-t-il pu offrir ? Une sculpture ou une peinture, sans doute achevée par son disciple. Nous obtînmes l'autorisation de fouiller les ruines de ces fameux bâtiments, mais nos recherches échouèrent. Alors, trésor volé au cours des siècles précédents ou légende ? Rédigé par Norbert de Saint-Paulin pour *Bretagne et Catholicisme.* »

Un long silence succéda aux dernières paroles. S'ils découvraient dans l'abbaye ce mystérieux trésor, la vente serait stoppée net. Car ce trésor existait, ils en avaient maintenant la certitude ! Louis-Dieudonné n'aurait pas dépensé une fortune uniquement pour remonter une chapelle comme il en existait des dizaines en Bretagne. Mais pourquoi avait-il gardé le secret ? La peur des Soviétiques ou des vandales ? Ou autre chose ?

— Ce qui est étrange, releva Loïc, c'est qu'une telle révélation soit restée sans suite. Elle aurait dû attirer tous les historiens et autres chasseurs d'antiquité.

— Saint-Paulin a écrit son article en juin 1914, expliqua le vicomte. Deux mois plus tard débutait la Grande Guerre. Je pense que, si plaisante soit-elle, cette légende n'a pas survécu aux malheurs qui se sont abattus sur la France et la Bretagne.

— Vous avez sans doute raison. Je vais laisser un mot à frère Maxime et lui demander de copier ces deux pages. Il me les enverra sur ma messagerie électronique. Et si cela ne vous dérange pas, nous repartirons juste après. Nous célébrons demain matin les funérailles de Jacques Salomon. Je me suis levé tôt, et notre journée a fini en feu d'artifice… Léonard de Vinci, répéta-t-il pour lui-même.

Excité par leur découverte et troublé à l'idée de la vitesse à laquelle ils allaient rentrer à Locmaria, le vicomte acquiesça et enfila sa veste.

41

Katell Guyonvarch

Jeudi 18 septembre

Les salutations fusèrent quand Cathie pénétra au *Timonier oriental*. Elle était devenue l'une des habituées des lieux et jouissait, depuis le jour de son arrivée, de toute l'attention de son propriétaire, Émile Rochecouët… et de la jalousie de son épouse les premières semaines. Depuis qu'elle avait compris que l'Alsacienne ne cherchait pas à lui enlever son homme, Annick Rochecouët s'était adoucie.

Le patron avait récemment proclamé qu'une ambiance musicale pourrait aider ses clients à se détendre et à consommer : un best of d'ABBA tournait en boucle et Émile astiquait ses verres au rythme de *Take a Chance on me*. Cathie fréquentait rarement le bar en plein après-midi mais faisait une exception aujourd'hui sachant que Katell Guyonvarch y disputait sa partie de cartes hebdomadaire.

Katell Guyonvarch, un des personnages légendaires de Locmaria. Rien ne la prédestinait à ce rôle. Mère de trois enfants et femme de pêcheur, son destin avait basculé le jour où son mari avait été emporté par une vague scélérate. Katell avait alors décidé de remplacer le marin disparu à bord du chalutier *Rozenn*. Après avoir bataillé pour convaincre son employeur qu'elle était capable de tenir la place d'un homme, elle avait confié ses filles à sa mère et s'était immergée dans le monde de la pêche. Sa volonté, son énergie et sa persévérance avaient impressionné ses collègues et tout le village. Cinq ans plus tard, les habitants s'étaient cotisés pour l'aider à acheter un bateau et à devenir son propre patron. Si les plaisanteries sexistes avaient fusé le jour de son premier embarquement, Katell Guyonvarch était maintenant respectée et même parfois crainte de Concarneau jusqu'au Guilvinec.

À soixante ans, Katell avait conservé un corps mince, sculpté par les heures passées en mer à naviguer et à relever les filets. Elle voulait toutefois garder sa féminité dès qu'elle était à terre. Bronzée et vêtue d'une robe d'été, elle arborait son éternelle queue-de-cheval noire qui avait blanchi avec les années. Katell avait revendu son navire trois ans plus tôt pour un retour définitif sur le plancher des vaches. Elle pouvait enfin s'occuper de ses petits-enfants et leur donner ce que la vie ne lui avait pas permis d'offrir à ses trois filles.

Cathie échangeait régulièrement quelques mots avec elle, mais elles n'avaient jamais vraiment discuté. Elle s'installa au bar pour boire un café en feuilletant le journal, puis se dirigea vers la table de jeu quand elle comprit que la partie de cartes était terminée.

— Bonjour Katell, se présenta-t-elle, plus impressionnée qu'elle ne voulait bien l'admettre, auriez-vous quelques minutes à me consacrer ?

Katell l'observa et, après quelques longues secondes, hocha la tête.

— Émile ! lança-t-elle en claquant des doigts, apporte-nous deux p'tites mousses plutôt que de dandiner des fesses comme Bjorn Borg.

— Le chanteur d'ABBA, c'est Bjorn Ulvaeus, pas Bjorn Borg. Borg, c'est le tennisman !

— Tu crois que j'en connais des dizaines, des Suédois ?

Comme le patron tirait les deux pressions, Katell s'adressa à Cathie avec un sourire :

— J'aime bien chambrer Émile. Du moment qu'on lui commande une consommation, il accepte tout. Sinon, comment se porte mon ami Yann ?

Encore une qui s'imaginait sans doute qu'ils couchaient ensemble ! Cathie avait craint cette question. Yann lui avait expliqué une histoire compliquée qui avait mis Katell dans une fureur noire contre lui. Autant jouer franc-jeu et crever l'abcès.

— Il va bien, merci pour lui. Il m'a demandé de vous saluer de sa part, même s'il semble que vous traîniez un différend depuis longtemps.

Étonnée, Katell la fixa puis éclata de rire.

— Je lui avais fait si peur que ça ? Pourtant, le Yann, c'est un gars dur à ébranler ! C'est son patron qui m'avait prise pour une conne… pour rester polie. Peu après que j'ai pris possession de mon bateau, ce pirate est venu poser ses casiers pile-poil dans mon coin de pêche. Et quand je suis passée le lendemain pour relever les miens, ils étaient tous vides… ce qui ne m'était jamais arrivé en cinq ans ! Je lui ai sorti ses quatre vérités le soir même, et ceux qui étaient sur le port ce jour-là s'en souviennent encore ! Entre professionnels, ça ne se fait pas… Il a essayé d'abuser du fait que j'étais une femme ! Je peux vous assurer qu'il a reconsidéré son point de vue sur la condition féminine. Mais je n'en ai jamais voulu personnellement à Yann. Et à part ça, de quoi souhaitiez-vous discuter ?

Cathie lui rappela le meurtre de Salomon, Patrick accusé, son enquête pour l'innocenter.

— Il a bien de la chance, votre ancien conjoint, d'avoir eu une épouse comme vous. Parce que je l'ai vu se pavaner ici et, sans vous manquer de respect, c'était une vraie tête à claques.

— Je vous le confirme.

— Alors, en quoi puis-je vous être utile ?

— J'aimerais que vous me parliez… de Jeanne Le Gall.

— Jeanne ? répéta Katell étonnée. Qu'est-ce que *Janed* vient faire dans cette histoire ?

— Quand je me suis renseignée sur elle auprès des gens du village qui l'ont connue, tous étaient persuadés qu'elle passerait sa vie avec Germain Coreff. Et voilà qu'elle s'est mariée avec Jacques Salomon. On m'a dit que vous étiez toutes les deux amies. Peut-être pourriez-vous m'aider à comprendre ?

42

Jeanne Le Gall

Jeudi 18 septembre

Le visage de Katell s'assombrit en repensant au passé. Elle but une gorgée de bière et raconta :

— Avec Jeanne, on avait exactement le même âge. On est nées un 22 mai, elle dans la chambre à coucher de ses parents, et moi à la clinique de Quimper. Cette fille, c'était un ange. Elle était jolie, gentille, intelligente… tout pour se faire détester par ses copines. Et pourtant, on l'aimait ! Et puis elle n'était pas triste, non plus. On a fait les quatre cents coups toutes les deux. Quand on a eu quatorze ans, on est entrées dans le bagad de Locmaria. Moi, je jouais de la bombarde avec les musiciens et elle, c'était une coiffou.

— C'est quoi, une coiffou ?

— Une danseuse… avec une coiffe sur la tête. Elle dansait d'ailleurs à merveille, et elle aurait dû remporter le titre de reine de Cornouaille si le jury ne l'avait pas blousée ! Elle a accepté la décision avec le sourire, mais je savais que cette injustice l'avait bouleversée.

— Et avec les garçons ?

— Ah ! les garçons, toute une histoire ! J'étais plutôt mignonne quand j'étais jeune et…

— Vous êtes toujours une très belle femme, Katell, la complimenta Cathie.

La pêcheuse rosit légèrement et cacha sa gêne en vidant son verre de bière.

— Remets-nous une tournée, Émile ! relança-t-elle. C'est marée basse.

Puis elle reprit son récit.

— Bref, quand on se promenait toutes les deux, on était systématiquement suivies par un essaim de garçons qui nous tournaient autour et n'auraient rien eu contre nous butiner. Je dois avouer que Jeanne avait un peu plus la cote que moi, mais je n'étais pas jalouse. Moi, j'ai trouvé Christian, mon mari. Jeanne, elle, elle hésitait. Pas pour faire la pécore, mais parce qu'elle ne voulait pas se tromper. Elle aimait danser et rire, mais ce n'était pas le genre de fille qu'on basculait dans un fossé. Elle rêvait d'une famille avec plein d'enfants… la pauvre. Il y en avait deux qui tenaient la corde : Germain Coreff et Jacques Salomon. Pour moi, le choix aurait été vite fait. Le Germain était un type bien, fait pour elle. C'est pas faute de le lui avoir dit !

— Et Salomon ?

— Il avait cinq ans de plus que nous et représentait l'homme qui avait réussi. Je dois avouer qu'il n'était quand même pas mal, même s'il jouait les kékés. Il arrivait au fest-noz au volant de sa 205 GTI rouge, avec ses Ray Ban sur le nez et sa mèche de côté. Un gars parfait pour poser sur les photos, mais tout tournait autour de lui. Ses études, son boulot, son fric, sa future carrière…

enfin, la grosse prise de tête ! Mais il exerçait une sorte de fascination sur Jeanne, une fascination que je n'ai jamais comprise.

— Et Germain Coreff? J'ai eu l'occasion de le solliciter plusieurs fois pour des conseils de jardinage. Il a toujours été charmant.

— Germain, c'était une crème. Tellement une crème, que cette andouille n'a jamais osé s'opposer directement à Salomon, qui le prenait pour un plouc. Je t'assure que ça m'aurait plu qu'il lui en colle une, avoua Katell, naturellement passée au tutoiement. Parce qu'il est costaud, notre ami Germain. Plus jeune, il jouait au rugby. Et sur un terrain, tu ne le reconnaissais plus. Dès qu'il avait un maillot sur le dos, il distribuait des marrons à ceux qui ne respectaient pas les règles. Malgré tout, sa gentillesse commençait à payer avec Jeanne. J'étais devenue sa confidente… Mais je le faisais avec plaisir. Et puis il y a eu ce fameux 1er mai…

Cathie comprit que le moment crucial arrivait.

— Le 1er mai, on célébrait le pardon de Plonivel à Lesconil. On n'était pas forcément tous bien catholiques, mais ce pardon faisait partie de nos traditions, et les traditions, c'est sacré ! On n'aurait raté ce moment pour rien au monde. D'autant plus que notre bagad était de sortie l'après-midi et que la journée se terminait par un méchoui suivi d'un fest-noz sur le port. J'avais réussi à convaincre Germain de déclarer sa flamme pendant la soirée. La veille, cette grande nouille m'avait persuadée de l'accompagner à Concarneau pour l'aider à choisir un bijou. Il y a passé plus d'un demi-mois de salaire. Il a acheté un magnifique collier avec des lapis-lazulis. Franchement, je n'avais jamais rien vu d'aussi beau.

Avec ça, elle craquerait forcément… Le pauvre, il tremblait sur la route du retour.

— Quelle chance ! murmura Cathie, je n'ai jamais connu ça.

— Même avec Yann ? C'est un gars un peu bourru, mais qui a du cœur et qui ne te laissera jamais tomber. Et puis je trouve qu'il a du charme… Je ne sais pas où vous en êtes, mais tu as tiré le gros lot.

Cathie rougit à son tour et sourit à son interlocutrice.

— C'est vrai que c'est quelqu'un de bien… et non, on ne sort pas encore ensemble. Je ne veux pas me tromper.

— En effet, une existence passée avec ton ex-grand con, ça doit rendre prudent. Enfin, je n'ai pas à m'immiscer dans ta vie privée. On revient à notre Germain ?

— Oui, bien sûr.

— Je te préviens, c'est une histoire triste. Le matin, ils participaient à la messe l'un à côté de l'autre. Tu imagines bien que je surveillais ça de près. Et puis soudain, dans l'après-midi, Jeanne a commencé à l'ignorer. Pendant le méchoui, elle l'a évité et s'est ostensiblement rapprochée de Jacques Salomon. Le pauvre Germain était désespéré, et même moi, je ne comprenais rien au comportement de mon amie. Et ç'a été encore pire pendant les danses. Elle lui a tout refusé et, pendant un slow, elle a embrassé Salomon à pleine bouche. Si j'étais stupéfaite, Germain était ravagé. Et plus la soirée avançait, plus Jeanne se collait à son play-boy.

— Qu'est-ce qui s'était passée ?

— Tu te doutes bien que j'ai essayé d'avoir le fin mot de l'histoire le lendemain, mais Jeanne était fermée comme une huître. Je ne la reconnaissais pas. En fait, elle était plus en colère qu'heureuse de sortir avec Salomon. Quand Germain s'est présenté chez elle, j'étais encore là. *Ma Doue beniget*, je n'avais jamais vu Jeanne si furieuse ! Le pauvre Germain est reparti encore plus anéanti que la veille. Elle ne lui a donné aucune explication, en lui crachant au visage qu'il savait très bien de quoi elle parlait. Mais, aussi bien lui que moi, on ne comprenait rien. Dans les jours qui ont suivi, elle a annoncé son mariage avec Jacques Salomon.

— Ah oui, quand même ! Mais qu'est-ce qu'il avait bien pu faire pour la mettre dans cet état ?

— Au bout d'une semaine, Jeanne m'a invitée à aller me renseigner auprès de Maryvonne Helias, une autre danseuse du bagad… Et là, mon Dieu !

Katell était replongée dans cet événement qui avait eu lieu près de quarante ans plus tôt.

— Devine ce qu'elle m'a dit, cette garce ! gronda-t-elle. Que deux jours avant le pardon de Plonivel, Germain avait essayé d'abuser d'elle.

— Et Jeanne y a cru ?

— Maryvonne lui a expliqué que Germain avait trop bu, et le pire c'est qu'une de ses copines assurait avoir assisté à la scène !

— C'est fou !

— D'autant plus que le lendemain de cette prétendue agression, j'accompagnais Germain à la bijouterie, et je te jure qu'il n'agissait pas comme un violeur en repentir.

— Mais Jeanne ne lui a pas laissé l'occasion de se défendre ?

— Elle était traumatisée, et dans les jours qui ont suivi le fest-noz fatal Salomon l'a couvée, a joué les

Roméo et les grands seigneurs. Ça me donnait envie de vomir ! Il l'a anesthésiée... et sans doute convaincue de ne pas revoir Germain, de peur qu'il démonte cette accusation vraiment trop louche.

— Mais pourquoi cette Maryvonne a-t-elle balancé une telle saleté ?

— La jalousie... Elle l'a avoué, deux ans plus tard, mais le mal était fait. Elle était secrètement amoureuse de Germain et elle ne supportait plus qu'il tourne autour de Jeanne. Elle avait senti que le dénouement était proche.

— Mais c'est affreux ! s'indigna Cathie. Qu'est-ce qu'elle espérait ? Que de dépit il se console avec elle ? Et l'autre, celle qui assurait avoir vu Germain tenter de violer sa copine ?

— Elle a témoigné pour lui rendre service.

— C'est pas possible ! Et comment a réagi Jeanne quand elle a appris ça ?

— Ç'a été dramatique pour elle ! À l'époque, mon aînée avait un an. Jeanne était tellement effondrée que je l'ai laissée à ma mère et que je suis allée passer une semaine chez elle... enfin chez eux. Jeanne culpabilisait à mort, et elle commençait sans doute déjà à se rendre compte qu'elle avait fait le mauvais choix. Mais elle n'était pas du genre à divorcer, et si Jacques Salomon n'était pas le mari dont elle avait rêvé, elle avait dit oui devant le curé sans qu'il la contraigne. Une chose l'a sauvée.

— Laquelle ?

— Elle a pris trois ans avant d'oser appeler Germain. Mais il lui a pardonné le jour même.

— Et Maryvonne Helias ?

— Elle a quitté la Bretagne peu de temps après. Je n'ai plus jamais eu de nouvelles.

Le soleil qui éclaboussait le port sembla soudain moins lumineux. Le bonheur dans une vie tient finalement à des détails…

43

Déjeuner pour un bilan

Vendredi 19 septembre

Cathie avait invité Yann à déjeuner au domaine de Kerbrat. Elle avait pris prétexte d'un bilan sur leur enquête. Cependant, sa discussion avec Katell l'avait poussée à réfléchir sur sa relation avec Yann. Elle ne pouvait décemment pas le faire attendre indéfiniment : si tout lui criait qu'il était celui qui la rendrait heureuse, une voix sourde nichée au plus profond de son inconscient lui susurrait de se méfier de la vie en couple. Et pourtant, c'était l'homme le plus honnête qu'elle ait jamais connu. Le matin, elle avait enfilé sa combinaison en néoprène et avait nagé plus d'une heure en mer pour réduire cette petite voix au silence. Mais rien n'y avait fait. La préparation du repas l'avait aidée à penser à autre chose et l'arrivée du journaliste avait momentanément écarté ce dilemme exaspérant.

Son poulet au curry et sa ratatouille leur avaient ravi le palais, et Cathie avait relaté son long tête-à-tête avec Katell.

— Tu étais au courant de la trahison de Maryvonne Helias ?

— Non, j'avais treize ou quatorze ans à l'époque, et ces ragots ne m'intéressaient pas. En tout cas, ça nous ferme définitivement la piste de la vengeance de Coreff. Même si Salomon a profité de la situation, Germain n'avait aucune raison de le punir quarante ans plus tard.

— Je suis d'accord avec toi. Tiens, Katell m'a aussi raconté ton histoire de pêche.

Gêné, Yann se justifia :

— Je venais d'embarquer sur ce bateau… mais j'avais bien noté qu'on avait relevé plus de casiers que la veille. Comme j'avais besoin de ce travail, je ne l'ai pas ouverte. J'irai voir Katell pour lui présenter mes excuses.

— Plus de vingt ans après ? Tu sais, elle ne t'en veut pas et tu as toute son estime.

— Je l'aurai encore plus quand on aura discuté. Mais, pour revenir à notre sujet, je propose que tu ressortes notre liste pendant que je vais préparer les expressos. Ça te va ?

Quelques minutes plus tard, Yann apprécia l'arôme de l'arabica et avala son ristretto. Une pure tradition italienne qui concentrait toutes les fragrances du café dans un dé à coudre. Il s'abandonna un moment sur son transat, envoûté par le paysage riant.

— Je crois que je ne m'en lasserai jamais… surtout après un déjeuner comme celui-là.

— Merci, mais ce n'était pas facile d'être à la hauteur de ton pique-nique de chef sur les îlots de Men Du. Bon… voyons où nous en sommes, ajouta-t-elle en ouvrant le carnet de notes.

~~1. Faire cracher à PK les causes réelles du pugilat (Me Larher).~~
~~Ne pas hésiter à utiliser chantage.~~
~~2. Rechercher qui est au courant du rendez-vous entre PK et JS.~~
~~3. Fouiller dans les comptes de JS.~~ Dettes ?
4. Qui est prêt à tuer pour que la vente se fasse ?
5. Et si JS éliminé pour une raison autre que la vente de l'abbaye ?
~~6. Contacter Fanch~~

— Alors, attaqua Cathie, qu'est-ce que tes récentes investigations ont donné ?

— Commençons par la conclusion du point trois. J'ai interrogé les connaissances quimpéroises de Salomon. Plutôt discrètes dans l'ensemble, mais l'un de ses « amis » politiques a lâché le morceau : Salomon jouait.

— Ouaouh, vu les sommes dépensées, il ne devait pas se contenter de tickets à gratter.

— Pas vraiment. D'après mon informateur, il fréquentait régulièrement les casinos de la Côte d'Azur et c'était un vrai flambeur.

— Sans être une spécialiste du milieu, j'ai quand même du mal avec l'hypothèse d'une exécution. Même si Salomon devait de l'argent, un mafieux ne serait pas venu exprès de Monaco pour éliminer son débiteur… d'autant plus que le compte de Salomon était loin d'être à sec ! En revanche, ça peut expliquer pourquoi il a demandé soixante-dix mille euros à Patrick. On peut donc considérer que le sujet est clos.

— Je suis en ligne avec toi. J'ai aussi enquêté sur notre point quatre : *Qui est prêt à tuer pour que la vente se fasse ?* Après que tu m'as envoyé les noms fournis par Julienne, je me suis mis en chasse. Commençons par les deux gars qui cultivent les terres jouxtant le domaine de l'abbaye. Je les ai rencontrés. Ils sont carrément opposés à la construction du nouveau complexe hôtelier et ils défendront leurs champs à coups de fusil s'il le faut. Je peux t'affirmer que Kaiser, le jour où il sera disculpé, n'aura pas intérêt à aller les voir la bouche en cœur. Il finirait truffé au gros sel.

— Donc, on peut les retirer de la liste sans états d'âme ?

— Tout à fait. Étudions ensuite le cas de Natacha Prigent. Elle vient d'hériter d'un terrain de son grand-oncle Quéré. Kaiser lui a forcément parlé de son rendez-vous du lendemain avec Salomon durant leur soirée de débauche à Concarneau. Par contre, plusieurs témoins l'ont aperçue à l'heure du crime à *La Frégate*, le bar tenu par son frère, Gérard.

— Est-ce que tu penses qu'elle aurait pu payer quelqu'un ?

— Recruter un tueur en une matinée à Locmaria, ça relèverait du prodige. Et même si elle peut faire preuve d'une certaine malignité, elle est assez intelligente pour savoir qu'elle se mettrait à la merci d'un maître chanteur.

— Il ne nous reste donc plus que Gaël Delpiero, notre hôtelier et entrepreneur de BTP. Tu as trouvé quelque chose de nouveau sur lui ? On a déjà fouillé son passé, et après tout il a eu dans sa jeunesse des relations avec la pègre.

— Exact, mais c'est de l'histoire ancienne. C'est sur le cas Delpiero que j'ai dépensé le plus d'énergie. J'y suis allé au bluff et j'ai sollicité un rendez-vous auprès de Marc Dubourg, le représentant de la famille des vendeurs.

— Ce n'est pas ce qu'on appelle se jeter dans la gueule du loup ?

— J'ai souhaité donner un coup de pied dans la fourmilière. À ma grande surprise, Dubourg a immédiatement répondu. En fait, même s'il est l'un des premiers gagnants de la transaction, la mort de Salomon n'arrange pas ses affaires. On commence à parler du meurtre dans les journaux. Kaiser est certes mis en examen, mais le juge ne dispose d'aucune preuve vraiment solide. On peut très bien imaginer que l'homicide ait été commandité par les possesseurs du terrain ou par leur intermédiaire, c'est-à-dire Marc Dubourg.

— Dubourg et sans doute maître Rivaillan, qui est aussi impliqué jusqu'au cou dans cette tractation, précisa Cathie.

— Les deux, en effet. Dubourg a joué cartes sur table avec moi. Son inquiétude était palpable : peur de perdre la vente, mais surtout peur de voir son image durablement ternie si la presse s'empare du sujet. Il a essayé de se payer un avocat en discutant avec moi.

— Et qu'a-t-il raconté à son nouvel ange gardien ?

— Plusieurs choses. D'abord, que Delpiero a acheté ses propriétés mitoyennes avant qu'il ait lui-même lancé la recherche des héritiers ! Ensuite, élément important, qu'il n'a jamais entendu la *Luxembourg Investment Assets* évoquer l'acquisition de surfaces supplémentaires.

— C'est maître Rivaillan qui pourrait nous le confirmer.

— Oui, mais je suis convaincu que le notaire en

aurait parlé à Dubourg. Ces deux-là sont cul et chemise. Et ils sont aussi liés à Delpiero pour certains projets immobiliers. Notre hôtelier connaissait donc forcément la position des Luxembourgeois et savait que ses terres n'intéressaient pas la LIA. Donc, aucun avantage pour lui à se débarrasser de Salomon !

— Ce qui veut dire, conclut Cathie, que la piste des détenteurs de terrains limitrophes a fait long feu.

Elle saisit le cahier et barra toutes les lignes.

— Et voilà, on se retrouve au point de départ... soupira-t-elle.

— Non. On a écarté un certain nombre de suppositions. On est peut-être passés un peu rapidement sur notre cinquième hypothèse : *« Et si JS éliminé pour une raison autre que la vente de l'abbaye ? »*

— Enfin, Yann, on ne va pas faire du porte-à-porte dans toute la région pour découvrir qui s'est pris le bec avec Salomon au point de lui casser la tête ! Bon, moi, je te propose un truc. Est-ce que tu es libre demain matin ?

— Je dois déjeuner avec Alana, mais j'ai du temps avant.

— Alors... on va retourner sur la scène du crime et on emmènera Schlappe.

— Schlappe ? Mais qu'est-ce que tu veux que ton chien nous trouve alors que les gendarmes ont ratissé le terrain et que le meurtre s'est déroulé il y a plus de dix jours ?

— Tu as une meilleure idée ?

— Euh... non, reconnut le journaliste.

— Alors demain à huit heures à la maison. Tu apportes les croissants et je m'occupe du reste.

— Bien, chef !

44

Recherches

Samedi 20 septembre

Schlappe, même s'il disposait d'une totale liberté de mouvement, semblait heureux de se promener avec sa maîtresse. Ce chien étonnait Cathie un peu plus tous les jours. Elle l'avait délivré d'un piège à renard moins de deux mois plus tôt, et il ne l'avait plus quittée depuis. Elle avait essayé de retrouver les propriétaires durant les quinze premiers jours, mais elle avait vite arrêté ses recherches. Si quelqu'un venait le réclamer, elle le rendrait, mais cela lui déchirerait le cœur. Elle s'était attachée à ce bâtard à l'allure d'épagneul breton. L'attachement était d'ailleurs réciproque, et Schlappe gambadait autour des deux enquêteurs, plongeant de temps en temps dans un fourré pour en débusquer un rongeur ou un oiseau.

— Alors, s'enquit Yann une fois arrivé près du lieu du meurtre, qu'est-ce qu'on demande à notre Rintintin ?

En fait, Cathie n'en savait trop rien. La veille, elle n'avait pas voulu admettre qu'ils étaient dans une impasse. Les événements dramatiques s'étaient déroulés douze jours plus tôt. Quel indice pouvaient-ils bien espérer retrouver ? Elle s'accroupit et l'animal s'assit en face d'elle, attendant les instructions.

— Il va falloir que tu nous aides, Schlappe. Quelqu'un s'est fait tuer ici. Avec Yann, on traque son assassin et on compte sur toi pour nous seconder.

— Sincèrement, tu penses qu'il comprend ce que tu dis ?

Comme pour répondre au sceptique, l'animal le regarda la tête penchée et secoua les oreilles.

— C'est une bête intelligente, rétorqua Cathie. Tu vas chercher quelque chose qui pourra nous mettre sur la piste, enchaîna-t-elle en désignant le terrain et le bois alentour d'un geste large. À toi de jouer, mon toutou.

Schlappe ne bougea pas et fixa sa maîtresse avec de grands yeux. Yann se retourna pour cacher un sourire, persuadé qu'ils ne trouveraient aucun indice. Comme pour lui donner tort, le chien se leva et, la truffe au vent, s'éloigna vers la forêt.

— Tiens, tu vois, triompha Cathie avec une moue amusée, notre nouvel associé est parti en chasse.

— Tu crois vraiment qu'il va nous rapporter quelque chose ?

— Quelque chose, sûrement. Ensuite, est-ce que ça va nous aider ? Je n'en sais rien. Mais je ne supporte pas de rester à attendre sans rien faire. Et puisqu'on parle d'attendre que notre limier revienne, tu ne voudrais pas sortir la thermos ? Il fait quand même frisquet.

Comme le café fumait encore dans leurs gobelets, des cris résonnèrent de l'autre côté du bois : des voix d'enfants, visiblement ulcérés. Schlappe apparut à la lisière et se dirigea vers sa maîtresse d'un petit trot satisfait, un objet dans la gueule.

— Qu'est-ce que tu nous as trouvé ? s'étonna Cathie en accueillant le chasseur.

Le chien déposa avec précaution son trésor devant elle. Avant d'avoir eu le temps de le ramasser, elle vit débouler deux garçons d'une dizaine d'années, en short et chemise jaune.

— Madame, vous pouvez nous rendre nos gâteaux, s'il vous plaît ?

Cathie remarqua alors le paquet de biscuits au chocolat à ses pieds.

Elle éclata de rire et ébouriffa la tête du jeune scout.

— Bien sûr, mon bonhomme. Je suis désolée pour vous. Mais regarde, Schlappe en a pris soin. Il n'a même pas déchiré l'emballage avec ses dents.

— Il ne faut pas laisser traîner ses affaires quand on vit dans les bois. Ça peut être risqué, plaisanta Yann.

— On n'a rien laissé traîner, m'sieur ! se révolta le second, un petit roux au visage poupon. Comme le chien avait l'air gentil, on lui a donné un bout de saucisse qu'on préparait. Et du coup, il est allé nous chiper nos gâteaux dans la tente.

— Où campez-vous ?

— Sur le terrain, là-bas, derrière les ruines. On est d'Angers et c'est monsieur le curé qui nous a permis de nous installer pour le week-end. On est arrivés hier après-midi avec la troupe.

— Eh bien, pour se faire pardonner son larcin, Schlappe vous offre ça, intervint Cathie en sortant un paquet de pain d'épices de son sac.

— Mais dorénavant, ajouta Yann, faites bien attention

à votre nourriture. Il y a parfois des bêtes étranges dans ces bois.

— Méchantes ? s'alarma un des garçons.

— Non, pas méchantes, mais gourmandes.

— D'accord. Merci m'dame pour les gâteaux, ils ont l'air super bons, la remercièrent les scouts.

En partant, ils échafaudaient déjà des plans pour mettre à l'abri leurs précieuses victuailles.

Cathie et Yann les regardèrent s'éloigner, perdus dans leurs conciliabules.

— Notre ami Schlappe a bien deviné que l'on attendait quelque chose de lui, conclut Yann, mais il faudrait que tu précises tes instructions.

— Moque-toi, moque-toi ! C'est exactement ce que je vais faire.

Elle se pencha à nouveau vers le chien qui n'avait pas compris pourquoi les enfants s'en allaient avec son cadeau, mais qui reporta néanmoins son attention sur sa maîtresse.

Ainsi, dans l'heure qui suivit, il leur rapporta successivement une tong apparemment abandonnée depuis plusieurs saisons, une bouteille de Coca jetée par un randonneur indélicat et un lapin qui avait fait l'erreur de passer devant lui.

Cathie le félicitait chaudement à chacun de ses retours, mais ses espoirs initiaux s'amenuisaient.

— J'avoue que Schlappe y met de la bonne volonté, admit Yann. Il nous a au moins offert de quoi dîner. Mais pour ce qui est de nous aider dans nos recherches…

— On lui laisse une dernière chance. J'ai voulu forcer le destin, mais ça ne marche pas à chaque fois.

L'animal repartit fièrement. Toujours perturbée par

sa discussion avec Katell, Cathie observa son ami au regard perdu vers la mer. Avec son mètre soixante-quinze, il était à peine plus grand qu'elle. Mais ça, elle en avait l'habitude. Par contre, il fallait reconnaître qu'il était costaud. Quand elle l'avait vu torse nu sur la plage, elle avait tout de suite remarqué ses abdominaux qui avaient résisté aux effets des années et de la bonne chère et ses pectoraux encore bien dessinés. Cela ne l'avait pas laissée insensible. Certes, son bronzage tendait plutôt vers le style camionneur que surfer. Mais cela pouvait facilement s'arranger. Puis elle détailla son profil : il était quand même pas mal. Son teint buriné lui donnait des allures de pirate, ses yeux vifs naviguaient entre le marron et le vert et ses cheveux en bataille commençaient à blanchir sur les tempes, le rendant d'autant plus séduisant. Oui, plutôt un beau mec, épargné par la calvitie naissante ou affirmée qui désespérait la plupart des hommes de son âge.

— Il y a un problème ? l'interrogea-t-il, surpris par la fixité de son regard.

— Aucun ! Je me disais que j'avais la chance d'être accompagnée par un type qui a beaucoup de charme.

Le hâle de sa peau fut incapable de dissimuler la rougeur de son visage. Jamais on ne lui avait parlé aussi franchement. Déstabilisé, il réussit juste à bafouiller un merci, se maudissant de ne pas savoir lui retourner le compliment. Un aboiement le tira de son embarras.

45

Indice

Samedi 20 septembre

— Qu'est-ce qu'il nous rapporte ce coup-ci ? chercha à deviner Yann en repérant un objet blanc dans la gueule de l'animal.

Schlappe se dirigea vers Cathie, posa sa trouvaille par terre et poussa le jappement du devoir accompli.

— Mais c'est une écharpe ! Et en plus, une belle pièce ! admira-t-elle en tâtant délicatement l'étoffe. Regarde !

Yann l'attrapa, la retourna dans tous les sens et la rendit.

— Pourquoi décrètes-tu que c'est une belle pièce ?

— Eh bien, parce que c'est du cachemire.

— Comment tu sais ça ? Je n'ai pas vu d'étiquette.

— Mais ça se sent au toucher, enfin ! expliqua-t-elle en lui donnant le tissu à caresser.

— Bon, si tu le dis, accepta Yann en tentant vainement d'apprécier la douceur de la laine sous ses doigts rugueux. Par contre ce que je peux ajouter, c'est qu'elle ne traîne pas là depuis longtemps. Elle n'est ni abîmée, ni salie, ni délavée.

— Exact, reconnut Cathie dont le niveau d'excitation venait de monter d'un cran. Elle a été un peu marquée par la pluie, mais il n'y a aucune tache. Son propriétaire l'a perdue récemment.

— Plutôt sa propriétaire, corrigea Yann.

— Pourquoi ?

— Regarde bien ! Il y a des motifs roses avec des formes de fleurs.

— C'est une écharpe d'homme, Yann ! énonça Cathie comme une évidence.

— Mais il y a du rose ! se défendit l'ancien pêcheur.

Cathie le considéra avec une mine dubitative. Elle aurait du travail pour lui expliquer que les garçons ne s'habillaient pas qu'en bleu et les filles qu'en rose. Mais si jamais ils sortaient ensemble, elle aurait le temps de l'initier aux subtilités de la mode.

— OK, tu dois être en train de te dire que je suis un gros bourrin mal dégrossi, c'est ça ? conclut Yann, peiné.

Elle le prit par les épaules avec affection. Sa candeur la touchait.

— Mais non, Yann. Excuse-moi si j'ai pu paraître rude. Mais je t'assure que cette écharpe appartient à un homme.

— Je te crois. Schlappe pourrait peut-être nous conduire là où il l'a ramassée.

— Bonne idée. Viens, mon loulou !

Schlappe s'approcha en remuant la queue, comprenant que sa dernière découverte avait éveillé de l'intérêt.

— Montre-nous où tu l'as trouvée, essaya Cathie en secouant l'écharpe.

Le chien se mit aussitôt en route vers les bois, suivi de près par les enquêteurs. Il s'arrêta derrière un fourré et aboya. Cathie le félicita en lui flattant le flanc et regarda le paysage autour d'elle.

— C'est sur la droite, près du grand chêne, que Kaiser a garé sa voiture, expliqua Yann.

— Comment tu sais ça ?

— J'ai remarqué les ornières dans le chemin. Son véhicule a patiné quand il a manœuvré.

Cathie reconnut que s'il avait des lacunes dans l'art vestimentaire, il faisait preuve d'une capacité d'observation supérieure à la sienne.

— Si Kaiser et Salomon ont négocié à l'extérieur, continua-t-il, ils n'ont pas dû s'éloigner beaucoup. La pluie qui tombait n'invitait pas à randonner. L'endroit où nous nous trouvons pourrait être un excellent poste pour espionner la scène.

— Bien vu. Et ç'aurait permis à l'inconnu de se jeter sur Salomon une fois Patrick reparti, supposa Cathie.

— Se jeter dessus ou discuter. On peut imaginer que leur entretien a dégénéré.

— Je pense au contraire que notre homme avait prévu de tuer Salomon.

— Homme ou femme, d'ailleurs. Mais, qu'est-ce qui te rend si sûre de toi ?

— Une écharpe comme celle-là vaut plusieurs centaines d'euros. Pour l'oublier, le guetteur devait être très sérieusement perturbé.

— Devant cette logique comptable infaillible, je ne peux que m'incliner, la félicita Yann. Mais cela signifie qu'on accepte l'hypothèse que nous avons en mains l'écharpe du meurtrier.

— On n'a aucune certitude, en effet. Mais avoue que c'est bizarre. Un simple randonneur n'aurait jamais porté ça autour du cou, mais plutôt un truc en fourrure polaire bien *flashy*. De toute façon, qu'est-ce qu'on risque à en rechercher le propriétaire ?

— Rien, mais tu ne préfères pas la confier aux gendarmes ?

Ils se regardèrent et secouèrent la tête en même temps.

— Non, confirma Yann. Ça arrange tellement le capitaine Fracasse de croire que ton ex est coupable qu'il va la remiser aux oubliettes.

— Je propose une solution bien plus efficace. Je vais demander aux filles de nous aider et de mener leur enquête. Les hommes de Locmaria qui possèdent ce genre d'écharpe ne doivent pas être légion.

— Comment est-ce qu'on procède ?

— Je vais la prendre en photo à la maison et je leur donnerai les clichés. Elles pourront discrètement se renseigner auprès des femmes autour d'elles. Toute une partie du village défile dans la librairie d'Alexia, Marine sondera son « pipelette's club » de longe-côtes et Cécile, même si elle élève ses cochons, connaît toutes les boutiques de mode de Quimper et des environs. Vendre des vêtements, c'était son ancien métier.

— Ouaouh ! tu vas lancer une offensive d'envergure. Reste à espérer qu'elles trouveront quelque chose et que ça ne mettra pas la puce à l'oreille de notre éventuel assassin. Il va falloir faire preuve de prudence. Tu es bien placée pour savoir que même des personnages qui paraissent inoffensifs peuvent devenir dangereux.

46

À la cure

Samedi 20 septembre

Le père Loïc Troasgou avait préparé quelques crêpes. Il les avait même fourrées de confiture de mûre confectionnée la semaine précédente. Il aurait aimé réunir ses invités plus tôt, mais sa charge de recteur des villages ne lui laissait guère de temps pour vaquer à ses occupations. Entre les messes, le catéchisme, les enterrements, les multiples rencontres avec les paroissiens qui le prenaient comme confident ou juge de paix, les visites aux malades et les sollicitations de son évêque, il gardait le peu d'heures qui lui restaient pour sa sortie de pêche hebdomadaire, quelques rares promenades et ses récentes recherches sur l'abbaye de Locmaria. Cependant, il n'aurait échangé sa place pour rien au monde.

Loïc Troasgou, en plus du vicomte Antoine Brehec, avait convié Germain Coreff, Yann Lemeur et Hervé Le Duhévat pour cette rencontre au sommet. La soirée à Landévennec datait déjà de trois jours, mais Antoine et lui avaient besoin de partager leur découverte. Qui de mieux qu'un journaliste et un professeur d'histoire pour tenter de démêler les fils du mystère « Léonard de Vinci » ? Germain Coreff, qui avait participé aux premières heures du Comité de défense, avait naturellement toute sa place dans cette équipe réduite.

Après avoir dégusté les crêpes et vidé deux bouteilles de cidre fermier aux saveurs aigrelettes, Loïc Troasgou ouvrit la session de travail en racontant dans le détail les investigations effectuées avec le vicomte. Quand il prononça le nom de Léonard de Vinci, la stupeur marqua le visage de ses auditeurs.

— Il y aurait une œuvre du maître florentin à Locmaria ? peina à articuler Hervé Le Duhévat, aussi bouleversé que si on lui avait prouvé qu'Elvis Presley avait vraiment été enlevé par des extraterrestres. Mais c'est l'événement artistique de la décennie ! Avec ça, l'abbaye sera classée dans la minute qui suivra la découverte !

— Croyez-vous en l'authenticité de ce parchemin du frère Carlus ? intervint Yann en calmant l'enthousiasme de son ami historien.

— Je ne peux ni confirmer ni infirmer son existence, admit Antoine Brehec. La thèse avancée par le journaliste a fait long feu à cause de la guerre. Par contre, j'ai profité de ces derniers jours pour mener des recherches sur la revue *Bretagne et Catholicisme* et sur le rédacteur de l'article, Norbert de Saint-Paulin. C'était un magazine dont le sérieux était reconnu, spécialisé dans la politique et la religion. Bien sûr, les publications étaient orientées, mais elles étaient généralement bien documentées. Et ce Saint-Paulin était un professeur d'université à la faculté de Rennes. Alors on ne peut rien conclure, si ce n'est que *Bretagne et Catholicisme* ne s'affichait pas comme le *Détective* ou *Ici-Paris* de l'époque.

— Vous connaissez ces revues, Antoine ? le taquina Yann.

— Il fut un temps où j'ai eu la faiblesse d'en acquérir quelques-unes… Je ne peux quand même pas lire que les ouvrages de la bibliothèque familiale. Mais, pour revenir à notre sujet, c'est l'acharnement de mon grand-père Louis-Dieudonné à protéger cette chapelle qui me donne envie de croire à l'existence d'une œuvre de Léonard de Vinci. Hervé, en tant que professeur d'histoire, avez-vous un avis sur la question ?

— Un avis, pas encore, mais je nourris une admiration toute particulière pour Léonard de Vinci. Vous comprenez donc mon émoi. J'ai accès aux archives de l'université de Rennes et je vous promets que je m'y plongerai dès que possible.

— Et au vu de votre grand savoir, intervint Germain Coreff, quel cadeau aurait-il pu offrir à son ami l'abbé ?

— Vinci était capable de tout créer. Cependant, dans les toutes dernières années de sa vie, il était malade. L'année où il s'est rendu à l'abbaye, en 1517, il était atteint d'une paralysie du bras droit. Ainsi, on peut affirmer qu'il ne pouvait plus sculpter. De même, il rencontrait des difficultés à peindre. Mais Saint-Paulin nous précise qu'un de ses élèves l'accompagnait.

Buvant ses paroles, les quatre compères l'écoutaient religieusement.

— Vinci n'aurait pas été en mesure de s'atteler à une toile, surtout pendant un séjour aussi court. Par contre, il maîtrisait l'art de la fresque. Vingt ans plus tôt, il peignait la célébrissime *Cène* au couvent dominicain Santa Maria Delle Grazie, à Milan.

— Vous pensez qu'il aurait pu composer une œuvre du même genre ici ? s'émerveilla Germain Coreff.

— Sans doute pas. Léonard aimait prendre son temps et il lui a fallu trois ans pour terminer la *Cène*. Mais on pourrait très bien imaginer une fresque de plus petites dimensions. Malgré son handicap, il en aurait dessiné les contours et son élève serait resté après son départ pour y appliquer les couleurs.

— Mais qui dit fresque, dit mur, raisonna Yann. Or, d'après ce que nous a rapporté Antoine, ceux de la chapelle sont vierges de tout vestige.

— C'est bien là que réside le mystère, confirma l'aristocrate. Mon grand-père veillait sur un trésor qui semble ne pas avoir existé.

— Sans vous manquer de respect, monsieur le vicomte, insista Hervé Le Duhévat, en êtes-vous absolument sûr ?

— Absolument, non. Mais j'y suis retourné avant-hier, en sachant ce que je cherchais. Et rien ! Pas plus de trace de pigment sur les parois que de sens des réalités dans la caboche de nos politiciens.

— L'Esprit-Saint ne pourrait-il pas nous donner un petit coup de main ? plaisanta Yann. Après tout, nous travaillons pour son Église.

— Je ne suis pas convaincu que ce soit sa priorité, rebondit le recteur, mais peut-être nous soufflera-t-il une piste ?

Une longue réflexion silencieuse suivit ces dernières paroles. Quelle énigme leur avait laissée Léonard de Vinci ? Comment Louis-Dieudonné Brehec aurait-il retrouvé une fresque sur des murs en ruine ? Et en les reconstruisant, n'aurait-il pas détruit ce qu'il restait de l'œuvre ? Et d'ailleurs, s'agissait-il vraiment d'une fresque ?

— J'ai peut-être une idée, osa Germain Coreff.

Les regards se braquèrent sur lui aussi sûrement que ceux des vacanciers bretons sur un coin de ciel bleu.

— Et s'il existait une crypte sous la chapelle ?

Il fallut quelques secondes pour que la suggestion imprègne les cerveaux.

— Votre grand-père aurait très bien pu découvrir son existence sur de vieux plans et la restaurer, monsieur le vicomte. Il en aurait caché l'entrée pour éviter que le trésor apparaisse au vu de tous et soit pillé par des individus peu scrupuleux.

— L'idée est bonne, acquiesça Yann, mais l'abbaye a été édifiée sur un terrain enroché. Le granit affleure par endroits. Je vois mal les moines du Moyen Âge attaquer la pierre à la pioche pour y creuser une crypte.

— À moins que… réfléchissait Hervé.

— À moins que ? reprirent ses amis à l'unisson.

L'historien s'accorda le temps de préciser son intuition et hocha la tête pour lui-même.

— À moins que les architectes aient utilisé une technique déjà mise en œuvre en Bretagne : construire une chapelle sur un tumulus.

— Pouvez-vous développer votre théorie ?

— Bien sûr. Si vous vous rendez à Carnac, allez visiter la chapelle Saint-Michel. Elle a été bâtie sur un ancien tertre mégalithique, un complexe funéraire de plus de six mille ans. De fait, cette chapelle trône au sommet d'une petite colline. Imaginez que ce soit la même chose pour l'abbaye de Locmaria. Après tout, la région a été un haut lieu de vie à la fin de l'âge de pierre et durant l'âge de bronze. Elle regorge de dolmens et de menhirs.

— Effectivement, confirma Germain, lui aussi embarqué dans cette hypothèse. Je me suis souvent promené sur ces terres et j'y ai effectué quelques travaux pour la Mairie. Maintenant que vous le dites, cette chapelle est très légèrement surélevée. Oh ! rien de comparable avec le tumulus Saint-Michel, dont parlait Hervé, mais il y a tout de même une dénivellation… sans doute suffisante pour y creuser une crypte de dimensions réduites.

— Et cela expliquerait les activités menées par Louis-Dieudonné, s'enthousiasma Antoine Brehec, qui tenait enfin de quoi justifier l'obsession de son aïeul.

— Ce qui signifie qu'au lieu de regarder les murs il faudra observer le sol, conclut Yann. Antoine, avez-vous une idée de l'endroit où pourrait se situer l'entrée ?

— Non, il faudra fouiller la chapelle mètre par mètre. Mais elle n'est pas si grande…

— Allez, on va fêter cette découverte ! proposa le père Troasgou en se levant. Je vais nous chercher un magnum de champagne millésimé. Un paroissien me l'a offert il y a quelques années, et je n'avais pas encore trouvé l'occasion de le partager. Je l'ai mis au frais ce matin… au cas où !

— Pour le moment, nous ne sommes certains de rien, tempéra Yann.

— Homme de peu de foi, s'amusa Loïc. Vous vouliez une intervention de l'Esprit-Saint ? Et bien, c'est Germain qui a su capter son souffle. Et puis de toute façon, toute raison est bonne pour apprécier une bouteille entre personnes sympathiques.

47

Préparatifs

Dimanche 21 septembre

La soirée de la veille chez Loïc Troasgou s'était terminée bien plus tard que prévu. Excités par leur découverte et par le magnum de champagne, les archéologues en herbe avaient mis à mal la collection de digestifs du prêtre. À minuit, il n'y avait plus de monsieur le recteur, monsieur le vicomte, professeur ou autres titres, mais une bande de potes qui braillaient à l'unisson des chants militaires, souvenirs de leurs années passées au service de la France. L'épaisseur des murs avait protégé leur respectabilité et personne n'aurait imaginé une seconde ces personnages si honorables en train de se taper sur l'épaule et de rire à des plaisanteries paillardes.

Le père Troasgou avait célébré sa première messe dominicale avec une tempête sous le crâne comme il n'en avait plus connu depuis de longues années. Marine Le Duhévat avait eu la délicatesse de ne pas demander à son mari si ses gloussements convulsifs nocturnes provenaient d'une overdose de prières. Antoine Brehec, quant à lui, était resté dormir sur place. Il n'était même plus en état de retrouver la serrure de la portière de son véhicule. Avant de mettre fin à leur réunion de travail, les cinq hommes s'étaient donné rendez-vous ce dimanche à la cure en fin de journée.

Cathie et Marine avaient décidé de les accompagner dans leur sainte expédition. Marine représenterait officieusement la Mairie, et Cathie rêvait de chasses au trésor depuis sa plus tendre enfance. L'ancienne abbaye était une propriété privée, et même si personne ne l'habitait ils s'apprêtaient tout de même à commettre une violation de domicile… voire une dégradation volontaire de biens s'ils devaient creuser dans la chapelle. Cependant, l'excitation de l'aventure surpassait de loin les éventuelles craintes qui auraient pu freiner leur enthousiasme.

Les sept baroudeurs d'un soir s'étaient installés autour d'une ancestrale table en chêne. L'appartement du père Troasgou était composé d'une vaste pièce principale, qui faisait office de salon et de salle à manger, et d'une chambre à coucher. Y étaient adjointes une salle de bains rustique aux antiques robinets en porcelaine et une cuisine équipée d'une gazinière hors d'âge. Concentrés, ils préparaient les derniers détails de leur expédition. Ils allaient travailler de nuit dans des ruines à l'équilibre précaire : les consolidations réalisées il y a un siècle par Louis-Dieudonné Brehec n'étaient par endroits plus que des souvenirs. Et si la mystérieuse crypte s'affaissait sur eux ? Et dans quel état trouveraient-ils l'hypothétique fresque de Léonard de Vinci ? Autant de questions auxquelles ils répondraient au fur et à mesure. Ils s'apparentaient finalement plus à une bande de Pieds nickelés qu'à l'équipe de Christiane Desroches Noblecourt s'apprêtant à sauver les temples d'Abou Simbel, en Égypte.

Habituée à animer ses groupes de sport et ses trois filles, Marine prit naturellement les choses en main :

— Alors, avez-vous tous revêtu votre tenue de combat ? Nous allons sans doute devoir nous salir et nous camoufler pour éviter d'être repérés.

Germain Coreff avait sélectionné un pantalon d'horticulteur aux multiples poches et d'une solidité à toute épreuve. Il y avait ajouté une vareuse grise qui le rendrait peu visible dans la nuit. Le vicomte, lui, avait ressorti d'une des malles familiales un uniforme de poilu de la Grande Guerre. Si le bleu horizon n'était pas la couleur la plus discrète, le côté historique de la trouvaille avait fait taire toute critique. Hervé Le Duhévat n'avait pas tenu compte des commentaires acides de sa femme pour choisir ses habits. Il avait décidé de porter un pantalon de velours côtelé qui avait dû connaître des décennies de jardinage, d'authentiques Pataugas confortables en toile déchirées par endroits ainsi qu'une fourrure polaire fuchsia siglée du logo de son lycée quimpérois. Yann, lui, avait opté pour des vêtements plus sobres : un jean, un pull marin sombre et un bonnet de laine. Enfin, Cathie, tout comme son amie, avait sélectionné sa panoplie dans ses pléthoriques affaires de sport : un épais legging noir, une veste coupe-vent de la même couleur et une casquette qui cachait ses longs cheveux blonds remontés en chignon. Elle y avait ajouté une ceinture dans laquelle se glissait un couteau, cadeau de son fils. Elle n'avait pas compris pourquoi Xavier lui avait offert un tel objet alors qu'elle n'avait jamais chassé. Une façon de lui dire à l'époque qu'elle devait se protéger de Patrick ? Quelle qu'en soit la raison, elle était contente d'avoir trouvé l'occasion de l'utiliser pour la première fois.

— Très chère Catherine, commenta Antoine Brehec, vous ressemblez à la version féminine de Sylvester Stallone dans son film *Rambo*. C'est remarquable.

Le compliment ne convainquit pas Cathie, mais elle répondit par un grand sourire. Il fallait encourager les bonnes volontés et la culture cinématographique du vicomte… même si sa tenue n'avait rien à voir avec les guenilles défraîchies de John Rambo.

— Et vous, mon père, se renseigna Marine avec un clin d'œil, qu'avez-vous choisi ? Une soutane noire ?

— Je n'en ai jamais porté. Cependant, je vous avoue que j'ai été beaucoup sollicité aujourd'hui et que cette histoire de costume m'est complètement sortie de l'esprit.

— Voulez-vous vous faire aider par une femme ? Je suis persuadée que vous possédez tout ce qu'il faut dans votre garde-robe.

Notant le regard du prêtre vers la tenue de son époux, Marine souligna :

— Je vous précise tout de suite que les frusques d'Hervé nous ont valu une discussion un peu animée avant notre départ de la maison. Il aurait pu s'habiller de façon beaucoup plus chic, mais il a préféré se déguiser en… je ne trouve même pas de nom pour décrire ce patchwork de vieilleries dont tu t'es affublé, mon chéri, ajouta-t-elle pour son mari en levant les yeux au ciel.

— Écoute, moi, je me sens bien là-dedans, et ce soir

on parle efficacité ! On ne participe pas à un pince-fesses organisé par le recteur d'académie.

— Je vous fais confiance, Marine ! la rassura Loïc Troasgou en éclatant de rire. Allez fouiller dans mon armoire : à vous de me transformer comme bon vous le jugerez.

— Votre confiance m'honore, mon père.

Pendant que la discussion continuait, Marine entra dans la chambre à coucher du prêtre, curieuse de ce qu'elle allait y découvrir. C'était la première fois qu'elle pénétrait dans l'intimité d'un ecclésiastique ou au moins dans la pièce qui accueillait ses effets les plus personnels. Elle marqua un temps de surprise en observant la décoration. Dans le coin du fond, un simple lit où la grande carcasse de Loïc Troasgou devait à peine tenir. À côté, un prie-Dieu et une petite table sur laquelle trônait une statue en bois de la Vierge. Jusque-là, rien qui l'étonne. C'étaient plutôt les vieilles affiches des films *Pink Floyd: The Wall* et *Les Ailes du désir*, de Wim Wenders, qui retinrent son attention. Deux films qu'elle avait adorés ! Elle se recentra sur sa mission. Qu'allait dévoiler l'honorable armoire bretonne qui recouvrait tout un pan de mur ? Les vêtements de ce célibataire allaient-ils lui tomber sur la tête dès qu'elle tirerait la porte ? Elle l'ouvrit précautionneusement, comme on ouvre un coffre mystérieux qui nous tente depuis des années et dont on a enfin découvert la clé. À sa grande surprise, tout était parfaitement rangé. Elle commença à passer en revue ses vestes et ses manteaux et éclata soudain de rire. Elle arriva dans le salon en montrant un magnifique boubou aux couleurs éclatantes.

— Mon père, vous ne nous avez encore jamais célébré la messe avec ça !

— Un cadeau de mes paroissiens à la fin de ma dernière mission en Afrique, expliqua Loïc. Vous aimez ?

— Il est sublime ! s'extasia Cathie qui s'était levée pour admirer la pièce.

— Marine, intervint Hervé, on ne t'a pas demandé de commenter le contenu de la garde-robe exotique de notre recteur. Tu joueras à ça avec tes copines. Je te rappelle que tu dois lui choisir de quoi s'habiller.

— C'est vrai, confirma Loïc. Mais vous m'avez donné une idée : peut-être que je porterai ce boubou pour aller au prochain pince-fesses chez mon évêque.

Hervé Le Duhévat ne sut comment apprécier la plaisanterie de son camarade d'aventures, mais il était tout de même satisfait d'avoir renvoyé sa femme dans la chambre. Il l'adorait… sauf quand ils devaient s'accorder sur la mode. Pour acheter la paix dans son couple, il acceptait la plupart du temps ses recommandations vestimentaires, mais ce soir il avait eu envie de s'affirmer !

48

L'expédition

Dimanche 21 septembre

À vingt et une heures, la pénombre était tombée sur Locmaria. Les membres de l'équipe se sentaient l'âme d'un commando prêt à se sacrifier pour sa mission. Si l'excitation était tangible, chacun avait définitivement pris conscience des risques encourus et les acceptait. Risques physiques auxquels s'ajoutait celui d'être arrêtés pour violation de domicile.

Yann Lemeur avait collecté le matériel nécessaire à leurs fouilles : des lampes frontales, deux pioches, deux pelles et des pieds-de-biche pour soulever d'éventuelles dalles d'accès à la salle souterraine. Il avait aussi récupéré l'appareil photo de sa fille, Alana. Cathie et Marine avaient, de leur côté, apporté un équipement qui avait fait sourire les hommes du groupe. Répartis dans deux voitures, ils s'étaient garés loin les uns des autres sur un chemin discret à une distance suffisante de l'abbaye. Inutile d'attirer l'attention des promeneurs qui profitaient de cette dernière douce soirée d'été.

Le vieux monastère revêtait un aspect féerique. Les murs encore debout reflétaient la lumière de la pleine lune, et les rares arcs-boutants qui avaient survécu aux outrages des siècles les accueillaient tels des géants dressés dans la nuit. Autour des vénérables ruines, l'épaisse et sombre forêt semblait prête à libérer tout le petit peuple des légendes et traditions de Cornouaille. Au loin, le bruit des vagues qui venaient s'écraser contre les rochers ajoutait à la magie du moment. De temps à autre, un renard en chasse lançait un glapissement glaçant. La terre de Bretagne et tous ceux qui y avaient vécu les recevaient dans leur royaume. Aux visiteurs de le respecter !

Le vicomte Antoine-Charles Brehec de Kerfons avait naturellement pris la tête de l'expédition. Il foulait le domaine de ses ancêtres et apparaissait le plus en droit de mettre au jour cette crypte secrète. D'un commun accord, les explorateurs avaient décidé de limiter leurs conversations. À cette heure tardive et dans le silence du soir, les voix portaient loin. Ils pénétrèrent dans la chapelle qui avait conservé son style roman originel. Protégés du vent marin par les murs, ils s'accordèrent le temps d'admirer ses proportions. En fermant les yeux, ils pouvaient presque entendre psalmodier les moines qui avaient prié là pendant des siècles. Elle semblait plus grande de l'intérieur que de l'extérieur. Ils allaient devoir en inspecter chaque recoin pour trouver la mystérieuse entrée… pour peu que l'accès se situe bien dans le bâtiment même. Mais si Louis-Dieudonné avait uniquement rénové la chapelle, sans doute avait-il eu d'excellentes raisons. Nettoyer la poussière, les branches mortes et les aiguilles de pin qui maculaient le sol serait leur premier travail de titan.

— Alors, qui est-ce qui se moquait des filles ? triompha Marine dans un chuchotement tout en secouant à bout de bras les balais qu'elle et Cathie avaient apportés. On voit que vous n'êtes pas habitués à faire le ménage, messieurs.

— Tu aurais dû emporter un aspirateur, bougonna Hervé, qui n'avait toujours pas digéré les commentaires de son épouse sur ses goûts vestimentaires.

Le reste de l'équipe reconnut avec enthousiasme la pertinence de l'intervention féminine. Marine tendit un balai à son mari, qui l'accepta avec un air contrit, et Germain Coreff s'empara du second. Pendant ce temps, Yann et Loïc vérifiaient un à un les blocs de pierre qui auraient pu cacher un accès à une salle souterraine. Le vicomte était bien sûr exempté de travaux de force. En compagnie des deux femmes, il retirait les branches sèches qui avaient atterri dans la chapelle au gré du vent. Il observait avec attention le pavage nettoyé de la nef et du chœur. Trouveraient-ils une dalle marquée d'une croix ou d'un signe plus subtil qui indiquerait l'entrée de la mystérieuse crypte ? Il lui tardait d'arriver à l'autel, mais le groupe avait préféré opérer avec ordre et méthode.

Un bruit de moteur de voiture les stoppa net dans leur progression. Ils éteignirent fiévreusement leur lampe frontale. Qui venait s'aventurer ici alors qu'il était pratiquement vingt-trois heures ? Ils avaient pourtant fait preuve de prudence et ils n'avaient pas, leur semblait-il, évoqué leur expédition devant des inconnus. Et si, malgré tout, la nouvelle était parvenue aux oreilles de Marc Dubourg ? Et si, en tant que représentant des propriétaires, Dubourg avait envoyé une équipe de gros bras pour vérifier la zone ? Ils tomberaient forcément face à face et que se passerait-il ? Cathie serra le poignard que lui avait offert son fils. Devrait-elle s'en servir ? Elle respira longuement : prise par l'excitation, elle devenait ridicule. Cependant, elle regretta de ne pas avoir amené Schlappe avec eux. Le chien l'avait déjà tirée d'une situation périlleuse et sa présence l'aurait rassurée.

Les membres du groupe s'assirent sans bruit le long du mur le plus sombre. Yann quitta discrètement les lieux en éclaireur. Progressant de bosquet en buisson avec une vivacité digne d'un commando, il se dirigea silencieusement vers le véhicule stationnant au bout des terres du domaine.

Quelques minutes plus tard, il regagna la chapelle avec moins de précautions, puis il rendit compte de sa surveillance à ses compagnons.

— Que se passe-t-il, Yann ? demanda Cathie en voyant le sourire affiché au coin des lèvres de son ami.

— Je pense que nous allons devoir attendre un bon moment avant de reprendre nos travaux.

— Mais pourquoi ? s'étonna Loïc Troasgou.

— Un jeune couple a décidé de profiter de la pleine lune et de la tranquillité du lieu pour apprendre à mieux se connaître… bibliquement parlant, je veux dire. Inutile de l'effrayer.

49

La fresque

Dimanche 21 septembre

Une fois les amoureux repartis, les travaux avaient repris de plus belle pour trouver la trace d'un éventuel passage. Les hommes s'étaient relayés pour balayer le sol et avaient scruté tous les joints du dallage. Yann en avait photographié chaque millimètre. Ils pourraient l'étudier plus tard en cas d'échec cette nuit. Il ne restait plus que l'autel, le fameux autel restauré par Louis-Dieudonné. Splendide et finement sculpté dans un bloc de pierre, il semblait les attendre et défier leur intelligence.

— Il a été réalisé en travertin, expliqua Hervé. C'est un calcaire très dur qui blanchit avec le temps. Le Sacré-Cœur de Paris a été bâti avec ce même matériau.

— Merci pour la leçon, *Herr Professor*, répliqua sa femme, mais ça ne nous dit pas comment on accède à la crypte.

— En plus, ça pèse un âne mort, ajouta Germain en s'y arc-boutant de toutes ses forces avec Yann.

Impossible de le déplacer, ça ne bouge pas d'un millimètre.

Antoine Brehec s'était agenouillé devant l'autel et, avec un blaireau sorti d'une des poches de son uniforme de poilu, il balayait avec délicatesse la base de la table. Son silence était assez inhabituel.

— Venez voir, les appela-t-il après s'être acharné sur un coin. Toutes les jointures entre dalles que nous avons observées sont réalisées selon une technique identique. Regardez celle-là. Je l'ai bien nettoyée. Certes, il y a toujours de la poussière, mais on ne retrouve pas la trace du liant qui apparaît ailleurs.

Dans un murmure enthousiaste, ils se penchèrent les uns après les autres sur la découverte de l'aristocrate.

— Ce qui signifie, en déduisit Loïc Troasgou, qu'on devrait réussir à faire pivoter cette table.

— Exact, monsieur le recteur, il ne nous reste plus qu'à trouver le mécanisme qui permettra de la déplacer.

Un hibou hulula longuement, approuvant la conclusion collective.

— Alors ?! s'exclama Cathie fébrile, il n'y a plus qu'à le dénicher, ce fichu mécanisme. Allez les gars, au boulot et du nerf !... euh, pardon monsieur le vicomte.

— Au contraire Cathie, je vous remercie de me considérer comme un gars au même titre que les jeunes.

Ils se répartirent le travail. Quatre personnes auscultaient les sculptures de l'autel à la recherche d'une éventuelle pièce mouvante. Les trois autres examinaient les murs du chœur, en quête du fameux moellon qui, une fois poussé, donnerait accès au passage secret... comme cela se déroulait dans tout bon film d'aventures.

C'est Germain Coreff qui découvrit la clé. La croix

du Christ ciselée sur le devant de l'autel présentait du jeu. Antoine Brehec la nettoya, puis réussit à la décaler d'un quart de tour. Aucun bruit de poulie ni de grondement sourd. La déception se lut sur les visages.

— Qu'est-ce que vous imaginiez ? les taquina Hervé. On n'est pas dans un épisode de *Lara Croft* ou de *Sydney Fox*. En revanche, cette opération a peut-être permis d'activer un verrou. On va essayer de le faire bouger, cet autel. Germain et Yann, êtes-vous prêts ?

Les hommes s'arc-boutèrent sur la table massive, coordonnant leurs efforts. Mais rien ! Ils ne perdirent pas espoir et poussèrent dans l'autre sens. Un imperceptible voile de poussière s'éleva dans la pièce.

— On y est ! s'exclama Marine, électrisée. On a trouvé, les mecs ! Allez, dégagez-moi tout ça !

Galvanisés par ces encouragements décomplexés, les trois travailleurs rejoints par Loïc mirent au jour, dans une ultime tentative, l'accès tant attendu. Sous leurs yeux, quelques marches aux formes irrégulières cédaient ensuite la place à l'obscurité. La crypte exhalait une odeur de vieille pierre caractéristique du temps qui passe et symbole d'éternité. Ils avaient quitté le XXIe siècle et ils n'auraient pas été étonnés d'entendre des voix italiennes sortir de la galerie souterraine.

— Qui descend le premier ? interrogea Cathie, impressionnée par ce moment exceptionnel.

— Antoine, acceptez-vous cet honneur ? proposa Loïc Troasgou.

— Avec plaisir, mais accompagnez-moi tous ! Nous avons mérité d'admirer ensemble cette œuvre… si les années lui ont laissé sa beauté… et si elle existe bien sûr !

Au cours de ses travaux de rénovation, Louis-Dieudonné Brehec avait fait installer une rampe, élément de sécurité totalement décalé dans cette pièce médiévale. La hauteur de l'édifice les surprit : près de deux mètres au passage des voûtes en berceau. Loïc Troasgou, qui suivait directement le vicomte, s'arrêta soudain en poussant un cri. Dans un réflexe synchrone, les explorateurs stoppèrent net leur progression, les nerfs à vif. Seule la respiration haletante du prêtre rompait le silence centenaire de la crypte.

— Loïc, que se passe-t-il ? chuchota Yann en observant le faisceau de la lampe du recteur.

— Là, indiqua ce dernier en désignant le mur.

— Oh *nunde buckel*, le sale bestiau, s'exclama Cathie en découvrant, la première, une araignée noire et poilue de la taille d'un palet au beurre. Je n'aime pas bien ce genre d'insecte.

— D'arachnide, si on souhaite plus d'exactitude, précisa Hervé. Mais même si elle est de taille impressionnante, cette pauvre araignée ne vous agressera pas, mon père.

— Je vous prie d'excuser ma réaction, reprit Loïc, mais ce face-à-face impromptu a ravivé un mauvais souvenir.

— Vous avez déjà été mordu ? l'interrogea Germain.

— Une fois en Afrique. Une mygale du doux nom d'*orange baboon spider* d'une bonne dizaine de centimètres m'a mordu alors que je visitais des villages. J'ai déliré pendant deux jours avant qu'un sorcier me guérisse. Mais nous ne sommes pas venus pour discuter de mes traumatismes. Léonard nous attend. Continuons.

Hervé Le Duhévat avait craint une atmosphère humide qui aurait irrémédiablement abîmé la fresque, mais ils ne ressentirent que de la fraîcheur. Ils avancèrent pas à pas, observant chaque centimètre carré de maçonnerie. Nul ne savait où avait été peinte l'œuvre. Une combinaison de fièvre et d'angoisse les saisit lorsqu'ils atteignirent le fond de la crypte. Soit ils trouvaient leur trésor, soit cette histoire n'était qu'un beau rêve ! Soudain, devant eux, une paroi beaucoup plus sombre. Une protection en bois avait été déposée contre le mur. C'était sans aucun doute un souvenir de Louis-Dieudonné abandonné une centaine d'années plus tôt. Germain et Yann s'en approchèrent religieusement et, dans un effort coordonné, déplacèrent le panneau.

Une indicible exaltation accompagna la découverte. Elle était là, devant eux, cachée depuis plusieurs siècles à la vue des hommes. Aucun mot ne suffisait à traduire leur émotion. Alors ils n'en prononcèrent aucun. Une *Madonna col Bambino* se dévoilait à eux, dans un état de conservation qu'ils n'avaient osé espérer. Les couleurs chatoyantes des vêtements de la Vierge, la douceur des traits de l'Enfant Jésus et le sourire énigmatique de Marie s'offraient à leurs yeux émerveillés. Dans le fond de la scène, deux anges guidaient les bergers dont on devinait les silhouettes empreintes de respect. Silencieuses, des larmes de joie coulaient sur le visage du vieil aristocrate.

50

Détour à *L'Aven*

Lundi 22 septembre

Le dimanche après-midi, avant d'embarquer pour son expédition archéologique, Cathie avait réuni ses amies sur la plage de Kerbrat. Elles avaient accepté de participer à l'opération « écharpe mystérieuse ». Cathie avait transmis des clichés au groupe : vue d'ensemble et zooms sur les détails les plus remarquables.

Ce lundi, après le déjeuner, les filles s'étaient retrouvées dans la réserve de *Lire au large* pour un point d'avancement sur la dédicace de Clara Pearl et un bilan des recherches de la matinée. Cécile avait appelé quelques-unes de ses anciennes consœurs commerçantes à Quimper : aucune ne proposait ce genre d'article de luxe fabriqué en Italie. Alexia avait sélectionné avec soin les habituées de sa librairie et leur avait montré la photo au moment où elles payaient leur journal. Elle avait choisi un prétexte simple, expliquant que son mari, qui ne faisait vraiment attention à rien, avait perdu son écharpe dix jours plus tôt. Petite vengeance au passage :

son époux venait d'égarer la montre qu'elle lui avait offerte pour leurs noces de porcelaine. Aucun retour positif. Cathie comptait sur l'enquête de Marine. Même au mois de septembre, la coach de Locmaria continuait à animer ses cours de longe-côte, discipline consistant à marcher dans l'océan avec de l'eau située entre le nombril et les aisselles. Les adeptes les plus récents revêtaient souvent des combinaisons, mais les pionniers assuraient que les bienfaits ne se ressentaient que si l'on pratiquait ce sport en maillot. Ce cours regroupait la crème des amatrices de chiens écrasés et des spécialistes de surveillance par la fenêtre. Car il fallait le dire, les femmes s'avéraient plus courageuses que les hommes quand il s'agissait d'aller affronter la fraîcheur des flots. Ces amatrices de bains de mer échangeaient fréquemment divers potins durant leur activité aquatique. Mais aucune d'entre elles n'avait vu passer cette écharpe ni l'individu qui la portait.

Cathie remercia ses amies et quitta le magasin, dépitée. Maître Larher et Patrick lui avaient téléphoné dans la matinée. En comprenant que l'enquête patinait, son ex avait, sans surprise, exprimé son insatisfaction. L'avocat avait haussé le ton en lui rappelant la précarité de sa situation. Cathie n'avait pas eu le cœur à s'énerver. Son ex-mari resterait insupportable à vie et cette scène l'avait même motivée pour accélérer les recherches : plus vite il serait disculpé, plus vite cet odieux personnage disparaîtrait de Locmaria.

Elle décida de s'offrir un petit plaisir, emprunta la rue principale et se rendit place de l'Église. Là, elle bifurqua sur sa droite et pénétra dans la supérette de *L'Aven*. Seule à sa caisse, la propriétaire triait quelques bons d'une livraison tout juste arrivée. Elle leva la tête et esquissa un sourire moqueur en reconnaissant Cathie.

— Tiens, voilà Miss Marple. Alors, que donne votre enquête ? Avez-vous réussi à innocenter notre pauvre Patrick. Locmaria frémit en attendant que Miss Bouboule et son journaliste éperdu d'amour fassent éclater la vérité.

— Miss Bouboule ? sembla s'étonner Cathie en conservant son calme.

— Vous ne vous souvenez déjà plus ? Attaqueriez-vous un alzheimer précoce ? Vous savez, ce surnom dont vous affublaient vos collègues au cours de votre interminable période sucreries et crèmes glacées. Patrick a l'art et la manière de sublimer ce genre de petites anecdotes, ajouta Natacha en surveillant la réaction de l'Alsacienne.

— Patrick a effectivement l'art et la manière de tourner les choses à son avantage, commenta celle-ci, imperturbable.

— Oh ! Patrick possède un don pour égayer une soirée. Et ne me dites pas que vous êtes jalouse ! On a toutes commis des erreurs de jeunesse qui nous poursuivent dans la vie. Imaginez que le village apprenne que leur restauratrice faisait honte à son mari lors des réceptions en s'empiffrant au buffet, un verre de vin toujours plein à la main. Ils pourraient se demander ce qui se passe dans les cuisines de *Bretzel et beurre salé* !

Cathie se rappela ce cocktail professionnel auquel elle ne souhaitait pas se rendre. Elle avait dû croiser la DRH de sa société alors que son époux venait de lui annoncer fièrement qu'elle était sa nouvelle maîtresse. Une totale humiliation !

— J'aurais adoré assister à ces réceptions, la piqua Natacha. Et j'aurais pu réconforter ce pauvre Patrick. Vous ne vous rendiez pas compte de la peine que vous lui infligiez en vous comportant comme cela ? provoqua-t-elle, déçue et perturbée par l'impassibilité de Cathie.

— Oh ! je suis persuadée que vous maîtrisez l'art de consoler les hommes.

— Je possède en effet le talent de trouver les mots qui parlent à leur cœur.

Cathie ne put s'empêcher de rire.

— Vu ce que vous avez fait vivre à votre ex-mari, s'agaça la gérante, je ne comprends pas pourquoi ma bienveillance vous amuse.

— Vu ce que vous avez fait vivre à mon ex-mari, je ne doute pas un instant de votre aptitude à satisfaire les besoins primaires d'un mâle.

Natacha perdit de sa superbe. Que voulait donc lui dire son adversaire avec ses allusions grivoises ? Elle devait reprendre le dessus et maintenir sa rivale sous pression.

— Vous jouez les victimes éplorées, mais je mènerai moi aussi mon enquête pour savoir comment les femmes du village jugent votre ancien comportement, menaça ouvertement Natacha, qui s'attendait à voir Cathie lui manger dans la main. Quand on a abandonné son époux pour s'enfermer à la cuisine ou s'écrouler durant des heures devant la télé, comment s'étonner qu'il aille chercher de l'amour ailleurs ?

— Ailleurs ? Vous pensez peut-être au parking du port de Concarneau ?

Natacha se retrouva dans l'incapacité de répondre, le

souffle coupé par l'insinuation. Non, il ne pouvait s'agir que d'une coïncidence !

— Trouver l'amour sur le capot d'une Mercedes, c'est effectivement terriblement romantique. Le bruit des derniers fêtards, les vapeurs d'alcool, le grésillement du lampadaire qui éclaire la scène… Je frissonne rien qu'à cette idée.

Le fond de teint généreusement appliqué ne parvint pas à cacher la lividité du visage de Natacha.

— Je dois vous féliciter, continua Cathie en sortant son téléphone et en tapotant sur l'écran. Non seulement vous semblez avoir offert à Patrick le supplément de tendresse dont il manquait, mais vous portiez une jupe très élégante… enfin pour ce qu'on en voit une fois remontée sur vos hanches.

Elle tendit son appareil vers sa rivale, qui s'accrocha au tapis roulant en découvrant le cliché, aussi net que pris en plein jour. On la reconnaissait sans l'ombre d'un doute. Les jambes écartées, les mains posées sur le capot et son amant derrière elle, le pantalon aux chevilles… même avec la plus mauvaise foi du monde, elle ne pourrait contester le fait qu'elle était en train de… Elle n'eut pas le courage de penser plus loin.

— Comment avez-vous eu ça ? murmura-t-elle.

— On me l'a donné.

— Et qui vous l'a donné ?

— Patrick.

— Patrick ? Mais quel enf…

Cathie ne laissa pas à Natacha le temps de terminer sa phrase.

— Il serait quand même dommage que Miss Bouboule dévoile à la population ébahie de Locmaria que sa pin-up préférée est une petite dévergondée qui s'envoie en l'air dans la rue avec le premier venu. Ça ternirait votre réputation d'inaccessible fantasme, n'est-ce pas ?

— Qu'est-ce que tu veux ? aboya Natacha, mise KO en quelques secondes par la trahison de son amant d'un soir et le cataclysme prêt à s'abattre sur elle.

— Tu sais, pas la peine d'aller chercher midi à quatorze heures, la tutoya à son tour Cathie. Comme nous sommes deux filles intelligentes, nous allons faire comme si Patrick Kaiser n'avait rien raconté ni rien... pénétré.

— Tu as gagné, accepta Natacha, soulagée par la proposition et heureuse de n'avoir pas encore partagé ses ragots avec sa clientèle. On s'arrête là.

— Pour fêter ça, je t'enverrai une copie de la photo. Ça te fera un souvenir du passage éclair de Patrick dans ta vie.

51

Une rencontre

Lundi 22 septembre

Pour la première fois depuis son arrivée à Locmaria, Cathie quitta *L'Aven* avec le sourire aux lèvres. Elle ressentait la satisfaction du mauvais coup accompli. Non qu'elle en soit particulièrement fière, mais elle devait reconnaître que ça faisait du bien. Elle venait sans aucun doute de mettre sous l'éteignoir sa principale opposante du village. Pour une fois, le caractère de coureur de son ex-mari lui avait rendu service.

Cathie n'avait aucun rendez-vous prévu ce lundi. Elle décida de s'asseoir sur un banc près de la jetée pour se reposer et regarder les bateaux, en profitant du doux soleil de l'automne qui pointait officiellement son nez. Le temps des tee-shirts et robes à bretelles était terminé, et elle supportait le pull léger qu'elle avait passé le matin même. Comme elle allait sortir un roman de son tote bag frappé d'une bretzel géante, une voix l'interpella :

— Alors Cathie, tu parfais ton bronzage ?

L'Alsacienne se retourna et reconnut Katell Guyonvarch, entourée de trois bambins qui bondissaient autour d'elle en poussant des hurlements stridents.

— Bonjour Katell. Ce sont tes petits-enfants ? Ils sont adorables.

— Excités comme des puces, tu veux dire. Je leur ai promis de les emmener pêcher et ils attendent ça depuis ce matin. Clément, Élise, Alexandre, dites bonjour à Cathie !

Les petits agitèrent vaguement les mains, accroupis devant un casier qu'ils venaient de découvrir sur la cale. Deux crabes qui se préparaient à livrer un combat dantesque captaient toute leur attention.

— Ils ont huit, sept et cinq ans. Ce sont les « grands » de mes deux aînées, expliqua l'ancienne patronne. Ce que je n'ai pas pu faire avec mes enfants, je le fais avec eux. D'ailleurs, le mot « pêche » donne de l'urticaire à mes filles. À l'époque, c'était le métier de leur mère, celui qui me retenait loin d'elles et de la maison. Tu veux te joindre à nous ?

— C'est gentil, mais je ne suis pas habillée assez chaudement pour monter dans une barque.

— … Et tu ne te sens pas d'attaque pour braver trois petits monstres turbulents. Ça, je le comprends parfaitement ! compléta Katell en riant. Tiens, tu sais que j'ai rencontré Yann ce matin ?

— Ah non. Où l'as-tu croisé ?

— Je ne l'ai pas croisé. Il a sonné chez moi et m'a offert une boîte de chocolats. Il ne t'en avait pas parlé ?

— Absolument pas.

— Il venait s'excuser de ne pas avoir affronté son patron lors du vol de mes casiers, ou du moins de leur contenu. Ben des comme lui, on n'en fait plus. Tu vas peut-être dire que j'insiste, mais si tu as des idées derrière la tête, mets-les vite en œuvre… avant qu'il se lasse et en cherche une autre.

Cathie n'en revenait pas. Elle n'aurait pas imaginé Yann déployer une telle délicatesse. Et dire qu'elle l'avait considéré comme un plouc quand il s'était étonné qu'un homme puisse porter un vêtement avec du rose. Elle eut soudain honte d'elle et de ses préjugés.

— Et sinon, reprit sa nouvelle amie, comment progresse votre enquête ?

— On a trouvé un indice. Nous nous sommes rendus sur les lieux du meurtre, et Schlappe nous a rapporté quelque chose.

— Schlappe ? C'est qui, Schlappe ?

— Excuse-moi, c'est mon chien. En alsacien, ça veut dire « pantoufle ». Bref, il a découvert une écharpe dans un fourré proche de l'endroit où Salomon a été tué.

— Et vous savez à qui elle appartient ?

— On s'est mises en chasse avec quelques copines, mais rien. Je finis par penser que son propriétaire n'habite pas dans le coin.

— Si tu as une photo, je pourrai toujours te dire si ça me parle.

— Avec plaisir, accepta Cathie en s'empressant de sortir son téléphone.

Elle veilla à ne pas faire voir la preuve des exploits nocturnes de Natacha et présenta le bon cliché. Katell pâlit.

— Je la connais… c'est certain, je la connais.

— Elle est à qui ?

— À Germain.

— Germain Coreff ?

— Oui. C'est Jeanne qui la lui avait offerte pour son anniversaire. Elle n'avait pas encore attrapé sa saleté de crabe à l'époque. Ce soir-là, Germain avait déboulé chez moi pour me montrer son cadeau. Il était aussi excité que s'il avait croisé un poisson-torpille. Mais ce qui m'étonne, c'est que tu aies retrouvé son écharpe en pleine nature. Il ne la portait que pour les grandes occasions !

Si Cathie ne s'était pas attendue à un nom, c'était bien celui de l'horticulteur de Locmaria. Que serait-il venu faire sur le domaine de l'abbaye le jour du meurtre ? Et surtout pourquoi avec sa précieuse écharpe alors qu'il pleuvait à seaux ? Un doute s'immisça dans son esprit.

— Excuse-moi de poser cette question, Katell… mais… la vengeance contre celui qui t'a privé de la femme de ta vie ne serait-elle pas un motif suffisamment important ?

— Pourquoi Germain aurait-il soudainement décidé de tuer Salomon ? Il aurait pu se venger bien avant. Non, il y a forcément une autre explication.

— Nous allons la chercher, promis ! la rassura Cathie. Tiens, il semble que le spectacle soit terminé, annonça-t-elle en voyant les trois enfants qui revenaient vers elles en courant. Allez, bonne pêche !

— Merci. Et tiens-moi au courant.

52

Les monuments historiques

Lundi 22 septembre

Quand Yann Lemeur entra dans la cure, ce soir-là, le père Loïc Troasgou, le vicomte Antoine Brehec et Germain Coreff l'accueillirent avec enthousiasme.

— Yann, c'est quoi cette bonne nouvelle que vous nous avez annoncée par téléphone ? se précipita Germain alors que le journaliste n'avait pas encore refermé la porte.

— Laissez-le arriver, mon ami, s'amusa Loïc, tout aussi impatient. Je vous offre une petite bière ?

— Un grand verre d'eau, merci, tempéra Yann en se remémorant leur récente beuverie.

— Alors ? insista Germain.

— Je ne vais pas vous faire languir plus longtemps. J'ai appelé la DRAC ce matin à la première heure.

— La DRAC ?

— La Direction régionale des Affaires culturelles. Ce sont eux qui sont chargés de la conservation des monuments historiques. Par miracle, j'ai passé le barrage du secrétariat en quelques secondes et je suis tombé sur une des responsables… qui a accepté de m'écouter. Était-ce parce qu'elle revenait d'un bon week-end ou parce qu'elle se demandait ce qu'un journaliste de *Ouest-France* pourrait lui baratiner ? Quand je lui ai parlé de la découverte d'une fresque de Léonard de Vinci, elle a cru à un canular. J'ai à peine eu le temps de lui proposer d'envoyer la photo.

— Et alors ?

— *Gast*, une fois qu'elle l'a reçue, le ton a changé. Elle m'a bombardé de questions et devinez quoi ? Elle vient elle-même demain matin de Rennes avec un de ses collaborateurs, expert en peinture.

— Bravo, mon ami, le félicita chaleureusement le vicomte. La partie n'était pas gagnée d'avance. Où la retrouvez-vous ?

— Je me suis permis de lui donner rendez-vous devant la cure, à dix heures.

— Vous avez bien fait, le rassura le recteur. Je préparerai du café pour tout le monde. Lui avez-vous expliqué que le domaine est en vente ?

— Je ne suis pas entré dans les détails, mais elle sait que le terrain de l'abbaye ne m'appartient pas. Libre à elle de mener des recherches si elle le souhaite… mais je pense que l'éventualité de découvrir une œuvre inédite de Léonard de Vinci aidera à faire fondre ses scrupules.

— C'est moi qui endosserai la responsabilité de cette fouille illégale, décida l'aristocrate. Après tout, c'est mon ancêtre qui nous a mis sur la piste de cette œuvre d'art.

— Pourquoi prendre ce risque ?

— Si, comme nous l'espérons, la classification de cette crypte retarde ou empêche la transaction, nos adversaires vont réagir vigoureusement. Pas question d'impliquer Yann : il devra pouvoir annoncer la nouvelle dans les journaux en se débrouillant pour qu'elle fasse « le buse », comme vous dites, les jeunes. Germain est venu nous apporter son assistance et il serait injuste qu'il soit importuné. Quant à vous, monsieur le recteur… est-il bien nécessaire d'ajouter un procès supplémentaire à notre Église qui vit en ce moment des heures tourmentées ?

— Votre raisonnement tient la route, Antoine, et nous vous en remercions.

— Je ne suis pas si brave que ça. À mon âge, remarqua-t-il avec humour, je suis sans doute le seul d'entre nous qui n'irait pas au bout d'une éventuelle peine de prison.

— Ne vous inquiétez pas, Antoine, le réconforta Yann. Dès que les fonctionnaires des Monuments historiques auront confirmé la valeur de notre découverte, je vais vous transformer en héros de l'art et de la culture. On ne vous mettra pas de bracelet, on vous fera chevalier des Arts et des Lettres.

— Je n'ai jamais eu l'occasion d'attacher de grigri à ma veste. En connaissez-vous la couleur ? Je ne voudrais pas faire de faute de goût, ironisa le vicomte en montrant son ancestral pull marin, dont même les coudières étaient usées jusqu'à la trame.

— Verte, me semble-t-il, intervint Loïc Troasgou. Je me renseignerai et nous vous offrirons le chandail qui va avec.

— C'est très aimable à vous. D'ici là, je vais me permettre de vous abandonner. Après l'excursion nocturne d'hier et le sympathique pillage de la cave de notre pasteur samedi, je dois reconnaître qu'un peu de sommeil fera du bien à ma vieille carcasse. Je vous retrouve donc demain à dix heures devant l'église.

53

L’écharpe

Lundi 22 septembre

Comme le vicomte venait de les quitter, les trois hommes conclurent leur réunion en organisant la logistique du lendemain. Ils décidèrent aussi de ne pas prévenir Marc Dubourg, le représentant des propriétaires. Ils lui laisseraient constater l’existence du trésor artistique dans la presse.

Comme ils se levaient pour prendre congé de leur hôte, Yann marqua une hésitation. Cependant, il chassa ses scrupules.

— Germain, auriez-vous encore quelques minutes à m’accorder ?

— Évidemment, Yann. Monsieur le recteur, souhaitez-vous que nous discutions dehors pour que vous puissiez vous reposer ?

— Restez. Vous êtes ici chez vous.

Yann sortit son téléphone de sa poche. Avant de l’allumer, il prit le temps de raconter son enquête. La rencontre avec Fanch Boyer, puis la recherche d'indices avec Schlappe jusqu'à la découverte de l'écharpe.

— C'est Katell Guyonvarch qui l'a reconnue, conclut-il en présentant la photo.

— Belle pièce, commenta le prêtre.

— C'est amusant, Cathie a dit exactement la même chose.

— Une femme de goût, ce dont je ne doutais pas. Plus sérieusement, que vous a dévoilé Katell ?

— Que c'est mon écharpe ! intervint Germain.

— Vraiment, s'étonna Loïc. Mais comment est-elle arrivée sur le terrain de l'abbaye ?

— Parce que je l'y ai perdue, murmura l'homme, le regard soudain absent.

Ses deux compagnons ne rompirent pas le lourd silence, annonciateur d'un drame. Ils observèrent le solide gaillard qui leur faisait face, cet homme toujours calme et souriant, cet homme devenu livide et agité de tremblements.

— Et pourquoi l'avez-vous égarée là-bas ? reprit doucement Loïc, conscient de l'imminente tragédie.

Sans un mot, Germain s'affaissa sur une chaise, les yeux fixés à la table.

— Je ne peux plus vivre avec ça, commença-t-il. Je… je… merci d'en avoir parlé ce soir… et puis je suis soulagé de me confesser à vous… mes amis.

— Quoi que vous ayez fait, Germain, le tranquillisa Loïc, comptez sur moi pour vous aider. Et vous savez que Yann est une personne droite à qui vous pouvez accorder toute votre confiance.

— Je le sais, mon père, même si ce que je vais vous raconter va vous faire changer d'avis. Mais à moi d'assumer mes choix et mes actes.

— Nous vous écoutons, Germain.

Germain Coreff se redressa sur son siège et entama son récit.

— Cette écharpe est effectivement la mienne. C'est Jeanne Le Gall, ou Jeanne Salomon si vous préférez, qui me l'a offerte. J'y tiens comme à la prunelle de mes yeux… et si Cathie pouvait me la rendre, je lui en serais infiniment reconnaissant.

— Elle vous la rapportera, le réconforta Yann.

— C'est une femme bien, elle aussi. Vous avez de la chance, Yann, beaucoup de chance de pouvoir fréquenter celle que vous aimez. Profitez de chaque seconde que vous passez à ses côtés. Mais je m'égare, excusez-moi, messieurs.

— Prenez tout le temps dont vous aurez besoin, Germain, l'apaisa Loïc. Nous avons la nuit devant nous.

— Comme vous vous en doutez, tout ça est lié à Jeanne. Enfin pas à Jeanne, la pauvre, mais à la façon dont Jacques est entré dans l'histoire de notre vie. À ce qu'il a manigancé pour que… je devienne un assassin !

54

Histoire d'une vie

Lundi 22 septembre

Le meurtrier de Jacques Salomon venait d'avouer son crime… de l'avouer alors que rien ne l'obligeait à le faire, si ce n'est le sentiment de culpabilité qui l'avait submergé depuis la terrible décision prise deux semaines plus tôt.

— Si quelqu'un m'avait dit qu'un jour je volerais une vie, qui plus est en préméditant mon acte, je lui aurais ri au nez. Et pourtant, c'est bien ce que j'ai fait ! J'ai donné la mort à mon ami… ou celui que j'ai cru être mon ami pendant plus de quarante ans.

— Quelle raison a bien pu pousser un homme aussi bon que vous à commettre un tel acte ?

— Trop bon, trop con, mon père ! Le gentil Germain Coreff était en fait le dernier des imbéciles.

— Détrompez-vous, Germain. Votre gentillesse a rendu le sourire à tellement de monde ! À commencer par Jeanne ! Certes, certains abusent de la bonté de leurs proches. Mais si vous saviez quels petits miracles elle réalise en toute discrétion !

— C'est gentil d'essayer de me mettre du baume au cœur, mais je ne suis finalement qu'un criminel. C'est un secret de polichinelle que d'avouer que j'ai été amoureux de Jeanne Le Gall toute ma vie. À vingt-deux ans, contre toute attente, elle est partie avec Jacques Salomon. Savez-vous pourquoi ?

— J'en ai entendu parler. En fait, c'est Katell Guyonvarch qui a rapporté cette histoire à Cathie, intervint Yann.

— Le jour où j'allais demander Jeanne en mariage, je l'ai vue se jeter dans les bras de Jacques Salomon. Cette journée a été la pire de mon existence… bien pire que cette soirée où je vous confesse mon crime. Lorsque j'ai appris la raison de son brusque revirement, il a fallu que Katell me retienne pour m'empêcher d'aller faire payer ses mensonges à Maryvonne Helias. Elle avait osé raconter à Jeanne que j'avais essayé de la violer quelques jours plus tôt.

— Comment se fait-il que Jeanne l'ait crue ? s'étonna Yann.

— Maryvonne n'était pas connue pour être une fille tordue et une de ses amies avait confirmé ses dires avec un faux témoignage. Et puis Jacques était plus doué que moi pour parler aux femmes. Ce salaud a profité de la situation et l'a tournée à son avantage. Il l'a persuadée de mon prétendu crime. Jeanne m'a tout avoué quelques années plus tard. Il l'avait convaincue que je l'avais trahie, moi à qui elle accordait toute sa confiance. Elle m'a quitté et l'a épousé sous le coup du désespoir.

— Elle aurait pu demander le divorce, se révolta Yann… avec tout le respect que je vous dois, Loïc. Après tout, elle avait été abusée.

— L'Église peut en effet annuler des mariages s'il est prouvé qu'il y a tromperie. Son cas serait sans doute entré dans cette catégorie. Mais connaissant Jeanne, j'imagine qu'elle n'aurait pas souhaité se lancer dans un procès en nullité, ne serait-ce que pour se punir de son choix hasardeux.

Yann se dit que le jour où il comprendrait la logique féminine n'était pas pour demain, et que si les prêtres s'y mettaient aussi, on n'était pas sorti de l'auberge.

— Effectivement, confirma Germain, elle ne voulait pas se déjuger devant Dieu. Pendant ces dizaines d'années où elle habitait loin de moi, il ne s'est pas passé une journée sans que je pense à elle. Nous avions gardé contact, et plus le temps avançait, plus elle m'écrivait. Quelle ne fut pas ma joie quand j'appris qu'elle revenait à Locmaria ! Lorsqu'elle m'a adressé son premier sourire, mon cœur a explosé de bonheur… Je sais, ça fait un peu roman pour jeune fille en fleur, mais c'est ce que j'ai ressenti. Elle était encore plus magnifique que dans mes souvenirs. Avec elle, j'ai vécu les plus belles années de ma vie.

— Vous voir ensemble, si enthousiastes, était réjouissant, confirma Loïc.

— Et Salomon, ça ne l'a pas dérangé ? s'enquit Yann.

— Jacques avait obtenu son trophée et s'en était lassé. Jeanne a vite compris que son mari fréquentait d'autres femmes. Elle espérait oublier ça en se consacrant à sa famille, mais ils n'ont pas réussi à avoir d'enfants… et Jacques s'est toujours opposé à recourir à la procréation médicalement assistée. Le temps a été long pour ma pauvre Jeanne. Quand ils sont revenus à Locmaria, Jacques a tenté de se lancer dans une carrière politique nationale.

— Sans succès, lâcha Yann.

— Sans succès, en effet… Mais il était trop content de savoir Jeanne occupée. Ce n'est pas qu'il culpabilisait de la laisser seule chez elle, mais grâce à moi il ne renvoyait pas l'image du type qui abandonne son épouse à son ennui.

— D'après ce que j'ai compris, il a été peu présent durant les derniers mois de la vie de Jeanne.

— Quand j'ai appris qu'elle avait un cancer, j'ai cru que c'était une partie de moi qui mourait de nouveau. Après me l'avoir ramenée, le destin me la reprenait. C'est elle qui m'a remonté le moral, vous vous rendez compte ? Nous nous sommes aimés comme je ne pensais pas que c'était possible. Pas physiquement, bien sûr. Ce n'est pas que j'aurais été contre… et elle non plus, d'ailleurs. Mais Jeanne trouvait que ça n'aurait pas été bien. J'ai respecté sa décision, même si le comportement de Jacques ne méritait pas de tels scrupules. J'ai honte de le dire, mais j'étais content que Jacques ne s'occupe pas d'elle durant cette période. Quand Jeanne s'est éteinte dans mes bras, j'ai été envahi d'une immense tristesse… mais aussi d'une grande sérénité. J'avais été là jusqu'au bout pour celle que j'aimais ! Si seulement nous avions pu partager notre existence et fonder une famille ! J'aurais été le plus heureux des hommes.

— Vous ne m'aviez jamais raconté votre histoire en détail, conclut le prêtre. Elle est très belle. Mais je ne comprends pas ce qui a pu vous pousser à vous venger de Jacques Salomon… alors que Jeanne nous a quittés depuis deux ans.

— Vous allez le comprendre, enchaîna Germain dans un grognement. Vous allez comprendre ce qui s'est passé il y a deux semaines.

55

Soirée tragique

Lundi 22 septembre

Dimanche 7 septembre. Au volant de sa voiture, Jacques Salomon roulait à tombeau ouvert sur la départementale. Jamais il n'aurait imaginé revenir avec un tel trésor. Il caressa l'appareil photo posé sur le siège avant.

Comme aiguillé par un sixième sens, il avait suivi Patrick Kaiser et Natacha Prigent à la sortie de la réunion d'information organisée par la Mairie. À les regarder se tourner autour comme deux chiens en chaleur, il avait pressenti qu'il se passerait peut-être quelque chose de croustillant. Une possibilité pour récupérer des preuves à utiliser contre Kaiser ? En montant le CDA, Salomon savait que les chances d'aboutir à un retrait de la vente étaient infimes. Il connaissait le milieu : les élus n'avaient aucun intérêt à s'opposer à cette transaction. Ils pourraient se targuer d'avoir créé des emplois au cours de la prochaine campagne. Non, en fondant ce Comité de défense, Salomon avait trouvé une excellente occasion de faire parler de lui. La veille, il avait même reçu l'appel d'un journaliste de France Bleu Breizh Izel pour une première interview. Il allait percer dans le microcosme politique local. Et si, par miracle, il réussissait au moins à retarder l'opération immobilière, le nom de Salomon serait associé à une image de battant, de bouledogue, d'homme qui tient ses promesses.

Durant deux heures arrosées de pintes de bière et de whiskys, Salomon avait attentivement observé la parade séductrice de Kaiser. Natacha ne laissait pas non plus sa part aux chiens, et les signaux qu'ils s'envoyaient mutuellement étaient des plus explicites. Pour lui, cette histoire ne pouvait se terminer que dans un lit. Il les avait suivis lorsqu'ils avaient quitté leur dernier bar, se demandant quel hôtel concarnois accueillerait leurs inévitables ébats. Et quelle surprise quand il avait vu Natacha se pencher sur le capot de la Mercedes et Kaiser baisser son pantalon, sans aucune gêne apparente ! Ils avaient vaguement vérifié si des noctambules ne traînaient pas dans le coin et, rassurés, s'étaient livrés à une scène qu'il avait pris soin de mitrailler en long, en large et en travers. À son excitation se mêlait une pointe de jalousie. Il avait toujours fantasmé sur Natacha. Peu de temps après son retour à Locmaria, il avait tenté de coucher avec elle. Échec sur toute la ligne. Kaiser, lui, était très rapidement arrivé à ses fins. Et son exploit était désormais enregistré dans la mémoire de l'appareil photo de Salomon.

En approchant de Locmaria, Salomon fouilla dans sa veste posée sur le siège et manqua de faire connaissance avec un châtaignier dans un virage négocié trop brusquement. Il redressa sa trajectoire par miracle et activa le numéro de Germain Coreff. Certes, il était près de minuit, mais il fallait qu'il partage son enthousiasme. L'horticulteur jouerait parfaitement le rôle du faire-valoir. Rendez-vous fut pris une demi-heure plus tard chez lui.

Germain Coreff se contentait de peu de sommeil. Il n'était pas encore couché quand son camarade du CDA l'avait appelé, et l'excitation qu'il avait perçue dans sa voix l'avait poussé à accepter cette étrange invitation. Il ressentit un pincement au cœur en arrivant devant la longère. La dernière fois qu'il y était entré, Jeanne l'y avait accueilli. Depuis, il n'y avait plus remis les pieds. Ses liens avec Salomon s'étaient distendus, jusqu'à ce qu'il lui propose de participer à la création du Comité de défense de l'abbaye. L'horticulteur ne nourrissait que peu d'illusions. Il savait parfaitement que le premier objectif de son ancien rival était de se faire mousser, mais il avait une affection toute particulière pour cette abbaye. Il y retrouvait Jeanne lors de leurs premières rencontres. C'est aussi entre ces murs en ruine qu'ils s'étaient promenés avant que son amie entre à l'hôpital pour ne plus en sortir.

Toutes les lumières de la maison étaient allumées. Germain sonna, et c'est un Jacques Salomon complètement ivre qui vint l'accueillir.

— Entre, mon vieux, entre. Tu vas pas en revenir !

Il se traîna en titubant jusqu'au salon, versa dans des verres à moutarde une bonne rasade de whisky et s'écroula dans son canapé.

— Eh ben tu vas voir, le Salomon, c'est un caïd chez les paparizzis… papirrazzis… ouais, enfin les mecs qui prennent des photos olé olé.

Il éclata d'un rire presque dément.

— Oh ! le Kaiser, y va pleurer dans les jupons de sa mère et y va nous bouffer dans la pogne.

Agacé par le comportement alcoolisé de son hôte, Germain reposa son verre.

— Écoute, Jacques, je vais attendre que tu décuves et je repasserai demain matin. Ton scoop ne se sera pas envolé pendant la nuit.

— C'est bon, c'est bon, fais pas ta chochotte. Allez, rassieds-toi. Je te jure que tu vas pas le regretter.

Germain Coreff décida de lui laisser une chance et goûta le whisky au blé noir : quitte à être réveillé en pleine nuit, autant en profiter.

— Alors, tu te souviens qu'après le meeting du maire, le Kaiser et la Natacha sont partis ensemble.

— Effectivement, même un aveugle aurait remarqué leur petit jeu.

— Même un aveugle ? Ah, ah, mais tu sais qu't'es drôle… Ben bibi, quand il s'en est rendu compte, qu'est-ce qu'il a fait ? Ben bibi, il les a suivis. Pas con, hein ?

— Pas évident à juger, mais tu vas me donner des explications, j'imagine ?

— Expliquons pour môssieur Coreff, enchaîna Salomon d'une voix presque solide à force d'être pâteuse. Ils ont picolé, et moi aussi, mais en douce. J'étais comme qui dirait le Jesse Bond de Concarneau. Le mec qu'est là, mais qu'on voit pas… le genre Cochise sur le sentier des douaniers.

— Je suppose en effet qu'ils devaient être particulièrement occupés à se draguer pour ne pas te repérer. Et qu'est-ce qu'il a découvert, le 007 apache ? ajouta

Germain Coreff avec une ironie dont il était peu coutumier.

— Alors… alors, je les ai suivis jusqu'au parking, toujours discret je précise, et là… paf!

— Quoi, paf?

— Ben paf! Tiens, regarde le travail du *maestro*, ordonna-t-il en lui tendant son appareil photo.

56

Chantage

Lundi 22 septembre

Germain l'attrapa, l'alluma et observa l'écran.

— Ben mince alors, c'est Kaiser et Natacha ! souffla-t-il, incrédule.

— Eux-mêmes… et sans trucage.

— Mais ils font ça en plein parking ! Sous un lampadaire ! Si ça se trouve, il y avait des gens autour. Quel sans-gêne ! Mais, qu'est-ce que tu veux en faire ?

— Qu'est-ce que je veux en faire ? Tu te souviens que j'ai un rencard demain avec lui. À quatorze heures qu'on doit se rencontrer. Sur le terrain de l'abbaye.

— Et que comptes-tu lui dire ?

— Pffff, faut tout t'expliquer, à toi. Si on apprenait qu'en plus de nous piquer notre patrimoine, il trousse nos femmes à la hussarde sur des bagnoles, comment tu crois que ça réagirait dans le village ? Alors pour éviter un scandale, le boche aura intérêt à laisser tomber l'affaire… et à rentrer gentiment dans sa province du bout du monde.

Germain prit le temps de réfléchir à la théorie fumeuse. Kaiser n'était pas apprécié à Locmaria. Il était hâbleur et m'as-tu-vu, mais il connaissait son métier. Évidemment, le découvrir en pleine partie de jambes en l'air avec Natacha ne le rendrait pas sympathique. Peut-être même la diffusion de ce cliché inciterait-elle quelques habitants à rejoindre les rangs des défenseurs de l'abbaye ? Mais Kaiser allait-il pour autant faire machine arrière ? Pas le genre ! Comme s'il avait lu dans ses pensées, Salomon continua :

— Et s'il refuse de foutre le camp, je lui proposerai de lui vendre la photo contre mon silence !

— Tu veux le faire chanter ? Et tu serais prêt à lâcher l'abbaye pour ton profit personnel ?

— Tu sais bien que c'est foutu pour l'abbaye. Et tout de suite les grands mots ! Tu sais, dans l'immobilier, les gars ils arrivent avec leurs fonds secrets. Et l'Alsaco, pour les affaires, c'est pas une truffe. Alors, il suffit qu'il glisse une p'tite liasse de billets dans ma poche, et hop ! on parle plus de ses exploits. Et il passe pas pour un gros vicieux aux yeux de la population.

— Et s'il ne paye pas ? Parce que ça m'étonnerait qu'il te donne le moindre centime.

— S'il paye pas ? Ben je vais coller des affiches sur tous les arbres du village et sur les vitrines des magasins ! Ah, on s'en souviendra de la vente de l'abbaye ! ajouta-t-il, surexcité.

— Enfin, Jacques, tu ne peux pas faire ça. Même si je désapprouve complètement le comportement de Natacha, tu ne peux pas l'exhiber à moitié nue en train de se faire sauter par Kaiser. D'accord, ce n'est pas une sainte, mais tu détruirais sa réputation.

Salomon réfléchit à ce qu'il venait d'entendre, se resservit un verre et claqua des doigts.

— Mais oui, mais oui, t'es un génie !

Germain craignit la conclusion que l'alcoolique allait tirer de son propos.

— Mieux qu'un génie, bien mieux que ça ! J'vais faire coup double… si je peux me permettre cette expression. La Natacha, elle va me manger dans la main, et pas que dans la main… si tu vois ce que j'imagine.

— T'as pas le droit, Jacques ! se révolta Germain en devinant l'abject projet du maître chanteur.

— Tu crois que je vais m'gêner ? Si elle veut pas que la photo s'envole dans le village, il va falloir qu'elle soit très gentille avec moi.

— Tu n'espères quand même pas la forcer à coucher avec toi ?

— Oui môssieur, tu as tout compris. Ça fait des années qu'elle m'allume. Je vais pas me priver d'une occasion pareille. Ça serait dommage, non ?

— Tu es immonde, Jacques, et je t'en empêcherai !

— Et comment qu'il va m'en empêcher, le chevalier blanc ?

— Je trouverai.

Jacques Salomon éclata d'un rire gras qui se termina dans une quinte de toux et une remontée de bile.

— Tu trouveras rien du tout ! T'en es juste incapable !

— Et pourquoi donc ?

— Parce que t'es trop niais et que tu crois tout ce qu'on te dit ! T'es qu'une couille molle, Germain.

À bout, l'horticulteur attrapa Salomon à deux mains par le col de la chemise et le souleva.

— Excuse-toi tout de suite !

— M'excuser ? ricana Salomon en agitant les jambes dans le vide. Si t'avais été un peu plus malin, t'aurais pas passé ta vie à pleurnicher sur Jeanne. Repose-moi, je vais t'expliquer…

Après une légère hésitation, Germain laissa son vis-à-vis retomber dans le canapé. Il avait le physique pour le réduire en bouillie, mais le sourire mauvais qui s'étirait sur les lèvres de Salomon l'inquiéta. Qu'était encore allé inventer, ce pervers ?

— À la bonne heure ! Alors prêt pour les révélations ?

— Balance ce que tu as à me raconter, et je rentre chez moi.

— Si en plus t'es pressé ! Allez, on va faire un petit retour dans notre jeunesse. On va dire jusqu'à cette fameuse fête du pardon de Plonivel à Lesconil. Ça te rappelle quelque chose ?

Germain serra les poings en entendant Jacques Salomon lui remémorer le pire jour de son existence.

— Apparemment, oui, tu te souviens de ce jour où Jeanne a décidé de m'épouser plutôt que d'aller s'enterrer avec toi.

— Tu sais parfaitement pourquoi elle a fait ce choix ! Parce que Maryvonne Helias lui a rapporté des saletés mensongères à mon sujet.

— Bien sûr que je le sais. Eh oui, ça m'a aidé à séduire notre Jeanne. Et toi, tu sais pourquoi Maryvonne est allée cracher son venin ?

— Parce qu'elle était jalouse de ma relation avec Jeanne ! Elle a fini par me l'avouer, mais c'était trop tard. Jeanne s'était engagée avec toi.

Salomon éclata d'un rire mauvais, peinant à reprendre sa respiration.

— Je ne vois pas ce qu'il y a de drôle là-dedans, s'énerva Germain.

— Ta réaction prouve ce que je viens de dire. T'es qu'un gros niais, mon pote. Tu te rappelles ce qu'elle a fait, Maryvonne Helias, après mon mariage ?

— Elle est partie deux mois aux États-Unis pour faire un *road trip*. Ça nous a tous surpris.

— Tous, sauf moi ! claironna Salomon.

— Et pourquoi donc ? Ta fameuse psychologie des femmes ?

— Pas ce coup-là, mon poussin. Je vais t'aider. Tu te souviens du métier de Maryvonne ?

— Oui, elle travaillait à la boulangerie du port.

— Et ça gagne combien, à ton avis, une vendeuse dans une boulangerie ?

Germain prit le temps de réfléchir à la question de Salomon et pâlit soudain. Non. Il se trompait forcément. Il ne pouvait que se tromper !

— Alors, insista Salomon, combien ça gagne une fille qui vend du pain et des kouign-amanns ?

Germain ne répondit pas, paralysé par ce qu'il allait entendre.

— Pas assez pour partir en vacances aux États-Unis ! Encore moins pour y passer deux mois et aller de New York à San Francisco. Et puis tu savais que la Maryvonne était une fan de Joan Baez ? Eh bien, elle a eu la chance d'assister à l'un de ses concerts pendant son séjour !

— Attention à ce que tu vas dire, grogna Germain.

Salomon l'ignora.

— Comment ne pas se sentir l'âme d'un bon samaritain ? Je lui ai proposé de lui payer son voyage… contre un petit service, bien entendu. Elle a hésité au début, parce qu'au fond elle t'aimait bien. Mais elle n'a pas réussi à résister à la tentation. Pas facile pour elle d'aller raconter à Jeanne que tu avais essayé de la violer, mais le billet qu'elle avait déjà en poche lui a donné le courage suffisant ! Tu vois, si tu avais été moins stupide et si tu avais eu assez de tripes pour la secouer, elle t'aurait vite balancé la vérité, la gamine… et tu n'aurais pas définitivement perdu Jeanne.

Le poing partit d'un coup dans le visage de Salomon, qui s'effondra en se vomissant dessus. Livide, Germain cracha sur le corps allongé et quitta la maison.

57

Reddition

Lundi 22 septembre

Assis, Yann et Loïc secouaient la tête d'un même mouvement incrédule. Comment Jacques Salomon avait-il pu arriver à une telle extrémité pour attirer dans ses filets la femme qu'il aimait… ou plutôt qu'il désirait ?

— J'ai erré toute la nuit, je hurlais ma haine aux étoiles. Au petit matin, j'ai pris ma décision. Je ne savais pas exactement comment j'allais opérer, mais je voulais punir Jacques. Il avait foutu ma vie en l'air, j'allais lui voler la sienne. Œil pour œil, dent pour dent. Ce fameux lundi, à deux heures de l'après-midi, j'étais caché dans le bosquet où vous avez trouvé mon écharpe. C'est quand je l'ai vu se battre avec Patrick Kaiser que j'ai compris comment j'allais m'en débarrasser. Une fois l'Alsacien parti, je me suis précipité sur Jacques. J'avais une pierre en main. Un seul coup a suffi. Il s'est effondré net. Alors je suis rentré, soulagé par mon geste.

— Mais pourquoi avoir emporté votre écharpe ? questionna Yann.

— C'est un peu de Jeanne qui m'accompagnait et qui me donnait sa détermination. J'étais tellement nerveux que je ne me suis pas rendu compte que je l'avais oubliée.

— Mais vous auriez pu aller la récupérer.

— J'aurais pu, mais j'ai choisi de ne pas y aller.

— Pourquoi ?

— Pourquoi… répéta Germain en baissant la tête.

Son excitation qui avait ressurgi pendant le récit des événements avait disparu, laissant place à une incommensurable amertume.

— Parce que le soir même, j'ai pris conscience que j'étais un assassin et pas un justicier comme je l'avais cru le reste de la journée. Je me disais que je m'étais vengé et que j'avais vengé Jeanne. Vengé Jeanne… Foutaises ! Je n'ose plus penser à elle tellement j'ai honte. En m'aimant, elle a aimé un meurtrier. Dans les jours qui ont suivi, j'ai continué à donner le change, mais chaque heure qui passait apportait son lot de dégoût. La conduite de Jacques valait mon mépris, mais pas ma damnation. Je me suis damné, mon père. J'ai tué ! Et pour ça, je ne mérite plus de vivre.

Loïc Troasgou prit son temps avant de répondre. Le désespoir qui se lisait sur les traits de son ami le touchait.

— Quelle que soit la gravité de votre geste, Germain, ce n'est pas à vous de décider si vous méritez ou non de vivre. Alors si vous avez des idées de suicide, abandonnez-les tout de suite. Ce serait la réaction d'un lâche… et ce n'est pas un lâche que Jeanne a aimé toute sa vie.

La tirade du recteur sortit l'horticulteur de sa torpeur.

— Vous avez raison. Je vais aller me rendre dès demain à la gendarmerie. Ça permettra aussi d'innocenter monsieur Kaiser.

— Je vous accompagnerai, Germain, le rassura Loïc. On n'est jamais trop de deux pour affronter la justice des hommes.

— Merci mon père, le remercia chaudement Germain. Et pour la justice de Dieu… pensez-vous que je sois condamné pour l'éternité ?

— Votre geste l'a évidemment profondément chagriné, mais le Christ a pardonné au bon larron, un brigand crucifié à ses côtés. Gardez espoir en sa miséricorde. Quoi qu'il en soit, je vous impose une mission à remplir demain matin, avant d'aller voir nos gendarmes.

— Laquelle ?

— Tenir votre parole et aider Yann lors de la présentation de la fresque aux représentants des Monuments historiques.

58

Libération

Mardi 23 septembre

Le major Julienne et l'adjudant Salaün avaient eu du mal à croire la déposition de Germain Coreff. Comment ce citoyen au-dessus de tout soupçon et si apprécié dans le village avait-il pu commettre un tel acte ? S'ils avaient un instant pensé que l'horticulteur était venu se dénoncer pour protéger un complice ou un ami, la précision de la narration les avait convaincus de la véracité du témoignage. D'ailleurs, la présence du recteur suffisait à attester de l'authenticité du récit. Éric Julienne avait contacté le juge d'instruction et, une demi-heure plus tard, Ronan Salaün partait à Quimper avec le malheureux coupable dans une estafette de la gendarmerie. Germain avait été reçu dans l'après-midi par le magistrat et incarcéré dans la foulée.

En fin de journée, Patrick Kaiser était libéré et prenait un taxi avec sa valise pour Locmaria. Cathie lui avait gentiment proposé de dîner et de dormir au domaine de Kerbrat pour qu'il se remette de ses émotions.

Il devait reconnaître que la femme qu'elle était devenue lui plaisait bien : volontaire, toujours prête à rendre service, et puis quand même diablement bien foutue. Mais pourquoi cette courge s'était-elle laissée aller comme ça durant leur mariage ? Faisant fi du passé, il se demanda si elle ne l'accueillait pas chez elle pour l'attirer dans son lit. Après tout, en lui donnant la photo où il s'amusait avec Natacha, il lui avait prouvé qu'il lui faisait confiance. Et peut-être cette photo avait-elle réveillé sa libido ? Il savait qu'elle avait pratiqué le libertinage après leur divorce. Hmmm… cette soirée s'annonçait particulièrement intéressante !

Le soleil commençait déjà à décliner quand le chauffeur déposa Patrick Kaiser à proximité du domaine de Kerbrat. Il marcha quelques mètres, s'arrêta et apprécia le paysage : le bleu du ciel qui s'assombrissait, les nuages qui se teintaient de couleurs pourpres, le vent qui berçait la cime d'un pin. Il ferma les yeux et huma les senteurs de terre et de mer entremêlées : tous ses sens étaient sollicités. Et là, juste derrière le petit bois, la magnifique propriété de Cathie. Si pour lui aucune région n'égalait l'Alsace, il reconnaissait en cette fin d'après-midi que la Bretagne avait quelques arguments à faire valoir. Et s'il en profitait ? Mais oui, tout était limpide. Il allait s'installer chez Cathie ! Elle l'avait invité à sa sortie, ce qui prouvait l'indéniable intérêt qu'elle lui portait. De son côté, il ne doutait pas un instant que cette malheureuse histoire de meurtre n'ait que décalé la vente qu'il allait victorieusement conclure…

et le versement de la somme conséquente qu'il allait engranger. Avec ça, il pourrait offrir à Cathie des tenues affriolantes pour épicer leurs futures soirées. Et si jamais leurs relations devenaient monotones, il rendrait visite à Natacha. Il éviterait ainsi la rigueur d'un hiver alsacien et retournerait à Strasbourg au printemps.

Pour assurer financièrement, il saurait faire son trou dans un marché immobilier breton très actif : un excellent professionnel n'a qu'à traverser la rue pour trouver du boulot. Il allait mordre la vie à pleines dents. Au pire, il pourrait vivre aux crochets de Cathie. Même s'il n'avait pas encore découvert d'où provenait son argent, il allait pouvoir en profiter. Après tout, il était de la famille, et la famille, c'est sacré.

Comme il allait se diriger vers la maison, son téléphone sonna. Le numéro n'évoquait aucun souvenir, mais il décrocha : il ne voulait pas rater un appel du juge ou de son avocat.

— Patrick Kaiser à l'appareil.

— Papa, c'est Xavier. Maman m'a dit que tu venais d'être libéré. Comment vas-tu ?

— Content d'être dehors, fiston. Je t'avoue que je m'ennuyais ferme, d'autant plus que ces abrutis de cruchots m'avaient accusé à tort. C'est pas faute d'avoir clamé mon innocence des dizaines de fois.

— Tu es resté à Quimper ?

— Tu plaisantes ? Ta mère m'a invité à passer la soirée dans son domaine, et là, je me trouve juste devant chez elle. Je dois reconnaître qu'elle m'a aidé à sortir de ce faux pas.

— Je peux t'assurer qu'elle y a consacré de l'énergie… et Yann l'a bien secondée.

— Yann ? sembla hésiter Patrick.

— Tu sais très bien de qui il s'agit : maman m'a raconté que vous vous étiez rencontrés sur les îlots de Men Du.

— Ah oui, Yann Lemeur, le journaleux. J'ai entendu dire qu'il avait effectivement donné un petit coup de main.

— Et, jusqu'à quand restes-tu à Locmaria ? continua Xavier sans insister sur le sujet.

— Au moins quelques jours. Le temps de clore le dossier.

— De mon côté, je reviens dans dix jours. Ce serait sympa qu'on se revoie après toutes ces émotions.

— Dans dix jours ? J'espère bien avoir conclu la vente d'ici là, mais je crois que je vais m'installer un peu chez ta mère. Mais qu'est-ce que tu vas faire en Bretagne début octobre ? Tu es tombé amoureux de la pêche aux moules ?

— Pas de la pêche aux moules, mais d'une magnifique et adorable infirmière qui bosse à Quimper ! Et on a prévu de passer un week-end ensemble. J'avais gagné un séjour pour deux au *Relais de Saint-Yves*. Tu connais ?

— J'y logeais avant d'être arrêté. Eh bien, tu ne vas pas t'ennuyer, mon cochon ! Ouvre quand même les rideaux pour voir le temps qu'il fera durant ces deux jours. Si elle est si bonne que ça, tu tireras une cartouche en pensant à ton paternel.

— C'est pas vrai, tu ne changeras jamais ! soupira Xavier, consterné.

— Eh bien quoi ? Je suis juste fier de mon garçon et je l'encourage. Et comment s'appelle cette bombe ?

— Alana.

— Et j'aurais pu la rencontrer ?

— Pas impossible… c'est la fille de Yann.

Un silence succéda à l'annonce de Xavier. Si jamais ça marchait entre son fils et cette infirmière, il faudrait qu'il se tape le père pour toutes les fêtes de famille. Eh bien ! Ça promettait d'être joyeux.

— Tu es toujours en ligne, papa ?

— Oui, oui. Alors félicitations, et je te souhaite plein de bonheur. Mais ne t'emballe pas. Parfois, on pense faire le choix parfait quand on a vingt ans et on s'aperçoit que le temps abîme le cadeau qu'on s'était offert.

Stoïque, Xavier ne releva pas la pique lancée à Cathie.

— Peut-être, mais elle dispose de beaucoup d'atouts. Franchement, c'est une fille belle, drôle, courageuse et douce… tout en faisant preuve de caractère.

— Très bien, très bien. Tu es peut-être au courant, mais entre son père et ta mère, ça donne quoi ?

— Entre Cathie et Yann ? Ils s'entendent bien. Pourquoi tu me demandes ça ?

— Je vais y aller *cash*. Est-ce qu'ils couchent ensemble ?

— Écoute, comment est-ce que tu veux que je le sache ? Tu crois que ce sont des sujets dont on discute au téléphone ?

— Tu dois bien avoir un instinct, tu es flic après tout !

— N'importe quoi. Bon, si tu désires vraiment une réponse, je dirais que les choses ne se sont pas encore concrétisées. Mais à mon avis, tout est entre les mains de maman.

— Parfait, parfait, commenta Patrick avec jubilation.

— Pourquoi donc ?

— Parce que je vais de nouveau séduire ta mère. Elle a rendu la fin de notre union chaotique, mais j'ai décidé de nous donner une nouvelle chance. L'ami Yann n'aura plus qu'à remonter dans son chalutier et je m'installerai au domaine de Kerbrat durant quelques mois.

Atterré par l'absurdité de la déclaration, Xavier ne trouva rien à rétorquer.

— Et comme ça, continua son père, on se reverra dans dix jours et je pourrai faire la connaissance de ton Alana. Et ta sœur, comment va-t-elle ?

— Anna s'est tenue au courant de ta condition. Je pense même que malgré vos relations pourries, elle s'est fait du souci. Tu devrais l'appeler. Tu veux son numéro ?

— Pas question ! Si ta sœur souhaite renouer le contact, c'est à elle de me téléphoner. Je ne vais pas mendier des miettes de son amour !

— Alors tu risques de ne pas la rencontrer de sitôt. Bon, profite bien de ta première soirée de liberté et embrasse maman de ma part.

— T'inquiète pas, plutôt dix fois qu'une, conclut Patrick Kaiser avec un étrange ricanement satisfait. Maintenant, je te laisse. De l'autre côté de la haie, ta mère m'attend.

59

Retrouvailles

Mardi 23 septembre

En poussant le portail de la propriété, Patrick ne put s'empêcher de marquer un temps de déception. Il avait imaginé sa femme l'attendant impatiemment. Son côté romantique lui jouerait toujours des tours. Il avança dans le jardin et, arrivé sur la terrasse, jeta un regard à travers la porte-fenêtre. Cathie s'affairait dans la cuisine, les cheveux remontés en un chignon fou. Il la contempla quelques instants : elle était aussi belle que lorsqu'il l'avait rencontrée il y a vingt-huit ans, il y a un siècle, il y a une éternité. Peut-être plus belle même. Il frappa à la vitre. Elle releva les yeux et, d'un geste de la main, l'invita à entrer. Il pénétra dans son futur domaine. Cathie s'essuya les mains dans un torchon et se dirigea vers lui. Comme Patrick s'apprêtait à l'embrasser, elle tendit le bras pour maintenir une distance de sécurité. OK… ne pas s'emballer et s'accorder le temps de la séduire de nouveau ! Un dîner, une bonne bouteille de vin et quelques anecdotes dont il avait le secret feraient l'affaire.

— Bienvenue. Alors, ça y est, ils t'ont libéré.

— Oui, ces incompétents ont fini par se rendre compte de leur erreur. Je t'explique pas comme je m'emmerdais à regarder la TNT dans cette sordide chambre d'hôtel. Qu'on ne vienne plus me parler de Quimper !

Surpris par le manque de réaction de Cathie, Patrick s'aperçut qu'il avait dû rater quelque chose.

— Ah oui, j'oubliais. Merci pour ton enquête.

— *Service*. Tu pourras aussi remercier Yann et Loïc.

— Loïc, encore un de tes prétendants ?

— C'est le prêtre de Locmaria. Plutôt bel homme, je dois le reconnaître, mais plus intéressé par l'âme de ses paroissiennes que par leur physique.

— Le genre de mec qui a mis ses couilles au placard le jour de son ordination, c'est ça ?

— Je te laisserai lui poser la question. Mais sois quand même prudent sur la façon dont tu amèneras le débat : il te dépasse de vingt centimètres et d'une bonne vingtaine de kilos.

Patrick se rendit compte que la discussion ne prenait pas un tour favorable. Il recentra la conversation sur l'enquête :

— Non, mais je plaisante. J'irai le remercier, ton curé, ainsi que ton journaliste. Mais explique-moi comment vous en êtes arrivés à découvrir la culpabilité de l'amant de la femme de Salomon. En version courte, *steuplé*.

— Ce n'était pas son amant, mais la relation entre Jeanne et Germain serait sans aucun doute trop compliquée à comprendre pour toi. Je vais te faire un résumé, mais je ne veux pas manquer à mes devoirs de maîtresse de maison. Je t'offre quelque chose à boire ?

— Ah oui, cool. T'aurais une petite mousse ?

— J'ai tout ce qu'il faut. On goûte une bière bretonne ?

— Une bière bretonne ? Parce qu'un Breton, ça sait brasser ?

— Plutôt bien, oui.

— Je ne souhaite pas prendre ce risque. Tu aurais de la Fischer ? Ça me rappellera le pays et mon passage à Schilick.

Même si elle appréciait la production locale, Cathie stockait toujours quelques bouteilles de la bière favorite de son père, fabriquée à Schiltigheim. Voir le logo représentant un jeune pêcheur assis sur un tonneau et buvant dans un bock pratiquement aussi grand que lui ravivait chaque fois des souvenirs d'enfance en elle. Elle en sortit une du réfrigérateur, attrapa quelques bretzels et, une fois installée, attaqua son récit. Patrick ne put cacher son enthousiasme devant la ténacité de sa femme et du journaliste. Aurait-il déployé autant d'énergie pour innocenter Cathie ? Sans doute non. Il avait souhaité au départ n'entendre qu'une version édulcorée de l'histoire, mais il ne manquait pas d'interrompre la narration pour obtenir des détails sur cet incroyable meurtre. S'il en voulait à Salomon de l'avoir involontairement fait passer pour un assassin, Patrick ne pouvait s'empêcher de ressentir une sorte de fascination pour la victime : son idée de payer la fameuse Maryvonne pour discréditer Coreff était grandiose ! Jamais il n'aurait pensé à inventer un truc comme ça.

Cathie avait bien pris soin de ne pas évoquer la découverte de la fresque moyenâgeuse. Pas question de compromettre la mise en scène journalistique prévue avec Yann ni de subir les foudres de son ex.

— Après ce que tu m'as raconté, conclut Patrick, j'avoue que vous avez fait du bon boulot. Je vais pouvoir reprendre la vente et toucher une commission pas piquée des hannetons. Tu vas d'ailleurs en profiter, *schatzele*, ajouta-t-il avec un sourire carnassier qui consterna Cathie.

— Avant que tu encaisses ta prime, on va dîner.

60

Le dîner

Mardi 23 septembre

Enfin, il y était. Oyez bonnes gens, Patrick Kaiser va entrer en action et il est chaud comme la braise !

La température baissa quand même de quelques degrés lorsqu'il remarqua que la table avait été dressée pour quatre.

— On attend du monde ?

— Non, j'ai trouvé plus intéressant d'avoir chacun deux assiettes et deux chaises, se moqua Cathie en haussant les épaules.

Comme Patrick ouvrait de grands yeux ébahis, elle tourna la tête vers la terrasse. Dans la nuit tombante, deux silhouettes venaient d'apparaître derrière la porte-fenêtre. Patrick ne cacha pas sa déception puis sa surprise en voyant arriver les deux invités. Si la présence de Yann Lemeur ne l'étonnait pas vraiment, celle de Didier Schiesser était inexplicable. Que diable faisait ici son patron ? Était-ce Cathie qui l'avait convié en Bretagne ? Après tout, le couple avait travaillé dans la même agence avant que Cathie ne la quitte sur un coup d'éclat. Didier y tenait à l'époque le rôle de directeur adjoint. Enfin, quoi qu'il se passe, la situation serait rapidement clarifiée.

— Alors, comment va notre Chéri-Bibi ? lança Didier Schiesser en serrant vigoureusement la main de Patrick.

— Qui ça ?

— Tu ne regardais pas les aventures de ce bagnard victime d'une erreur judiciaire à la télé quand tu étais gamin ?

— Non, moi, c'était plutôt Goldorak et San Ku Kaï.

— Le début de la mondialisation de la culture… Bon, ils ne t'ont pas trop fait souffrir pendant ton enfermement ?

— Tu sais, j'étais dans une chambre d'hôtel, pas dans une cellule avec un psychopathe en manque d'affection. Mais dis-moi, comment se fait-il que tu sois là ?

— Cathie a eu la gentillesse de nous inviter, tout simplement ! s'enthousiasma Didier Schiesser. Allez, tu as certainement plein de choses à nous raconter.

— Pas du tout ! s'énerva Patrick. Explique-moi d'abord pourquoi tu es là ?

Le sourire du directeur de l'agence immobilière s'effaça.

— Tu plaisantes, là, Patrick ?

— J'en ai l'air ? Je suis dans les *starting-blocks* pour gagner ce contrat. Tu vas voir, je vais te signer une vente qui déchire !

— J'ai toujours aimé ton côté *winner*, mais tu ne crois pas que tu en fais un peu trop ? Ça fait quand même trois jours que je suis sur le pont pour récupérer le coup.

— Trois… trois jours ?

— Eh bien oui. Cathie, vous ne lui avez pas dit ? s'étonna Schiesser.

— Je ne sais pas si vous l'avez remarqué, Didier, mais j'ai quitté votre boîte depuis plus de trois ans. Je ne me suis donc pas immiscée dans vos affaires. Par ailleurs, je cherchais plus à remonter le moral de Patrick qu'à l'enfoncer. Imaginez sa réaction si je lui avais annoncé la nouvelle.

— Non, mais tu charries, Didier ! explosa Patrick. C'était la vente de ma vie, ce truc ! Celle qui allait me faire rentrer dans la cour des grands ! Et là, tu viens me couper l'herbe sous le pied !

— Calme-toi, s'il te plaît. Ce projet, c'est bien moi qui te l'avais confié. Mais les Luxembourgeois ont eu vent de ce qui se passait ici et ils m'ont harcelé au téléphone pour que je reprenne les choses en main. Alors effectivement je me suis déplacé pour négocier avec les différents protagonistes. Je peux même t'apprendre que la promesse de vente sera signée dans une semaine.

Abattu, Patrick ne chercha pas à tenir tête à son patron. L'expert qu'il était comprenait que la *Luxembourg Investment Assets* ait préféré assurer ses arrières.

— Allez, Pat, tire pas cette tête. Tu auras d'autres beaux projets. L'Alsace ne manque pas de promoteurs ambitieux.

Le dîner se déroula dans une ambiance étrange, entre la bonhomie de Didier Schiesser et l'apathie de Patrick, nettement moins bavard qu'à son habitude. Une fois les desserts dégustés, le directeur de l'agence donna le top du départ.

— Patrick, proposa Cathie, je t'ai préparé une chambre d'amis si jamais tu veux passer la nuit ici. C'est celle dans laquelle dort Xavier quand il vient.

Son ex-mari n'hésita pas longtemps. Le message était clair et il avait assez de sa désillusion professionnelle.

— Merci, mais je ne crois pas. Didier, la boîte me paye une chambre d'hôtel au *Relais de Saint-Yves* ?

— Bien sûr ! Même si tu as vécu une expérience malheureuse, tu fais encore partie des cadres. Et des meilleurs !

Yann attendit que les deux agents immobiliers s'éclipsent. Il souhaitait faire le point sur la soirée avec Cathie.

— Je suis admiratif devant tes efforts pour ton ex.

— Bah ! il sortait d'un moment difficile. J'ai bien vu quand il est arrivé qu'il imaginait autre chose, mais cette soirée lui a au moins permis de revenir sur terre. Et puis Didier ne le laissera pas tomber.

— En parlant de Didier, il va avoir une belle surprise quand on va annoncer la découverte de la fresque. Il n'est pas près de signer son compromis.

— La couverture presse est toujours prévue pour après-demain ?

— Oui, le premier article d'une série de trois paraîtra dans *Ouest-France*. D'ailleurs, si j'osais, je te demanderais un peu d'aide pour les relire et les rendre moins académiques.

— Ta requête me flatte, Yann, et je l'accepte avec plaisir. Mais je ne sais pas si le résultat sera à la hauteur de tes espérances.

— Il le sera, je n'en doute pas une seconde. Mais

pour en revenir à Didier, on est quand même en train de faire un sale coup à un de tes amis.

— Didier Schiesser n'a jamais été un de mes amis, réagit aussitôt Cathie. Durant les dernières semaines où je travaillais à l'agence, Patrick sortait avec la directrice des ressources humaines. Il se pavanait avec elle et s'amusait à me faire passer pour… une cruche devant une partie de l'équipe. Schiesser n'a jamais dit un mot pour s'y opposer. Tu vois, le genre de dégonflé qui ne s'acharne pas directement, mais qui sourit discrètement aux plaisanteries glauques dont tu es la victime. Donc je serai totalement indifférente à sa déconvenue. Si je l'ai invité ce soir, c'est pour qu'il s'explique en tête à tête avec Patrick. Cette andouille aurait été capable de me reprocher de lui avoir caché la présence de son patron. Et je t'avoue que son choix de dormir à l'hôtel m'a soulagée : bon débarras !

— Eh bien bravo, tu as fait coup double. Tu l'as charitablement accueilli tout en réussissant à t'en défaire… et à mon avis, on n'est pas près de le revoir en Bretagne. Bon, je ne vais pas te déranger plus longtemps.

— Il n'est pas très tard. On peut travailler sur les articles en buvant un pisse-mémé. Et si tu veux passer la nuit ici… la chambre de Xavier est prête.

Yann accepta avec un sourire amusé : alors qu'il ne s'était encore rien passé avec Cathie, il occupait déjà la chambre de l'ex.

61

Présentation

Jeudi 25 septembre

Le temps était de la partie et Émile Rochecouët paradait comme un paon au milieu de la foule qui s'amassait devant son bar. Jamais il n'avait accueilli autant de consommateurs dans son établissement, même pour la finale de la Coupe du monde de 2018. La veille, le responsable des Monuments historiques était revenu à Locmaria avec l'un de ses collègues et du matériel technique. Ils avaient daté la mystérieuse fresque du début du XVIe siècle. Si le fonctionnaire n'avait pas encore pu affirmer que Léonard de Vinci en était le père, le style pictural était très similaire à celui du maître florentin.

L'article publié dans la matinée à la une d'*Ouest-France* avait provoqué une secousse sismique de forte magnitude dans l'univers des arts. Yann Lemeur avait écrit ce qui était, moins de quelques heures après sa sortie, le texte le plus lu de sa carrière. Dès la parution du journal, des confrères de tous les quotidiens de la presse nationale l'avaient déjà contacté, avides de reprendre cette histoire qui les changerait des ennuyeuses joutes politiques et de la litanie des mauvaises nouvelles économiques ou des meurtres sordides.

À la demande du vicomte, que la situation amusait particulièrement, Yann avait placé l'aristocrate au cœur de cette stupéfiante découverte. Il avait éludé le rôle du père Troasgou, racontant juste qu'un soir d'orage Antoine Brehec avait trouvé la trace de l'existence de la fresque dans de vieilles archives familiales. Cela ne rendait certes pas hommage au travail de Norbert de Saint-Paulin, de la revue *Bretagne et Catholicisme*, mais ce raccourci servait une narration plus simple à exposer. Pour préserver le suspense, Yann n'avait pas encore dévoilé les dessous de l'expédition nocturne, expédition qu'il avait arrangée à sa façon. Après tout, ce qui passionnait les lecteurs dans ce genre d'histoire, ce n'était pas la véracité de tous les faits. Ce qui les faisait vibrer, c'était d'imaginer qu'eux-mêmes auraient pu se retrouver au cœur de cette aventure, qu'elle n'était pas réservée à des Indiana Jones, mais bien accessible au commun des mortels ! Cathie avait contribué à l'écriture du récit : sa verve et son sens dramatique avaient donné aux éléments relatés par Yann toute la beauté et la grandeur d'une épopée.

Prévenu la veille, le major Julienne avait rapidement sollicité l'aide de ses collègues quimpérois pour sécuriser le village. Si l'autel avait été remis en place et protégeait la crypte, les archéologues en herbe étaient nombreux à vouloir tenter leur chance pour admirer ce nouveau trésor artistique avant les autres. À midi, une dizaine de militaires avaient pris pied dans Locmaria, réglant la circulation et bloquant l'accès de l'abbaye.

C'est donc sur le port que s'étaient attroupés les curieux. Des affichettes placardées à l'aube dans les rues annonçaient une projection à quatorze heures des photos de l'œuvre, prises par Antoine Brehec, sur un écran spécialement installé pour l'occasion. Yann avait contacté ses connaissances de France 3 Bretagne en priorité. Il était prévu que le vicomte raconte succinctement sa découverte. Yann ne doutait pas un instant que l'aristocrate sache captiver l'auditoire et inventer tous les détails nécessaires pour rendre son récit captivant.

Un quart d'heure avant le top départ de la présentation, Antoine Brehec, un micro dans une main et un verre de sauvignon dans l'autre, regardait avec une évidente satisfaction la foule qui grossissait à vue d'œil. Il avait revêtu une tenue qui le faisait vaguement ressembler à un chasseur autrichien, une plume de paon ornant son chapeau en feutre. Il souriait aux badauds. Quoi qu'il se passe ensuite, sa petite équipe avait gagné son défi. Il s'écoulerait de longues années avant qu'un quelconque *Abbey Diamond Resort* soit construit à Locmaria. Florence Borella, la conservatrice des Monuments historiques, le lui avait assuré. Quant aux risques de poursuites qu'il encourait pour violation de propriété, ils étaient réels, mais sans doute se réduiraient comme peau de chagrin au vu de l'intérêt de la découverte pour le patrimoine de la France.

— Honte sur vous ! hurla une voix sortie des premiers rangs.

Antoine Brehec rechaussa ses lunettes pour deviner la source de ce vif mécontentement. Il plissa les yeux et reconnut Marc Dubourg, le représentant des propriétaires du terrain.

— Oui, une honte que vous vous soyez permis de fouiller dans des lieux sacrés qui ne vous appartiennent plus depuis des décennies ! Ne savez-vous pas que les privilèges de la noblesse ont été abolis depuis plus de deux siècles ? Vous n'êtes qu'un voleur, un vulgaire pilleur de tombe ! Je vous assure que la justice ne vous laissera pas vous en tirer à bon compte ! Ma plainte a déjà été déposée, et je vous jure que je ne serai pas le seul à vous faire payer votre comportement scandaleux.

Anton Manach, le maire de Locmaria, venu assister à la présentation, observa son administré avec étonnement. Où était passé le policé monsieur Dubourg, l'homme en costume qui se promenait toujours d'un pas égal dans les rues de Locmaria ? Avait-il été vexé de ne pas avoir été tenu informé des événements ou était-ce la somme d'argent qu'il perdait en ratant la vente qui le mettait dans une telle rage ?

— Mon ami, lui répondit avec malice Antoine Brehec, quand vous découvrirez le trésor que recèle cette chapelle, votre agitation retombera d'elle-même.

— Un trésor qui vous appartenait, peut-être ?

La foule se taisait, appréciant tout particulièrement cette avant-première savoureuse. Si, à cette heure, un bookmaker avait lancé les paris, les cotes de Dubourg et de Brehec auraient été identiques.

— Un trésor qui appartient à l'humanité, mon ami.

— Arrêtez de vous moquer de moi, avec vos « mon ami ». Vous savez pertinemment que tout ce qui se trouve sur ce terrain appartient aux descendants de la famille Kermel, que je représente.

— Vous avez parfaitement raison, et il n'est pas question de spolier cette famille de ses droits. La loi est d'ailleurs claire à ce sujet. Mais quand j'ai appris, par la bande, que la chapelle devait être transformée en spa, avouez que je me devais de réagir. De tels travaux auraient gravement compromis la qualité, voire l'existence de cette remarquable fresque.

— Balivernes, vous racontez n'importe quoi !

— Je n'invente rien. C'est monsieur Kaiser, lui-même, qui a dévoilé ce détail croustillant lors d'un apéritif dans ce bel établissement qu'est *Le Timonier oriental*.

Comme les regards de l'assemblée se tournaient vers l'entrée du bar, Émile Rochecouët, qui avait passé un tablier neuf, s'inclina pour saluer sa future clientèle. Même s'il n'était pour rien dans les révélations alcoolisées de Patrick Kaiser, il avait tout de même participé à l'aventure. Après tout, c'est grâce à l'essence des boissons dispensées par son bar-restaurant que le vicomte avait pu renvoyer Marc Dubourg dans ses buts.

— De vous à moi, monsieur Dubourg, et entre gentlemen, enchaîna Antoine Brehec sur le ton de la confidence, pensez-vous qu'il aurait été bien sérieux d'immoler une œuvre de l'illustrissime maître Léonard de Vinci sur l'autel de la remise en forme ? La perte de quelques grammes de sueur, fût-elle celle de millionnaires, vaut-elle un tel sacrifice ?

L'évidence du raisonnement emporta l'enthousiasme de la foule qui prit fait et cause pour ce drôle de bonhomme. La voix forte de Marcel Guidel sortit du public :

— Alors, répondez, Dubourg ! Vous voulez donc que les ultra-riches volent au peuple la production artistique de leurs ancêtres ? Que, non contents de s'engraisser sur la sueur des travailleurs, ils utilisent la leur pour détruire notre patrimoine ?

Sentant que le débat avait définitivement tourné en sa défaveur, Dubourg décida de baisser pavillon et d'éviter un lynchage qui ne changerait de toute façon rien à la situation.

— Même si je continue de désapprouver les méthodes employées par monsieur Brehec de Kerfons, je reconnais sans ambages que ce qui appartient à la culture bretonne doit rester aux Bretons, énonça-t-il clairement.

Une ovation s'éleva de l'assemblée, et Antoine Brehec entama son récit. Il était quatorze heures, et la caméra de France 3 Bretagne avait commencé à filmer.

62

Les préparatifs

Mardi 7 octobre

— Mesdames et messieurs, du calme, s'il vous plaît ! lança Anton Manach pour tenter de ramener un peu d'ordre dans ce conseil exceptionnel.

L'excitation médiatique qui avait suivi l'annonce de la découverte de la fresque s'était à peine apaisée qu'un scoop secouait à nouveau Locmaria. Un tsunami culturel ! La première séance de dédicace en France de Clara Pearl ! Comment le pauvre Léonard de Vinci pouvait-il résister à la sulfureuse Américaine, la nouvelle reine de la romance ? En moins de deux ans, elle avait imposé son nom dans le monde de la littérature érotico-sentimentale, écrasant la concurrence grâce à une fulgurante montée en puissance de ses ventes. L'autrice et Christian Lesabre, son éditeur français, avaient su développer une stratégie originale et efficace : se montrer aussi peu que possible ! À une époque où tout personnage public cherche à cannibaliser les réseaux sociaux et courtise les influenceurs de tout poil,

Lesabre avait décidé de mener une approche inverse. Clara Pearl avait relevé le défi. Avec l'aide d'une équipe internationale, l'éditeur avait passé des jours et des nuits à rencontrer des centaines de libraires, principalement aux États-Unis. C'est là qu'il voulait lancer la carrière de son autrice. Pendant les premiers mois, Clara Pearl était restée invisible, idole inaccessible pour ses admirateurs déjà nombreux. Seules quelques rares photos d'elle avaient été dévoilées… dans des tenues assez osées, mais suffisamment décentes pour ne pas se mettre à dos la terrible censure d'outre-Atlantique. Un exercice périlleux qui avait valu à Lesabre et ses collaborateurs quelques sueurs froides. Mais sa tactique avait finalement porté de magnifiques fruits. Clara Pearl n'apparaissait en public que depuis une année. La pétillante brune qui ne quittait jamais son bibi et son masque en satin avait pratiquement créé une émeute au printemps lors de sa participation à un salon new-yorkais.

Dans moins de deux semaines, c'est Locmaria qui accueillerait cette star internationale ! La nouvelle avait rapidement circulé sur la Toile. Rejoindre le village finistérien le jour J serait sans doute plus compliqué que de sortir de Paris un soir de départ en vacances ! Par quel avion arrivait-elle ? Mystère ! Contacté par des journalistes, Christian Lesabre avait expliqué que Clara ne souhaitait pas s'exprimer dans la presse et qu'elle venait uniquement rencontrer ses fidèles lectrices et lecteurs français. Bref, les seules informations avérées étaient l'horaire et le lieu de la dédicace : le samedi 18 octobre dès quatorze heures à la librairie *Lire au large* de Locmaria. En quelques heures, toutes les chambres à louer de la région avaient été prises d'assaut. La gestion du débarquement de fans en folie ne manquait pas d'inquiéter les autorités. C'était la raison pour laquelle le major Éric Julienne participait exceptionnellement à ce conseil municipal.

— Mais c'est qui, cette Clara Pearl ? demanda Arsène, le propriétaire du magasin de vêtements marins du port, sous le regard consterné des autres élus.

— Tu ne t'es pas renseigné avant de venir ici ? s'étonna Marine Le Duhévat. C'est une romancière.

— Tu sais, moi, en littérature, je ne connais pas grand-chose… à part San Antonio, Gérard de Villiers et Jean Failler. Alors, ta Clara, ça ne me dit rien.

Marine se leva, navigua quelques secondes sur son téléphone et lui montra une photo de l'écrivaine.

— Hé ! Arsène, s'amusa Émile Rochecouët, tu ne vas pas nous faire une attaque ? Ferme ta bouche et reprends ton souffle.

— Sacré femme, conclut Arsène en abandonnant le portable à regret. Je pense que j'irai faire un petit tour… mais juste pour voir si la photo n'est pas trompeuse. Parce qu'avec un bon logiciel, n'importe qui pourrait faire passer ma sœur aînée pour Monica Bellucci. Et, elle écrit quoi, cette Clara ?

— Des histoires pimentées, expliqua Paulot Guillou.

— Tu connais ça, toi ? s'étrangla Georges Lagadec.

— C'est que… mon Émeline a dévoré ses trois livres, rosit légèrement le boucher. Comme j'ai remarqué que ça avait l'air de la mettre de bonne humeur, je les ai lus moi aussi… pour faire plaisir à ma femme, évidemment.

— Et alors ? l'asticota Alexia, amusée par la gêne de ce grand gaillard.

— Eh bien, euh… Disons que ça nous a permis… d'échanger des idées.

— Écoutez, intervint Marc Dubourg, je ne suis pas ici pour disserter sur les galipettes de nos amis Émeline et Paulot.

Craignant que son aventure extraconjugale avec Victoire Prigent revienne sur le tapis, il tenta de relancer le sujet de la logistique. Cependant, il ne put endiguer l'effervescence ambiante. Même le gendarme entra dans la danse.

— Vous voyez, Arsène, Clara Pearl pour ses lectrices, c'est un peu comme Bernard Hinault pour Émile.

— Ah oui, quand même ! siffla Arsène, frappé par la force de cette comparaison.

Des hochements de tête saluèrent le bien-fondé de l'analogie. Émile Rochecouët avait, pendant de longues années, participé tous les dimanches aux courses cyclistes locales. Un jour, il avait croisé l'ancien champion breton venu rouler le temps d'un critérium. Fasciné par celui qui lui avait donné l'amour du vélo, il avait osé lui demander de poser avec lui pour une photo. Hinault s'était évidemment prêté au jeu. Quelques mois plus tard, Émile avait pris son courage à deux mains et quelques jours de vacances pour se rendre dans les terres du natif d'Yffiniac. Le cafetier avait rencontré son demi-dieu qui avait accepté de boire un verre avec lui et de lui dédicacer le cliché. Le plus beau jour de sa vie, devant celui de l'achat du *Timonier oriental* et celui de son mariage avec Annick. Depuis cette heure, le portrait d'Émile et du Blaireau trônait au-dessus du comptoir, pieusement épousseté chaque matin. Et quiconque ne respectait pas la mémoire de son idole ou ne le considérait pas comme le meilleur cycliste des cinquante dernières années était prié d'aller boire ailleurs. Tous les habitants du village, même ceux qui n'avaient jamais mis les pieds dans son bar, connaissaient l'histoire de la photo avec Bernard Hinault.

— Donc, conclut Émile Rochecouët en se réjouissant à l'avance, cela nous promet du monde.

— C'est la raison pour laquelle j'ai souhaité vous réunir, reprit le maire. Des centaines, voire des milliers de fans vont débarquer à Locmaria. Il va falloir gérer la circulation, le parking, assurer la sécurité de toutes ces femmes… et de quelques hommes.

— Installer des toilettes publiques supplémentaires, enchaîna Marine. Même si Locmaria est plutôt bien équipé.

— Les nourrir, aussi, remarqua Paulot. Il faudra sans doute prévoir un marché sur la place et un autre sur le port.

— Et puis ensuite, il faudra nettoyer tout ça ! Ça va encore nous coûter une fortune, cette affaire. D'ailleurs, pourquoi est-ce à la communauté de payer ces frais et pas uniquement à notre libraire ? s'irrita Georges Lagadec en se retournant vers Alexia Le Corre.

— Je participerai activement à ces travaux, se justifia Alexia, et je…

— Vos propos sont indignes, Georges, s'agaça Marine en prenant la défense de son amie, déjà stressée par l'ampleur de l'organisation. Quand vous avez monté vos foires agricoles ou les fêtes locales pendant lesquelles vous écouliez vos produits, est-ce que la municipalité vous a demandé de rembourser quoi que ce soit ? Cette séance exceptionnelle de dédicace va mettre notre village sous le feu des projecteurs. Même si nous devons gérer la logistique, nous allons devenir une nouvelle fois un haut lieu de culture… car oui, monsieur, ajouta-t-elle en apercevant le sourire ironique de l'agriculteur, je considère la romance comme un élément de notre littérature populaire.

Georges Lagadec rengaina son rictus, comprenant que toute velléité de débat sur le sujet tournerait à son désavantage.

— Je vais étudier la partie sécurité, annonça Julienne. Je ferai appel à quelques collègues des environs. Monsieur le maire, vous vous occupez du parking et des sanitaires ?

— Je prends ça en charge. L'association des commerçants se réunira demain pour réfléchir à la restauration et l'organisation d'un marché. L'occasion sera belle de proposer nos produits locaux, et tout le village en tirera profit. Alexia, à quelle heure estimez-vous que cette dédicace prendra fin ?

— Clara Pearl va attirer du monde ! J'accueillerai ses lectrices jusqu'à minuit si c'est nécessaire.

— Minuit ! s'étouffa le gendarme. Cela veut dire que je vais devoir demander à mes hommes de faire des heures supplémentaires ?

— Je pense qu'il serait sage de prévoir un éclairage pour faire fonctionner le marché en nocturne, continua Marine en ignorant l'interruption. Et puis ça mettrait une super ambiance à Locmaria, non ? D'ailleurs, j'ai commencé à tâter le terrain. Les restaurateurs et les commerçants de bouche sont prêts à rester ouverts au public.

— Tout à fait, confirma Émile Rochecouët. J'ai déjà

commandé quelques fûts de bière et de cidre pour l'occasion.

— Moi aussi, fidèle au poste ! s'exclama Arsène. Comme ça fraîchit le soir, les lectrices seront bien contentes de passer chez moi acheter un petit gilet Saint James, un pull Armor-Lux ou un coupe-vent Guy Cotten.

— Et moi je ferai fortune en vendant des produits phytothérapiques contre les jambes lourdes, s'amusa le pharmacien.

— Riez, riez, mais le docteur Menon sera disponible tout le samedi pour intervenir en cas de malaise.

— Tout a l'air de se mettre en place, se réjouit Anton Manach. Mesdames, messieurs, retrouvons-nous dans une semaine pour une réunion d'avancement. Nous allons faire de cette dédicace une splendide fête de village.

63

L'arrivée

Samedi 18 octobre

— Il est une heure moins le quart, et je n'ai toujours pas de nouvelles, s'inquiétait Alexia en ne lâchant pas son téléphone des yeux. Tu imagines si elle ne venait pas… avec le monde qui est là !

— Mais arrête de te faire du mouron, la rassura Cathie. Christian Lesabre m'a appelée il y a une heure. Ils étaient dans le train et il semblerait que les dieux des chemins de fer les protègent : aucun retard n'est prévu.

Alexia serra Cathie dans ses bras.

— Tu as raison, je me fais du souci pour rien. Mais regarde… quand même…

Rarement le port avait connu une telle affluence ! Plus de trois cents lectrices déambulaient déjà dans Locmaria, accompagnées, pour certaines, de leurs enfants et de leur mari, curieux de rencontrer la légendaire Clara Pearl. Ils pourraient raconter à leurs collègues et amis qu'ils avaient été parmi les tout premiers à croiser les pas de la reine de la romance, celle qui avait pimenté leur vie de couple. Alexia Le Corre avait eu une idée de génie en distribuant des tickets en fonction de l'ordre d'arrivée. Cela permettait donc aux fans de ne pas rester debout sans bouger tout l'après-midi, mais de se promener de stand en stand. Un véritable marché avait été installé dans Locmaria, animé par des commerçants de la région qui offraient des produits sélectionnés avec soin. Le temps était de la partie et même si une veste se supportait aisément, le ciel bleu inondait le port d'un doux soleil. Les terrasses des bars et des restaurants étaient remplies et les billigs des crêpières tournaient à plein régime.

— Et pour ta fille, Cathie, ce n'est pas trop grave ? s'inquiéta Alexia.

— Comme je vous l'ai dit, Anna m'a appelée ce matin de Lyon. Rassurez-vous, elle n'a pas de problème de santé, mais j'ai compris qu'elle avait besoin de moi au plus vite.

— Le jour même de la venue de Clara… vraiment pas de chance ! En plus, elle devait dormir chez toi. Comment va-t-elle faire ?

— On s'est arrangés avec Christian. C'est un éditeur plein de ressources.

— Mais comment vas-tu te débrouiller avec *Bretzel et beurre salé* ?

— Julie s'en occupe comme une cheffe et, avec Erwan en cuisine et Madeleine au service, ça va dépoter. Au fait, ma valise est toujours rangée dans ta remise ?

— Oui, là où tu l'as déposée en arrivant.

— Je peux aller y faire un saut ?

— Bien sûr. Moi je vais surveiller l'horizon comme la fameuse sœur Anne en me rongeant les ongles.

— Fais gaffe, plaisanta Marine. Tu vas bientôt attaquer la première phalange.

Treize heures quinze. C'était peu de dire qu'Alexia Le Corre était sur des charbons ardents. Même son éternel bronzage ne parvenait plus à cacher sa pâleur. Elle venait de distribuer le numéro quatre cent à un lecteur qui avait, de toute évidence, passé du temps dans sa salle de bains pour préparer sa rencontre avec son idole. Elle arracha presque son téléphone de sa poche quand elle entendit le bip d'un SMS. Tremblante, elle l'ouvrit et découvrit un message laconique de Cathie : « Elle arrive. » Elle joignit les mains quelques secondes et leva la tête vers le ciel en une muette prière de remerciement, l'estomac soudainement dénoué. À l'angoisse succéda l'excitation. Elle allait accueillir Clara Pearl et sauver sa boutique. Le nom de *Lire au large* était apparu des dizaines de fois dans les journaux au cours de ces deux dernières semaines, et Alexia avait déjà noté une remontée significative de la fréquentation de son magasin. Un second bip la sortit de ses pensées. « Rejoignez-moi dans la réserve. » Elle attrapa Marine et les deux femmes obtempérèrent. Cécile viendrait vers quatorze heures pour l'aider à canaliser les lecteurs, distribuer les livres et assurer la logistique. Quand Alexia poussa la porte de la réserve, elle remarqua que l'ampoule était éteinte. Que s'était-il passé ?

— *Shut the door and I'll turn the light on*, ordonna une voix rauque.

Elles obéirent et durent s'appuyer au mur quand la lumière éclaira enfin la remise. Impossible de prononcer le moindre mot ni même de déglutir. Devant elles se tenait une grande brune, un chapeau sur la tête, un masque de satin couvrant le haut de son visage. Elles dévisagèrent la femme à la silhouette moulée dans une robe noire au décolleté juste assez ouvert pour attirer le regard.

— *Miss Pearl ? What do you do here ?* bafouilla Alexia. *You have rencontred Cathie ?*

— *Yes, I met you friend. Very nice woman.*

— Et... *she is where ?*

— *Just look.*

— Mais… Cathie… c'est toi ? bredouilla Marine.

L'apparition partit dans un franc éclat de rire.

— Je regrette de ne pas avoir pu vous filmer quand vous êtes entrées. Vous étiez extraordinaires !

Ahuries, Alexia et Marine ne pouvaient pas lâcher Cathie des yeux. Affolée, la libraire s'exclama :

— Cathie ? Mais tu comptes remplacer Clara Pearl ? Les fans vont s'apercevoir de la supercherie ! Ce ne sera pas crédible et on court à la catastrophe !

— *I am really Clara Pearl, honey !* la rassura tranquillement Cathie avec une pointe d'accent français à peine détectable.

— Non, mais là, je deviens folle. Clara Pearl est une écrivaine américaine, et tu es une restauratrice alsacienne. C'est quoi cette histoire ? Cathie, je t'en supplie, explique-moi ce qui se passe !

— Tu voulais connaître l'origine de ma fortune ? De la vente de mes romans, c'est aussi simple que ça.

Marine tenta de reprendre la situation en main, pendant qu'Alexia, vaincue par le stress et l'émotion, s'asseyait sur un tabouret en se demandant dans quel monde parallèle elle avait été projetée.

— Cathie, tu es sérieuse ? Parce qu'il va falloir entrer en scène dans… moins de quarante minutes.

— Le taxi de mon éditeur, arrive d'ici deux à trois minutes. Christian s'annoncera à la porte de derrière avec Cécile qui sera habillée à peu près comme moi. Ça donnera le change pour ceux qui les verraient.

— Cécile ? Notre Cécile Micolou ? Mais qu'est-ce qu'elle vient faire là-dedans ?

— Je l'ai sollicitée ce matin. Après un moment de surprise, elle a accepté de jouer le rôle du sosie le temps de descendre de voiture. Je comprends que vous halluciniez, mais je suis vraiment Clara Pearl. Je vous fournirai les détails plus tard. D'ailleurs, Anna ne m'a jamais appelée et je ne vais évidemment pas à Lyon. J'ai juste présenté une excuse pour justifier mon absence cet après-midi.

— Mais… tu parles anglais ?

— Pratiquement couramment. Bon, maintenant, au boulot. Alexia, tu t'es remise de tes émotions ?

— Pas encore. Tu peux éclairer ma lanterne ? J'en ai besoin pour me persuader que je ne suis pas en train de rêver.

Cathie vérifia son portable.

— Va accueillir Christian et Cécile, ordonna-t-elle en découvrant le message sur son téléphone. Le taxi est là. On aura un peu de temps pour quelques explications avant les dédicaces. Marine, tu peux m'aider à bien fixer ma perruque et à installer ma voilette. Pas question que quiconque ait le moindre soupçon !

— Alors ça, c'est incroyable ! Tu es tellement… différente. Je ne te reconnais pas.

— Je suis toujours la même, sourit-elle en lui déposant un baiser sur la tempe. Allez, au boulot. Pense que je vais devoir enchaîner dix heures de signatures… mais j'adore rencontrer mon public.

64

Miss Pearl

Samedi 18 octobre

L'éditeur avait longuement hésité avant d'approuver cette séance de dédicace dans le village même où vivait Cathie. L'autrice l'avait convaincu en lui rappelant une nouvelle d'Edgar Poe : *La Lettre volée*. Face à un mystère, l'homme recherche toujours des réponses compliquées et n'arrive pas à admettre l'évidence. Personne à Locmaria, n'imaginerait un seul instant que la fameuse vedette américaine se cachait sous les traits de leur égérie alsacienne. Le risque de dévoiler son identité était pratiquement nul. Comprenant que cette rencontre bretonne comptait pour Cathie, il avait fini par céder.

— Maintenant, Cathie, il te reste un quart d'heure pour tout nous dire avant d'aller retrouver tes admiratrices, insista Alexia. Comment est-ce que tu as réussi à devenir une telle vedette ? Je ne tiendrai pas jusqu'à ce soir sans savoir.

— Bien. Je vous avais parlé du jour où j'ai donné ma

démission après avoir giflé Patrick dans les locaux de la société où on travaillait ensemble. À cet instant, j'ai pris conscience de la situation dans laquelle je m'étais engluée et j'ai décidé de m'en sortir. Une nouvelle Cathie était née. Au bout de quelques mois, j'ai repris plaisir à me regarder dans un miroir. Je n'avais plus le physique pour poser avec des fringues d'ados, mais à notre âge, un peu de gras, ça rassure les hommes.

— Complètement d'accord avec toi, acquiesça Cécile. Le gras, c'est la vie… enfin, avec modération. Mais continue.

— Je m'étais aussi remise à lire et j'avais rejoint un club de lecture avec ma sœur, Sabine. Un jour, on a parlé d'un appel à textes érotiques proposé par une maison d'édition. Au départ, je ne pensais absolument pas me lancer dans cette aventure, mais de fil en aiguille, je me suis prise au jeu. En plus, cela s'est déroulé pendant la période un peu agitée de mes tribulations amoureuses. J'ai donc écrit un roman, que j'ai passé à mes amies. Elles ont adoré, mais je voyais dans leur enthousiasme une marque d'affection. Et c'est à ce moment que Christian est entré dans la danse, conclut-elle en attendant que son pygmalion littéraire la relaie.

— J'ai connu Cathie lors d'une fête, commença-t-il, hésitant.

— Elles savent qu'on a eu une liaison, le rassura Cathie, tu peux continuer.

— Nous avons vite sympathisé. C'est au cours d'un dîner dans un restaurant strasbourgeois que Cathie a osé m'avouer avoir rédigé quelques histoires. Je venais de lui dire que je travaillais dans l'édition. Je ne pouvais pas faire autrement que de demander à les lire. Et là, je suis tombé sous le charme. C'était exactement ce que je cherchais : de l'aventure, de l'érotisme, un zeste d'humour et une écriture réjouissante. Il m'a fallu du temps pour la convaincre que j'avais vraiment aimé.

— Je pensais qu'il me flattait, confirma Cathie.

— Quand elle a vu le contrat que je lui ai proposé, nous sommes passés aux choses sérieuses. Cathie ne souhaitait pas apparaître sous son vrai nom alors, j'ai imaginé une autrice mystérieuse, une Américaine.

— Pourquoi une Américaine ? interrogea Marine.

— Cela aurait été plus compliqué de gérer une Russe ou une Nord-Coréenne. Blague à part, c'est parce que j'étais persuadé que ce style pouvait percer sur le marché US. Nous avons donc discuté du personnage que nous voulions créer, et c'est comme ça qu'est née Clara Pearl. Une femme originaire de la Louisiane, sexy sans être provocante, souriante et belle sans ressembler à un mannequin. Une femme qui fait rêver, mais qui rassure et qu'on aurait envie de connaître.

— Mannequin, c'était mort d'avance ! s'exclama Cathie. J'aurais été incapable de m'affamer pour perdre encore une dizaine de kilos, même si j'ai accepté beaucoup de sacrifices.

— Cathie a forcé mon admiration, reconnut Christian. Elle a écrit ses romans en français, mais elle devait être capable de communiquer avec son public. Pendant un an et demi, elle a pratiqué l'anglais plus de trois heures par jour.

— Et je partais de loin… un peu comme toi, Alexia.

La libraire lui tira la langue et éclata de rire, évacuant une partie de sa tension.

— Elle a bossé avec des coachs américains et s'est régulièrement rendue en Angleterre ou à New York.

— Et ça a marché ?

— Comme sur des roulettes. La première année, on a uniquement distribué des photos de Clara. Cathie ne pouvait pas encore tenir une conversation en anglais. Mais depuis un an, elle s'est lancée dans le grand bain.

— C'est du délire, juste du délire ! lâcha Marine. Mais comment as-tu réussi à continuer à écrire et à faire la promotion de tes bouquins depuis que tu es arrivée à Locmaria ?

— On verra ça plus tard, les coupa Alexia, revenue sur terre. Miss Clara Wald, tu entres en scène dans quelques minutes !

65

Le grand jour

Samedi 18 octobre

Quatorze heures. Alexia Le Corre avait cessé toute autre activité dans la librairie, la réservant pour la séance de dédicaces. La foule s'était amassée devant la vitrine, cherchant à apercevoir la silhouette de Clara Pearl. Plusieurs journalistes s'étaient joints aux lectrices pour couvrir l'événement. Tremblante, Alexia sortit du magasin et demanda le silence en agitant les bras avec énergie. Elle l'obtint plus rapidement qu'elle n'avait osé l'espérer.

— Mesdames et messieurs, j'ai le plaisir de vous annoncer que Clara Pearl et son éditeur sont arrivés.

Un murmure de satisfaction enfla dans l'assemblée.

— Vous êtes venus très nombreux aujourd'hui, et Clara m'a promis qu'elle resterait aussi longtemps que nécessaire pour vous rencontrer… avec une limite de minuit quand même… pour le cas où Cendrillon serait parmi vous.

Des rires et des exclamations de soulagement s'élevèrent.

— Son éditeur, monsieur Lesabre, répondra aux interviews. Clara se consacrera totalement à ses lectrices et à ses lecteurs. D'ailleurs, ajouta-t-elle en se retournant, la voilà qui tient à se présenter à vous avant de commencer la séance de dédicace.

Cathie poussa la porte. Un sourire aux lèvres, elle salua ses fans au comble de l'excitation en leur envoyant quelques baisers. Elle posa une minute pour permettre aux photographes en herbe de la mitrailler. Les premiers posts partaient déjà sur les réseaux sociaux.

— *Hello*, mes amis, se lança Cathie avec un accent à couper au couteau. *I am Clara Pearl and*… je suis très heureuse d'être avec vous cette jour… ce jour. Locmaria est très joli. Alors on se retrouve… *inside*. Et excuse mon français. *I love you*.

Un tonnerre d'applaudissements répondit à son invitation. Elle rentra dans la librairie et s'installa derrière une table, prête à assurer plusieurs heures de signature.

Alexia avait annoncé les règles, bien acceptées par les admiratrices : chaque personne passerait environ une demi-minute avec Clara. Elle écrirait un petit mot pour chacune sur la page de garde et poserait pour une photo.

Cathie avait l'art et la manière d'accueillir ses fans et ces trente secondes resteraient longtemps gravées dans les mémoires.

Par ailleurs, les animations organisées sur la place de l'Église et sur le port, ainsi que l'astucieux système de tickets, permettaient d'éviter les frustrations de plusieurs heures d'attente. Des lectrices avaient parcouru des centaines de kilomètres pour la rencontre, venant, pour certaines, de Grande-Bretagne ou de Belgique.

Lors de leurs échanges, Cathie parlait distinctement en anglais et glissait quelques paroles d'un français hésitant quand elle voyait que son interlocuteur n'avait pas tout compris. Le passage de certains habitants de Locmaria l'amusa beaucoup, notamment celui d'Émile et Annick Rochecouët. Annick avait revêtu pour l'occasion une tenue nettement moins sage que celles qu'elle portait au quotidien : Cathie avait remarqué les quelques regards qui se posaient sur la femme du cafetier. Son mari, quant à lui, avait légèrement abusé de sa lotion après-rasage. Avec une voix timide qu'elle ne lui connaissait pas, il lui quémanda une photo d'eux trois. Elle accepta avec un grand sourire, se demandant si elle trônerait un jour derrière le comptoir à côté de Bernard Hinault.

Elle ne s'accorda que quelques rares pauses pour grignoter, boire et passer aux toilettes. Malgré cela, la file d'attente semblait toujours interminable. Vers dix-neuf heures, avant que la nuit tombe, elle fit une apparition sur le port, une crêpe à la main. Elle posa avec la mer en toile de fond, réjouissant les fans qui multipliaient les portraits. Peu avant minuit, une centaine de lectrices patientaient encore, angoissées à l'idée de devoir rentrer chez elles sans avoir pu rencontrer Clara. Fatiguée, et le bras en compote, Cathie s'étira et étouffa un bâillement discret. Puis elle se leva et rejoignit ses admiratrices. Elle ne se sentait pas le courage de signer pendant une nouvelle heure, mais elle ne pouvait les renvoyer avec leur déception. Elle glissa quelques mots à l'oreille de Christian Lesabre qui l'avait accompagnée. L'éditeur hocha la tête et prit la parole.

— Mesdames et messieurs, même si minuit arrive, Clara ne veut pas vous laisser repartir sans avoir fait votre connaissance. Nous vous proposons donc la chose suivante. Vous pouvez noter votre adresse sur la dernière page de vos livres. Clara vous les dédicacera et je vous les ferai parvenir par la poste. Par ailleurs, nous invitons aussi celles et ceux qui souhaitent faire une photo à nous retrouver à l'intérieur.

Une demi-heure plus tard, l'ultime lectrice quitta la librairie, un large sourire aux lèvres. Cathie, Alexia, Marine, Cécile, Christian et Yann se rendirent dans la réserve. Alexia avait prévu des rafraîchissements et de quoi se restaurer.

— Alors, qu'est-ce que ça a donné ? s'enquit Cécile.

— Franchement, je n'aurais jamais imaginé un tel chiffre. Mille cent cinquante-trois ventes ! Plus la centaine qui reste à dédicacer ! C'est du délire. J'avais bien fait d'en commander quelques caisses de plus ! Clara-Cathie, tu m'as impressionnée !

— Tu NOUS as tous impressionnés, renchérit Marine en regardant son amie retirer son masque et sa perruque. Tu étais géniale. Et quelle énergie tu as dégagée !

— Comme d'habitude, non ? s'offusqua Cathie avec un clin d'œil.

— Encore plus ! Mais n'oublie pas que tu dois tout nous dévoiler sur ta double vie à Locmaria.

— Accordez-moi quelques secondes, les filles. Laissez-moi grignoter deux ou trois petites choses. J'ai l'estomac dans les talons !

66

After

Samedi 18 octobre

Une part de far breton à la main, Cathie s'installa sur un tabouret. Yann passa derrière elle et lui massa les épaules et le dos.

— Ah, tu es un amour ! Tu n'imagines pas comme c'est relaxant.

— C'est pour que tu racontes ton histoire dans les meilleures conditions. Je crois qu'après le choc que tu as réservé à tes amies, tu leur dois bien ça.

— Parce que tu étais au courant, Yann ? s'insurgea Alexia.

— Je lui en ai parlé il y a quelques semaines, reconnut Cathie.

— Et pas à nous ?

— J'aurais fini par vous le confier. Mais je ne pensais pas que ce serait de cette manière. Bon, j'attaque. Parce que moi, je m'effondre de fatigue !

— Nous sommes tout ouïe, miss Pearl. Dis-nous comment tu t'organises depuis que tu habites à Locmaria, demanda Marine. Tu n'as pratiquement plus de temps libre avec ton resto.

— C'est vrai que j'ai baissé le rythme, notamment durant la période qui a suivi l'ouverture. Mais j'ai toujours continué à travailler avec mes coachs, par vidéo maintenant. Et puis, j'écris la nuit, le matin ou pendant mes congés. C'est pour ça que *Bretzel et beurre salé* est fermé à midi, le dimanche et le lundi.

— Et toutes les tenues affriolantes que tu as dans ta penderie géniale, à quoi elles te servent ?

— Cathie, ou plutôt Clara, intervint Christian, participe à des échanges avec des lecteurs anglo-saxons sur des groupes de type Facebook ou autres. Elle se doit de jouer le personnage à fond.

— Tu fais dans la webcam ? glissa Alexia avec un clin d'œil.

— Pas comme tu l'imagines, petite coquine. Nous ne parlons que de littérature, et quand ça risque de déraper un animateur est là pour remettre de l'ordre dans les discussions.

— Mais comment t'étais-tu débrouillée pour te rendre au salon de New York ?

— Un aller-retour en trois jours. Ç'a été assez fatigant, parce que je n'ai plus vingt ans. Mais ça en valait la peine !

— Mais, pourquoi es-tu venue ouvrir *Bretzel et beurre salé* à Locmaria alors que tu vis largement de ta plume et que tu pourrais voyager à travers le monde ? insista Cécile.

— C'est une promesse que j'ai faite à ma sœur, Sabine avant sa mort. Ouvrir un restaurant ensemble, c'était notre rêve ! Si j'avais dû abandonner quelque chose, ç'aurait été l'écriture. Mais j'ai rapidement compris que, même si cela nécessite beaucoup d'énergie, je pouvais mener ces deux activités de concert.

— Ben mince alors ! conclut Marine. Jamais je n'aurais imaginé ça… Franchement, ça dépasse l'entendement. Bravo, vraiment bravo !

— Voilà, vous connaissez mon secret. Mais je vous supplie de n'en parler à personne, pas même à vos maris et à vos enfants. Ça ferait le buzz, mais ça tuerait le mystère Clara Pearl.

— Tu peux nous faire confiance, Cathie. À la vie à la mort !

Le grincement de la porte succéda au silence qui avait suivi cette promesse enflammée. Une voix un peu gênée se fit entendre :

— Désolée de vous déranger. Je suis super en retard, mais j'ai remarqué de la lumière dans le magasin. Est-ce que vous croyez qu'il serait encore possible de rencontrer Clara Pearl ? Je la vénère et c'est mon écrivaine préférée…

Natacha Prigent observa l'assemblée et, soudain pétrifiée, elle hoqueta :

— Cathie ?

— Oui, je peux faire quelque chose pour toi ?

— J'ai… j'ai vu plein de photos sur Insta et… tu es habillée exactement comme elle, constata l'épicière d'un ton presque hystérique. C'est… c'est toi !?

67

Épilogue

Dimanche 19 octobre

À deux heures du matin, Cathie était rentrée chez elle avec Christian Lesabre. Rien d'extraordinaire à ce que la star et son éditeur soient accueillis dans la même maison. Elle avait remis sa perruque pour se déplacer et avait veillé à laisser les volets fermés. Si personne ne les avait suivis sur la route, elle se méfiait tout de même de la présence d'un admirateur ou d'un journaliste un peu trop curieux. Elle avait eu un mal fou à s'endormir, excitée par une journée sous haute tension et par l'arrivée impromptue et malvenue de Natacha Prigent. Impossible de lui faire croire à une coïncidence. Cathie avait donc accepté de dédicacer les deux livres que la Bretonne serrait compulsivement contre elle. Le sourire de sa fan de dernière seconde l'avait rassurée. L'extase qu'elle avait lue au fond des prunelles de son adversaire « historique » ne trompait pas. Natacha vénérait tellement Clara Pearl qu'elle ne risquait pas de trahir son secret : cela lui permettrait d'appartenir au minuscule cercle des élus « qui savaient ».

De toute façon, si jamais elle allait disperser la nouvelle, elle aurait peut-être sa minute de célébrité, mais perdrait ce statut unique et l'estime de son idole. Elle redeviendrait une parmi les autres. Et d'ailleurs, qui la croirait ? Elle passerait pour une mythomane ! Enfin, avait conclu Yann avec une pointe d'humour, Cathie serait désormais accueillie avec les honneurs à la supérette de *L'Aven*.

Le lendemain, après un solide brunch, Cathie en toute discrétion avait raccompagné Christian à l'aéroport de Guipavas. Puis elle était rentrée après avoir attendu pendant une heure l'atterrissage du vol de Lyon. Après tout, c'était celui qu'elle était censée avoir pris pour revenir de son séjour fictif dans la capitale des Gaules.

Le temps s'était gâté, mais elle profita de sa piscine intérieure. Elle activa l'option nage à contre-courant et crawla une demi-heure pour évacuer la tension et les effets de toutes les sucreries dont elle s'était gavée la veille. Elle quitta le bassin, monta dans sa salle de bains, s'octroya une douche brûlante et enfila une jupe et un caraco. Une discrète touche de maquillage, quelques gouttes de parfum, un collier de perles fantaisie et… il n'allait pas tarder à arriver. Cathie avait invité Yann à dix-sept heures trente pour le remercier de l'aide apportée au cours de ces dernières semaines. Et puis, et puis… une discussion animée avec son éditeur l'avait convaincue de passer à l'acte. Christian percevait avec acuité la personnalité de ses interlocuteurs et n'hésitait pas à être mordant, voire cruel. Toutefois, il n'avait pas tari d'éloges en parlant de Yann, se moquant de son amie laissant mariner depuis si longtemps quelqu'un qui ne pourrait que faire son bonheur. Cet ultime avis avait décidé Cathie à enfin abandonner sa peur de l'engagement. Un homme qui saurait prendre soin d'elle, la défendre et même la faire rire : voilà qu'elle se prenait pour l'héroïne d'un roman de Clara Pearl !

Dix-sept heures trente. Le carillon de la sonnette retentit dans la grande maison. Quelle ponctualité : Yann aurait presque mérité d'être alsacien, s'amusa Cathie en descendant. Mais non, il était très bien en Breton, fils de la terre et de la mer… tiens, une expression à replacer dans son prochain texte.

En le découvrant avec ses cheveux en bataille et son sourire involontairement charmeur, Cathie craqua. Elle était aussi émue qu'une adolescente à son premier rendez-vous. Après tout ce temps, comment faire comprendre à son journaliste-pêcheur qu'elle l'aimait ?

— Entre, Yann, et ferme bien la porte derrière toi. Ça s'est rafraîchi.

— Un petit cadeau de rien du tout, lui annonça-t-il après lui avoir déposé deux baisers sur les joues.

Elle accepta avec joie le bouquet qu'il lui tendait.

— Il est splendide. Où l'as-tu trouvé ?

— Je l'ai composé moi-même avec quelques fleurs qui restaient dans le jardin de la maisonnette de mes parents. Enfin, de la mienne, mais j'ai du mal à m'y faire.

— Et tu l'offres à Clara ou à Cathie ?

— Ne te vexe pas, mais je n'hésite pas une seconde.

Légèrement anxieuse, Cathie attendit la suite.

— Pour moi, il n'y aura jamais photo. Même si Clara

Pearl fait la une des magazines, elle n'arrivera jamais à la hauteur de ma Cathie.

— C'est un magnifique compliment, Yann.

— Alors là tu me fais plaisir, parce que chaque fois que j'essaie de féliciter quelqu'un, je suis complètement bidon.

— Non, je t'assure, c'était très beau. Mets-toi à l'aise dans le salon. Bière ou thé ? s'amusa-t-elle en connaissant la réponse.

— Si tu as du thé vert, je veux bien en boire une tasse.

— Ah bon ? J'aurais parié le contraire.

— Tu vantes tellement ton thé matcha que je me dis que ce serait dommage de ne pas tenter l'expérience, pour une fois.

— Tu as bien raison. Est-ce que tu peux récupérer une assiette de gâteaux dans le placard de gauche de la cuisine ?

Confortablement installés, ils partagèrent les derniers ragots. Cathie se sentait bien, nimbée dans une béatitude qu'elle n'avait pas ressentie depuis longtemps.

— Tiens au fait, continua Yann, je viens d'apprendre que la société luxembourgeoise abandonnait officiellement son projet d'achat. Notre abbaye est sauvée pour plusieurs années.

— Et la fresque ?

— Florence Borella m'a appelé juste avant ta dédicace. Elle confirme que l'œuvre peut être attribuée à Léonard de Vinci.

— Génial ! La crypte de l'abbaye de Locmaria va devenir aussi fameuse que le réfectoire du couvent Santa Maria delle Grazie de Milan !

— Comparer notre fresque avec la célèbre *Cène*,

c'est peut-être un peu présomptueux, mais c'est sûr que ça va aider à faire connaître notre village. Finalement, tout ça, c'est presque grâce à ton ex… bien malgré lui.

— Peut-être, mais là, ce n'est vraiment pas de lui que j'ai envie de parler.

— Je comprends, ne terminons pas la journée sur cette note.

— Terminons ? Mais la soirée vient à peine de commencer !

— Exact, mais je dois prendre mon train à Quimper dans une heure. Je vais malheureusement devoir te laisser.

— Où vas-tu ?! s'écria Cathie, déçue.

— À Paris. J'ai rendez-vous demain à neuf heures avec une agence de presse. Ils souhaitent que je leur prépare un reportage exclusif sur la découverte de la fresque, avec texte et photos. Génial, non ? J'en ai discuté avec Antoine Brehec. Notre vicomte se délecte à l'idée de collaborer avec la presse grand public. Son côté cabotin fera merveille ! Des occasions comme celles-là, je n'en aurai pas tous les jours. Alors ce serait dommage de rater un tel rendez-vous.

— Je comprends, tenta de s'enthousiasmer Cathie en cachant au mieux sa déconvenue. C'est une chance unique de valoriser ton talent.

— Ça n'a pas l'air de vraiment te réjouir, remarqua Yann.

— Si, si, c'est juste que… je voulais te proposer de dîner et de passer la nuit ici.

— Ce n'est que partie remise, la rassura Yann en la serrant dans ses bras. Je serai de retour mardi. Et puis ça me rappellera des souvenirs de redormir dans la chambre de Xavier. Allez, je t'abandonne. Les trains ont toutes les vertus, mais pas celle d'attendre… enfin, normalement.

Le journaliste l'embrassa sur le front, puis s'éloigna en la saluant avec de grands gestes. Cathie s'effondra dans le canapé, abattue : *Ça me rappellera des souvenirs de redormir dans la chambre de Xavier*. Pas possible qu'elle ait été aussi nulle ! L'avait-elle tant rejeté qu'il n'imaginait pas une seconde qu'elle avait finalement envie de sortir avec lui ? Elle avait pourtant mis un petit haut déshabillé malgré les dix-huit degrés de la maison : mais ça, c'était trop subtil à décoder pour un esprit masculin ! Quelle image lui avait-elle renvoyée ? Devait-elle en rire ou en pleurer ?

Elle aurait pu lui sauter au cou et lui jouer une scène digne d'un de ses romans. Cela aurait fonctionné, sans aucun doute, mais elle n'avait pas eu le cœur à lui voler une telle aubaine professionnelle. Elle se leva, attrapa un châle pour se couvrir les épaules, monta dans sa chambre et se campa devant son miroir fétiche avec une mine décidée. D'une voix ferme, elle déclara solennellement : « Catherine Wald, votre mission, et je sais que vous l'acceptez, est de convaincre Yann Lemeur que vous l'aimez et que vous ferez votre bonheur mutuel. » Elle éclata de rire et se jeta sur son lit. Voilà longtemps qu'elle n'avait pas eu une mission aussi enthousiasmante.

REMERCIEMENTS

Nous tenons tout d'abord à vous remercier vous, lectrice ou lecteur, qui nous avez accompagnés au cours de ces aventures entre Bretagne et Alsace. Votre enthousiasme et vos encouragements nous ont motivés pour raconter les enquêtes de Cathie et des habitants de Locmaria. Merci à vous qui venez nous rencontrer quand nous passons dans des salons ou des librairies de votre région, merci à vous qui nous écrivez ou parlez des romans dans vos blogs et pages littéraires, et merci à vous qui, tout simplement, nous lisez. Pour la petite histoire, cela nous a permis de découvrir un nombre incroyable de couples alsaco-bretons.

Nous avons ensuite une pensée toute particulière pour les libraires qui ont mis en avant *Bretzel et beurre salé*. Nous avons fait de très belles et sympathiques rencontres lors des séances de dédicace. Les citer serait trop long, et nous risquerions surtout d'en oublier bien malgré nous. Cependant, nous avons une pensée spéciale pour Val, Valérie et Alexia, de la libraire France-Loisirs de Grenoble qui vient de fermer, qui ont fait la promotion de Cathie jusqu'à leur tout dernier jour d'activité.

Merci à nos bêta-lecteurs : Alex Nicol, Sophie de la Roche, Victoria Weber, Chantal Guyonvarch, Loïc Esturillo, Bernadette Bordet, Karine Mesinele, Nicolas Eschrich et Véronique Perdu. Vos premiers retours ont été précieux et nous ont permis d'envisager la suite avec plus de sérénité. Les auteurs sont des êtres sensibles qui ont besoin d'être rassurés quand ils sortent une nouvelle histoire.

Merci à Roger Siffer d'avoir lu et apprécié les aventures de Cathie et de nous l'avoir fait savoir. Ce fut un grand honneur d'avoir la caution de ce comédien, humoriste, chansonnier et spécialiste de la langue alsacienne. Il est devenu ensuite notre expert en alsacien. Qui aurait cru cela il y a quelques dizaines d'années, lorsque le père de Margot écoutait en boucle le 33 tours *Mine G'Sang*, de Roger ? Certainement pas Margot.

Merci enfin à Caroline Lépée, notre éditrice, qui a cru en cette série, et à toute l'équipe de Calmann-Lévy. Même si les occasions de les rencontrer ont malheureusement été rares, nous avons été touchés par leur gentillesse et leur efficacité. Ils ont porté Cathie dès le premier jour pour mettre ses tribulations à votre disposition.

À PROPOS DES AUTEURS

C'est une discussion sur une route finistérienne qui a décidé Margot et Jean Le Moal à se lancer dans l'écriture des péripéties de Cathie Wald. Mariés dans la vie depuis quelques années et amateurs des livres d'Exbrayat dans leur jeunesse, ils ont eu envie de tenter l'aventure du cosy mystery.

Si la Bretagne leur a tout de suite paru être le décor idéal pour le type de roman qu'ils avaient en tête, encore fallait-il donner naissance à des personnages attachants. Jean ayant des origines bretonnes et Margot étant une Alsacienne pure souche, il n'a pas fallu longtemps pour les trouver. Quel plaisir de faire cohabiter les caractères entiers de ces deux régions françaises !

Pour cette histoire mettant en scène une abbaye en ruine, c'est une très jolie chapelle transformée en habitation privée, découverte le long du GR34 entre Quiberon et Carnac, qui a inspiré les auteurs.

Contrairement aux deux premiers tomes dont le scénario s'est construit au fil des balades bretonnes de ce sympathique couple, *L'habit ne fait pas le moine* a été pensé dans les massifs du Vercors et de la Chartreuse, dans une période et des conditions particulières : couvre-feu et interdiction d'aller se promener à plus de dix kilomètres de chez soi. Nos Grenoblois ont donc particulièrement apprécié la proximité des montagnes qui leur a permis de s'évader de leur vie citadine et de vous proposer cet ouvrage.

Ils se sont rattrapés l'été suivant en découvrant de belles parties du Finistère sud. Le splendide port de Douarnenez ainsi que la côte entre les rives de l'Odet et Concarneau. Le sentier des douaniers leur a permis de découvrir bon nombre de belles et riches demeures. Peut-être que le domaine de Kerbrat était l'une d'elles ?

Margot et Jean espèrent poursuivre l'aventure grâce à de futurs épisodes de la vie de Cathie.

Si le genre cosy mystery est une première pour eux, Margot et Jean ne débutent pas dans l'écriture. Sous le nom de Jacques Vandroux, ils ont déjà publié plusieurs thrillers et fidélisé de très nombreux lecteurs. Jean/Jacques en tant qu'auteur et Margot/Jacqueline en tant que relectrice et éditrice.

Leur nouveau pseudonyme est choisi afin de marquer une rupture avec les thrillers de Jacques Vandroux. Leur deuxième prénom, le nom de famille d'une grand-mère, et voilà Margot et Jean Le Moal !

Tous les deux ingénieurs dans le civil, cette activité littéraire leur ouvre d'autres perspectives, pleines de surprises et de belles rencontres.

Pour contacter les auteurs : margot.et.jean@gmail.com

Des mêmes auteurs,
sous le pseudonyme de Margot et Jean Le Moal :

Bretzel et beurre salé, enquête 1 *: Une enquête à Locmaria,* Calmann-Lévy, 2021

Bretzel et beurre salé, enquête 2 *: Une pilule difficile à avaler,* Calmann-Lévy, 2021

Bretzel et beurre salé, enquête 4 *: Loin des yeux, loin du cœur,* Calmann-Lévy, 2023

LES AVENTURES DE CATHIE WALD AU LIVRE DE POCHE

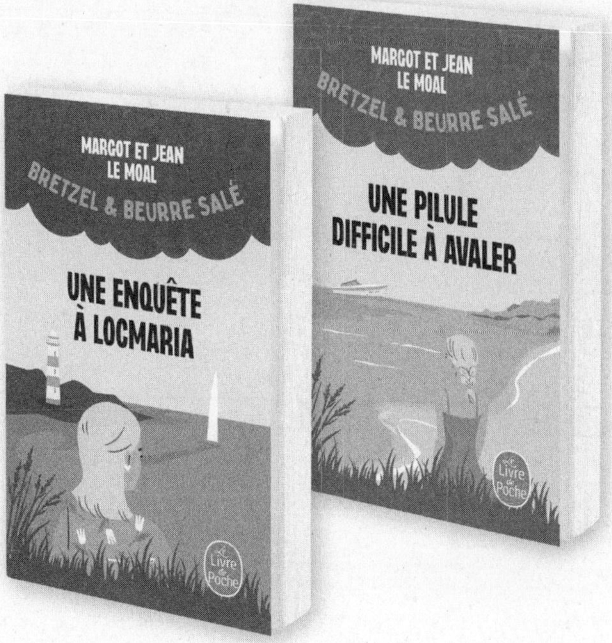

UN COSY MYSTERY
À LA SAUCE BRETONNE !

PAPIER CERTIFIÉ

Le Livre de Poche s'engage pour l'environnement en réduisant l'empreinte carbone de ses livres. Celle de cet exemplaire est de :
350 g éq. CO_2
Rendez-vous sur www.livredepoche-durable.fr

Composition réalisée par Soft Office

Achevé d'imprimer en mars 2023 en Espagne par Blackprint
Dépôt légal 1re publication : avril 2023
LIBRAIRIE GÉNÉRALE FRANÇAISE
21, rue du Montparnasse – 75298 Paris Cedex 06

62/0727/3